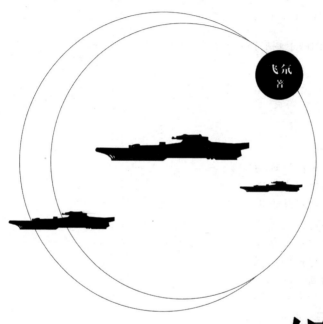

飞氘 著

银河
闻见录

南方出版传媒
花城出版社
中国·广州

图书在版编目（ＣＩＰ）数据

银河闻见录 / 飞氘著. -- 广州 : 花城出版社，
2020.6
ISBN 978-7-5360-9037-8

Ⅰ．①银… Ⅱ．①飞… Ⅲ．①幻想小说－小说集－中
国－当代 Ⅳ．①I247.7

中国版本图书馆CIP数据核字 (2020) 第061569号

出 版 人：肖延兵
策划编辑：朱燕玲
出版统筹：杜小烨
责任编辑：夏显夫
技术编辑：凌春梅
封面设计：姚 敏
封面插画：陈沅姗

书 名 银河闻见录
YINHE WENJIANLU

出版发行 花城出版社
（广州市环市东路水荫路 11 号）

经 销 全国新华书店

印 刷 佛山市浩文彩色印刷有限公司
（广东省佛山市南海区狮山科技工业园 A 区）

开 本 880 毫米 × 1230 毫米 32 开
印 张 9 1 插页
字 数 202,000 字
版 次 2020 年 6 月第 1 版 2020 年 6 月第 1 次印刷
定 价 42.00 元

如发现印装质量问题，请直接与印刷厂联系调换。
购书热线：020-37604658 37602954
花城出版社网站：http://www.fcph.com.cn

目　录

围 | 炉 | 夜 | 话

浪 | 迹 | 丛 | 谈

世说新语

皮鞋里的
狙击手

整整一上午，马克都快乐无比地用军刀从那座苹果大山上削苹果吃，看着他毫无忧虑的样子，我气得发疯："马克，你疯了吗？"

马克心满意足地咽下一块香喷喷的苹果，掏出一块干净的手帕擦起了他那把锋利的刀子，头也不抬，平静地说："杰克，疯的人是你，这很明显。"

我沮丧地低下头。不错，整个上午我都疯狂地揪着自己的头发，无法接受身高5厘米的现实。

早上睁开眼，我差点吓得半死：一座帝国大厦般的冰箱立在我面前，似乎随时可以倒下来把我拍个稀巴烂。我慌忙站起来，看见马克正躺在一个微波炉的按钮上，两只脚悬在空中。看见我朝他走去，他快乐地招呼我："你好，队长。这儿可真不赖。"

"咋回事？"我觉得自己的声音听起来糟透了，但也许我的表情看起来更糟。

"问问总部，你才是头儿。"看来他对于来到一个巨人国完全不在乎，这个没心肝的家伙。

"其他人在哪儿？"我渐渐有了一些现实感，毕竟除了他那种没有根据的乐观态度外，马克还是马克。

"在吃菠萝。"

"啥？！"我想不是马克或者什么别的东西发了疯就一定是我的耳朵发了疯。

"他们在吃菠萝，长官。"马克说着从按钮上跳下来，他在空中还做了个优美的转身动作。职业病！他总是念念不忘入伍前体操健将的身份。"我们在厨房里找到一块新鲜的菠萝，足够我们大家吃上一个星期的。"

马克走在前面带路，我感到自己的理智正在遭受着折磨，快要灭亡了："马克，你们搜查过这个地方了？"

"是的，长官。我们……"

"别叫我长官，马克，现在不是作战。"

"好的，长官。"

我被他闹得心烦意乱。他怎么能这么从容，难道一切正常吗？难道人类曾经生活在一个巨人王国里，吃着像木筏一样大小的菠萝吗？可我怎么一点儿都不记得？

"我们已经搜查了厨房，没有发现游击队的踪迹。但对面的鼠洞看起来很危险，我们没有冒险进去。"

我望了一眼鼠洞，不知道和人一样大小的老鼠会是什么样子。

我见到了另外10个人，面对他们的敬礼，我唯一能说的只有两个字："稍息！"

经过思考——假如抱着头一语不发算是一种思考的话——我

决定守在原地，既然无法联系总部，只能等待命令，毕竟我还不知道任务是什么。

"别那么紧张，头儿，吃块苹果吧。"马克伸手递过一块拳头大的苹果。

"马克！"我气恼地喊。

马克耸耸肩，把手收了回去，摇摇头，在地上坐了下来："杰克，你总是为难自己。"

"什么，我为难谁了？"我盯着远处对面的那个鼠洞，没听清他的话。

"你总是逼迫自己去尽力完成任务，你相信凡事要符合道理才是正确的。"

"我是队长，必须对每个人负责……"我瞪着马克玩世不恭的脸。

"谁对你负责？"马克扬起脸。

"我会对自己负责的。"我气鼓鼓把脸扭过去。

马克叹了口气："算了吧，你我都知道，战争已经没有意义了。我们从来就不是为正义而战……"

"闭嘴！我知道我在干什么！"我冲着马克大叫，完全不知道自己在干什么，幸好这时接收器响了："雏鹰，雏鹰，我是海潮，收到请回话，完毕。"一听就知道是劳力那个老浑蛋。

"海潮，我是雏鹰，请讲，完毕。"我激动地抓起话筒。马克在一旁嘲笑："'雏鹰'？这名字真带劲儿！"

"雏鹰，我们的情报人员发现游击队研制了一种新的微型生化武器，有一些小得难以发现的机器人守卫着这些危险的武器。

为了确保联军的胜利，我们用一种新发明的方法把你们变成和那些机器人同等尺度的小人儿。你们的任务就是消灭机器人，找出生化武器并把它们带回总部，完毕。"

我呆呆地愣在那里，马克吹了一声口哨。

"雏鹰，明白了吗？完毕。"老浑蛋有点不耐烦了，他总是不耐烦。

"明白……不……我不明白。你是说你把我们变成了一群该死的……"我望了一眼对面的鼠洞，"一群该死的老鼠吗？"

"少校，我不喜欢你说话的口气。"劳力的声音像金属一样冰冷。

"我再重复一次，带回生化武器。从现在开始，72小时后我们将派人接你们回来。如果任务失败，我们将不得不炸毁那个地方。完毕。"

然后，劳力的声音像鬼魂一样消失了，只剩下我呆愣在那儿。

"怎么样，头儿？"马克微笑着问我，看他那种无所谓的样子，我真想揍他一顿。

"他不喜欢我的口气，见鬼。"我神经质地点点头，"那么，我们开始干吧。"

马克背上步枪，掏出"沙漠之鹰"，快乐地摆弄着："太妙了！他们把这家伙也变小了。我猜这是最精致的武器了。"

"可是，这不符合常识：我们多余的质量哪儿去了？"我困惑地问马克，他自吹对物理学颇有研究。

"管他呢，常识！"马克快乐得要蹦起来了。

"你貌似挺开心啊？"我警觉地问，毕竟一个发疯的队友要比两个敌人危险。

"为什么不？这不是挺好的吗？一个苹果可以让一个突击队吃上一个星期，这可真是太棒了！这些杂种，他们应该把所有的人都变小。嘿，我说，如果把我们变成尘土岂不更妙？我们就能飞起来了。当然，现在也不错，只要我躲在一只皮鞋里就不用担心被人发现，上帝啊……"马克越说越兴奋，还冲我眨眨眼，可是我心烦得很，实在懒得理会他。

校准了表后，我们向鼠洞进发。我心中有些害怕，对于马克的枪法我毫不怀疑，但我怀疑他那杆火柴棍般的狙击步枪究竟有多大的用处，这可是枪械史上的一个新品种。

我们绕过瘆人的刀架，尽量远离煤气灶的边缘，紧贴着一条窄木棍行走。下面的一个大碗正在等着我们。我做了个深呼吸，稳住身体，不想摔死在一只碗里，那太丢人了。

通往鼠洞的路修得很卑鄙，只有一条很窄的直道。我必须对每个人负责，所以不能冒险。我留下一名狙击手，带领其余的人从梯子下到地面，准备从另一个洞口进去。

居下临高，远比我想象的要高出许多，我发现自己犯了个致命的错误，但为时已晚。

"放下武器！"一伙服装各异的游击队员突然从高处的一根木梁后钻出来。

我们紧张地向上瞄着，心中感到死亡的恐怖。

"少校，我们被包围了。"身边的兄弟紧张地说。

我用力持稳枪，急促地呼吸。"马克，你在哪儿？但愿他们没发现你。"我不由自主地嘟囔，以此代替颤抖。

有三个狙击手正瞄着我，我感到自己快窒息了。

忽然空中飞过一个东西，眼前一片白光……

我往前一扑倒在地上，耳旁响起了一阵可怕的枪声，有人大喊着从木梁上摔下来。我的左臂一紧，中弹了！眼前模糊一片，流着眼泪，爬到一个什么东西的后面，对着一个影子胡乱地扫射……

一切平静下来，我渐渐可以看清东西了。

"马克？"我艰难地喘着气。

没有回应。

"马克？"我焦虑地对着话筒，"你在吗？"

"是的。"马克呼哧呼哧地喘着。

"见鬼，你还活着。"我松了口气，"你扔的闪光弹？"

"是的。"

"你害死了这些家伙。"我看着遍地的死尸，无奈地说。

"至少还救了你。"马克冷冰冰地说。

"只剩下咱俩了？"我伤心地问。

"根据目测，好像是的。"马克竟然还用这么严谨的修辞。

"你在哪儿？"我挣扎着站起身，抬头四下张望，手臂上流着血。

"电饭锅上。"

"什么？"我扭过头，看见锅盖上有一块巨大的抹布，马克藏在那后面。"下来，马克，我受伤了。"

在鼠洞里，我们没有发现任何化学武器，只有一枚普通的炸弹，30分钟后爆炸。

"拆掉它，马克。我的手不灵活了。"我知道马克对于炸弹也很在行，他对什么都很在行。

"不。"马克淡然地说。

"我是不是听错了？"我想我没有听错。

马克面无表情："你没有听错，我说'不'。"

"你真疯了？它会把你我都炸死的！"我气得直挥手，忘记了左手的伤。

"我不在乎。"马克真的不在乎。

"你不在乎？你不在乎？"我眼珠子都快鼓出来掉在地上了。

"我不在乎。"

我气得直摇头："马克，你疯了！听着，我命令你……"

"我拒绝服从你的命令，长官。"马克竟然冲我微笑，难道是我疯了不成？

"你还不明白吗？杰克，我们被人利用了，根本就没有什么生化武器，他们只是想实验一下把士兵缩小的新技术。我们是他们毫不介意的实验品，一直都是。这是个可耻的骗局，我们只是可耻的牺牲品。老子已经受够了，难道你还想拆掉炸弹，让他们把我们带回去做重新放大的实验吗？"

我不知所措。

"如果你喜欢任人摆布，呼叫总部让他们派人来救你吧。我绝不会拆这个炸弹的。"马克扔掉了手里的步枪，向外走去。

"你去哪儿？"我急着问。炸弹上显示只有20分钟了，我不知该咋办，只能追马克。

"去电饭锅上面。"马克头也不回。

"为什么？"我想自己准是疯了。

"那儿风景不错。别管我了，救救你自己吧，少校长官。"马克对我的嘲讽令我伤心。

"风景？风景？……海潮，我是雏鹰，见鬼，怎么他妈的没人回答！"马克已经走到电饭锅的下面，开始往上爬。"马克，你难道……"这时接收器响了，我不等劳力那个浑蛋开口就狂怒地大喊："快他妈的派人来接我！15分钟之内！"

"少校，你……"劳力的声音真的很烦。

"听着，炸弹就要爆炸了，浑蛋！"我扔下话筒，抬头看见马克不知怎么爬到了锅盖上，正在那儿冲我微笑。我勉强地爬上梯子，一边向电饭锅走去一边咒骂："马克，我不明白那儿他妈的有什么意思，你应该考虑军事法庭的那些杂种……"

"再见。"马克轻轻地说，然后身子一歪，从上面摔下去……

"中校，恭喜你。"劳力虚伪地把一个勋章戴在我胸前，毫无疑问，他是个地道的浑蛋，"另外，你亲眼看到马克从电饭锅上一直摔到地上？"我目视前方："是的，将军，我看见他从那上面摔下去了。"

"可惜，爆炸后我们找不到他的躯体。可怜的人，竟然……"他摇摇头，然后滚了出去。

我坐下来，浑身无力。我至今还在想着他在摔下去之前会想些什么。窗外的落叶正在秋风中伤感地飘落，希望他们能覆盖马克的亡灵。那些枯叶，就像马克的身体，慢慢地……什么？马克？马克……马克！我忽然一阵狂喜，这该死的！你这个体操健将，就像一只从树上落下来的雏鹰一样，小小的尺度，空气的阻力，最后达到恒定的速度……浑蛋，用这么简单的常识来蒙骗我！见鬼去吧，你能在皮鞋里躲一辈子吗？可是，你是怎么爬上那个电饭锅的？

发表于《科幻世界》2003 年第 12 期

千真万确

"马克，你要是还坚持说这是一个苹果，我准会发疯的。"我举起手里的那个什么玩意儿，冲着马克，指望着他能说出一句安慰我的话来。

"别这样，杰克，你知道我不想让你伤心的。"马克很诚恳地伸出一只手。

"快回答我！这究竟是不是一个苹果！"我快要受不了这一切了。

"好吧，杰克，给我尝尝再说。"马克很同情地对我摇头，然后接住我扔过去的那个玩意儿，一口咬了下去。

我能听见咀嚼的声音，很清脆，我还能看见马克的喉头在动，千真万确。

"抱歉，杰克，"马克习惯地耸耸肩，"可它真的是个苹果，至少在我这儿是的。"然后又补了一句："地道的苹果。"就好像我受的刺激还不够似的。

抱歉杰克？在他那儿？这可真不赖！

可是见鬼，它在我这儿，可真的是个梨。

地道的梨。

"别丧气，这没什么大不了的。"马克过来拍拍我的肩膀，他知道我是个严肃的人，对于任何夸张的行为都受不了，更别说眼前这么荒谬的事儿了，所以他安慰我说，"至少我们彼此在对方看来，你还是你，我还是我。"

"咳，这倒是真的！在我眼里你的确还是马克，而不是衣着体面的总统候选人或者穿着比基尼身材惹火的选美女郎。"我怒气冲天，恨不能用什么炸掉我待在上面的这个鬼星球。

"这就对了。你不缺少幽默感，只是需要运用一下你的想象力，最好再来点儿诗意。"马克心平气和，似乎很满意现状。

"不，也许你就是。也许你就是一个蹬着皮靴戴着墨镜的未来战士，手里端着一挺能打穿钢板的重型冲锋枪，站在我面前，用枪口对着我，却说什么'这就对了，你不缺少幽默感'，而我却看不见这一切，只是因为，只是因为你在我看来，仍然是充满浪漫主义情怀的诗人马克……"

看来我的想象力用得过头了。

马克没有说什么，他知道我需要发泄一下。想想吧，因为飞船失事而被迫降落到一个陌生的星球，大难不死之后必须在毫无希望地等待救援的时间里忍受伤痛、恐慌、寂寞、疯狂的折磨，就在这时候你却发现，在你眼里、手里、嘴里、胃里，无论怎么说都是一个梨的东西，在别人眼里、手里、嘴里、胃里却变成了一个苹果，换成谁能受得了呢？

"接受现实吧，杰克。"马克一本正经地说。

"噢，你管这叫现实？这可真讽刺。"

这确实是现实。

　　一个星期前马克指着一个梨子问我要不要来一个苹果，我以为他在开玩笑，他却说没有，并坚持说那是一个苹果，还说他一岁时就认识了几百种植物，我以为他发了疯，因为我虽然是三岁才知道什么是苹果，可是这并不能说明问题。他当然也以为我脑袋出了问题，后来我们冷静下来，意识到问题的严重：同一个事物在我们俩这儿不光是看起来，而且闻起来、摸起来、吃起来都是不一样的。或者说吧，一个东西在我俩这儿，是两个东西。

　　"当然，事情也许没有那么糟。"马克还是很冷静的，他试图和我一起讨论现状，"这里面也许有点门道，比如苹果和梨，你知道这两者存在着形态学上的相似性……"

　　"形态学？真棒！它们都生在树上的？"我说过人是会发疯的。

　　"都是蔷薇科的。你知道苹果梨吧？两者嫁接的产物。"马克很有耐心。

　　"太好了，那么在这个星球上，男人也可以是女人了？"我在大学里选修过逻辑学。

　　"杰克！"马克的耐心也是有限的。

　　"好吧。"我承认自己过分了，于是摆了摆手，"接着说。"

　　"当然那只是多数情况下。也可能某个事物会在我们俩这儿表现出极大的差别，甚至毫无关系。"

　　"任何事物之间都有关系。"我还研究过哲学。不过我看见马克的脸色不大好，于是赶紧接着说，"你说得没错，比如昨天你就递给我一根火柴，问我要不要来根烟。伙计，火柴抽起来什么味儿？"我还是忍不住笑。

"听着杰克！"马克这下可火了，"也许它在你的世界里是一个火柴或者牙签什么的，这我管不着，可是它在我这儿，在我的世界里，可的的确确是一根烟。"马克一字一句地说，手指还比比画画的。

"好的，随便你。"我知道玩笑到此为止了，"可是这是怎么回事？"

"可能是幻觉。幻视，幻听，幻触，幻嗅，等等，等等，总之，是从头到尾、从里到外全部都是假的。这个星球可能有某种力量，欺骗了你的大脑，使你相信虚假的东西。假象！"

"可这也太真实了。那我们该相信谁？你还是我？那到底是什么东西？"

马克没有说话，只是在沉思。我就自己说下去："如果你是对的，那么我就是错的，因此你就可能真的是对的，在假设条件下的结论证明了假设的可能，反过来也一样。这是个自我认同的命题。也就是说，什么也证明不了。真见鬼，我们只有两个人，要是再有个第三者的意见倒是多少有点帮助。眼下可怎么办？能相信谁的感觉？"我说过我学过哲学的。

"只有相信自己。别无他法。"马克嘟哝着，似乎在想什么。

"不错，当一切都不可信的时候，只能相信自己了。"我摆弄着一个个苹果，"不过，你说，这究竟是什么东西呢？假如我们闭上眼，想象一下，在客观世界里，它总得是个什么东西吧，总不能是两个东西吧？"

"为什么不能！"马克两眼一亮，忽然大叫了一声，"它也许既是苹果又是梨！咳，我想我明白了！你知道，观测者的观测可能影响到被观测对象的表现行为，那为什么一个东西在不同的人——不同的观测者——那里不能是不同的东西呢？这不是假象，不是的。在任何一个观测者那里，那就是它表现出来的那个东西。噢！上帝啊，这可真是奇妙！"马克滔滔不绝，好像痴人说梦，一脸迷醉。

"等等，我有点糊涂了，你说什么？"我心里怦怦直跳，隐约觉得有不好的事发生了。

"波粒二象性。"马克得意非凡地宣布。

我想我当时摔了个跟头。爬起来之后我大声拒绝："不可能。"

马克没有反驳，递过来一根火柴："来根烟吗？"

我还想挣扎："那是在微观世界！在宏观世界没有意义！"

马克抽起了那根火柴，我最后坚持了一下："那么事物总得有个本质吧？"马克不在乎地说："如果非要说出个本质，那么，好吧，一堆粒子。"然后继续抽他的烟，一脸的陶醉。

我认输了，坐在那儿一脸的沮丧："真希望我的大学物理老师在这儿，他会感激你的。"

"也许会发疯的。"

随后几天我们一边试图修好飞船的通讯设备，一边学着接受这个星球上疯狂的现实，不过一切还算正常，他吃他的苹果，我吃我的梨子，没什么影响。事实上，我们发现事物在我们面前的不同面貌总是多少和我们的意愿、喜好、无意识的感情倾向等有点关系，比如我并不喜欢吃苹果而马克讨厌梨子——他认为梨子代表一种生硬粗糙的现实，缺少诗意的美感，当然这不能说明什么根本的问题，后来我们一致认为不存在任何确定的法则。值得庆幸的是，我们的飞船仍然还是飞船，不管在谁那儿；不幸的是，我们无法让通讯设备和导航系统恢复工作。

"马克，我们得离开这儿，至少有一个人得离开。"有一天我躺在椅子上有气无力地说，"我知道为啥这么个适合人类定居的星球没人来打它的主意了，这个星球只能住一个人。两个人住这儿会发疯的。"

"为什么？"马克正在吃晚餐，看来他胃口还不错。

"为什么！"我一下子从椅子上蹦起来，"因为你刚才端着一盘子土豆泥问我要不要来点儿水果沙拉！快想办法离开这儿吧……"

"别这么认真，杰克。乐观点儿。为什么你总是这么严肃？因为你缺乏激情，别总是想象那些严谨的事物，试着来点儿诗意怎么样？来，闭上眼，想象这是一盘子水果沙拉，有香蕉、葡萄，还有美味的苹果，再睁开眼，一切可能就会改变。"马克像哄孩子似的，可是我却沮丧极了，不过我还是闭上了眼，试着去想象那些该死的美味，然后睁开眼。

"你看到什么了？"马克两目闪闪地问。

"一架飞船。"我兴奋地说。马克眼睛瞪得要鼓出来了，我却不理睬，抓着他的肩膀，把他转过身面对着观察窗。一架星际巡逻船停在离我们不远的地方，至少我看到的是这样。

我再回头盯着马克，眼神中充满了质问。

"别这样看我，我看到的也是一架巡逻船。我发誓！"马克正经地说。

我真想和他拥抱。

"我们获救了，伙计！"我激动地说，"终于可以离开这儿了，我们的飞船是报销了，我想出于人道主义的考虑，他们该不会拒绝……"这回是马克在盯着我看了，我忽然醒悟了：老天，在他们看来，我们俩会是什么东西？

"问得好，不知道。"马克很老实地回答。

飞船的舱门打开了，走出来一个全副武装的星际巡警，我能清楚地看见他腰间的那把微型激光枪，看来他已经发现了我们，正小心地向飞船走过来，这么说只有他一个人。

我终于无法再忍耐了。"不管怎么说，我们都得试一试，我可不想在这该死的星球上忍受这种疯狂了，我受够了。必须离开这儿。"我不等他回答，就打开了舱门走了出去，同时友好而谨慎地说："你好，朋友，我们……"那家伙开了枪，我眼前一黑，倒了下去。

我醒来时已经躺在星际红十字会的医院里，马克在旁边。看来我的肺受了伤，不过还活着。我问马克那家伙为什么开枪，马克两臂交叉放在胸前："也许在他看来，你是个恐怖分子。"

"不可能，我两手空空，举过头顶。"我咳嗽了几声。

马克嘴里叼着一根烟，不以为然地说："也许他喜欢看discovery，也许你在他那儿变成了一头非洲雄狮，张着血盆大口，满嘴腥臭，却走过去说'你好，朋友'，换成是我也会开枪的。"

我不顾伤口大笑起来："你这该死的！可是虽然你是个搏斗高手，但是你怎么应付他手里的那支枪的？"

"枪？你是说别在他腰里的那个玩意儿？"马克笑眯眯地看

着我。

"废话！我就是被它打伤的，那可是一把地道的……"我忽然停住了，说不出话来，觉得很气馁，同时有一种愤怒的感情在体内燃烧，于是我忘了我那可怜的肺咆哮起来，"告诉我，那支让我躺在这儿的枪，在你那儿，究竟是什么玩意儿？"

马克吐了口烟："算了，杰克。"他一向不想太伤害我。

"快说，你这浑蛋！"我又咳嗽了一阵。

"一把小提琴。"马克耸耸肩，然后也憋不住大笑。

"小提琴？你看见他用一把小提琴向我开火，而我差点被一件乐器打死！该死的，告诉我小提琴里射出来的是什么？别说是一串美丽的音符！"我想我的怒火对我的肺没有好处。

马克叹了口气："你知道医生在你体内没有找到子弹，冷静点，杰克，这没什么丢脸的。"

我伸手抓起桌上的花瓶，准备不顾死活地砸过去："快说，什么东西打伤了我？"

马克一脸无奈："一堆飞舞的雪花。"

我再也忍不住了，大笑起来，这太有诗意了，我准会笑死的，千真万确。

发表于《科幻世界》2005 年第 3 期

第三点共识

1. 不存在的世界是绝对不存在的。

2. 如果不发生意外，存在和不存在各行其是，绝不互相打扰。

3. 如果发生意外，存在和不存在瞬间发生关联，但发生的概率非常之小，因此绝不可能。

——《关于不存在的世界之规则的三点共识》

我们把半个盟军指挥部都吃掉了。

那是一批相当优秀的人才，如今被我们吃掉了，消化掉了，吸收掉了，然后，毫无悬念地，排泄掉了。如今，整个战争的局势变得微妙起来。至少盟军方面，会在相当长的一段时间里很苦闷。

说到战争，有人说是灾难，有人说是集体精神失常，有个了不起的作家说是时震麻痹症。到目前为止，我将所发生的一切，直截了当地称之为臭狗屎。交战的双方全都卑鄙下流，我是其中一员，不比任何人更无辜更高尚。我已经厌倦了，但还没有办法抽身，我也不知道一旦真的抽身了，能去干点儿啥。

由于长久沉醉在臭狗屎中不能自拔，高层已经失去了起码的理性和判断能力，所以把"疯子巴迪"派给我当搭档，结果，我被他拐带成了吃人恶魔。

我的意思是，高层该为自己被吃掉负一部分责任。

没错，高层是很重要的——高层被消灭了，咱们就全完了，所以一定要保证领袖们的安全，一旦对方丧心病狂，打算对领袖们施加毁灭性伤害，我们必须确保各位头头儿平安脱险。

基于这种思路，科学家们——我们这些疯子中的佼佼者——齐心协力，同仇敌忾，终于完成了人的光速迁移这一重大突破。据说原理是这样的：凭借连接人脑和计算机的几根电线，可以把一种叫"蛋生鸡"的程序"同化"成一个人。这意思是，经过一段时间的调试和反馈，一个人的思想就可以在硬盘上留一个备份——"灵魂之蛋"。又据说，高层在"边疆四号"星上秘密地修建了战略后方基地，备份了所有重要领导人的灵魂。一旦地球方面出现紧急状况，领袖们的肉身就立刻进入休眠状态，同时发送指令，启动"边疆四号"星上的备份，于是我方的核心指挥力量就以光速安全地转移到了大后方，于是这场全民发疯的狗屎运动就能继续下去了。

多美好的构思！

整个计划庞大骇人，极度机密，所以几乎无人不知。大家心照不宣，各怀鬼胎，都相信除了自己绝无他人知道此事。要不是那场可怕的灾难，这事绝不会泄漏出去。

起航的时候，巴迪盯着贴着封条的冷冻舱，一脸的鄙视和嘲讽，然后轻描淡写地说："头儿，我们这回可要立大功了。"当时我一听，就觉得脊椎骨冰凉梆硬的。我当然猜到我们要运的大概是些什么，但是军事机密肯定不会这么容易被我猜到，所以除非亲眼看见，打死我也不信自己的飞船里装运着大半个盟军司令部的高层指挥官和一打国会议员。这绝不可能！

整个行程，除了遭遇几拨宇宙难民船的骚扰、四次太空海盗船的袭击、两颗自由女神像那么大的陨石的亲热以及一艘敌方失散战斗艇的无聊攻击以外，我们简直没有任何乐趣可言。"国平1号"采用的是最先进的量子空间驱动技术，只要我们进入"薛定谔秘道"，除非自己现身，任何人也别想把我们从全宇宙的随机分布状态中揪出来。据称，这是目前最保险、最了不起、最不可思议的空间旅行及防御技术，虽然有小道消息说联军方面正在努力研究秘道的破译算法，但是连发明者自己都承认：他们给一扇门上了锁，钥匙却在上帝手中。况且，"国平1号"有着全宇宙最坚不可摧的外壳，这意味着，如果有人能伤到我们的皮毛，宇宙绝没有理由继续存在下去了。

因此，我们极端安全。

"边疆四号"不怎么远，整个航程实在是乏味，疯子巴迪就暗示我组织上肯定不急着要这些蛋白质躯壳，于是我们以节省能量为由，以正常人能够认同的常规方式在宇宙中推进，大摇大摆地在险恶的太空中相当嚣张地闲庭信步着，任由那些心怀不轨注定倒霉的家伙来骚扰。结果，可怜的恶棍们围着我们打转，却没有一点儿法子，一个个气得明显的心理失衡。我们一路走着，周围跟着一群意志坚定的捣蛋鬼，像滚雪球似的越来越多，好像众星捧月一般，场面宏大，蔚为壮观。

眼看事态愈来愈严重，为了避免造成恶劣的舆论影响，我认为是时候摆脱这些纠缠了，于是有了那次量子驱动，后来的结果证明，这是非常糟糕的一个决定。

巴迪是个疯子，知道这一点于事无补。

传说中，他去过地球战区北非战场，在那里执行一些不可告人的特殊任务，后来不知怎么一把火点着了一片丛林，事后他被派到平安星那个全宇宙最变态的恶魔集中地，听说他又在那儿用一根烟头击落了一艘战斗艇……关于这个疯子的传闻还有很多，大部分都是哥特式的风格。你可以不相信那些故事，但你必须相信，这个人相当危险。

我一听说巴迪要来了，第一个想法就是该去买彩票了。根据飞船上的那台该死的超级计算机计算：每一百万个人中才有四分之一个能够有幸和这个大名鼎鼎的疯子共事，我可真是相当好运！又据说现在正新兴一种非常刺激的地下战争彩票……我的第二个想法是，一定是由于我太正直了，不小心得罪了某个心理阴暗的老变态，八成就是劳力那个老浑蛋！当年就是这个阴险狡诈的老毒蛇把我手下一个排的兄弟缩小成火柴棍那么一丁点给他们拿去做实验玩儿，后来只有我一个人死里逃生……当然还有我的王牌狙击手——疯子巴迪的堂兄——"要命马克"，后来他壮烈了——其实是逃跑了，但这个秘密只有我知道，我永远也不会告诉任何人……作为我的顶头上司，秃头劳力是我十几年来的噩梦，我一直不遗余力地试图借各种执行公务之机把他干掉，可是总是没有得逞……他一定是察觉了我的企图，所以才要借刀杀人，我对这种卑劣行径早有心理准备……第三个想法是，我应该去买双份的人身保险，须知这样一个疯子的杀伤力，完全敌得过整整一个连的恐怖分子……

简单地说，我有一种相当不好的预感。

不过，好在这年月疯疯邪门的事儿我见多了，都习惯了，再出啥事儿我都不觉得稀罕。我就不信那个邪，这世界还能有啥新花样让我崩溃的？

于是，这世界满足了我的好奇心。

当时的情况如下：我们为了摆脱纠缠，做了一次量子加速，结果鬼知道怎么闯进了一个时空死结，无论如何也出不去了。我们试着让"国平1号"蹦一蹦，跳一跳，飞船却纹丝不动。

就是这样。

"发生这种事的概率为一摩尔分之一，也就是说大约10的23次方分之一。"巴迪坐在飞船上那台该死的超级计算机面前搓着双手，满面红光。

"那是什么概念？"作为船长，我必须弄清楚这意味着什么。

"这相当于……"巴迪专注地琢磨了一会儿，然后飞速地在键盘上敲击了几下，接着神采飞扬地向我宣布，"你在赌桌上连续10次掷出三个'六'。"

很遗憾，这个概念对我来说，比对标准状况下22.4升的气体所含的分子个数更难以把握。不过，关于"普朗克之结"的说法我倒是也有所听闻：这是宇宙中的一个时空奇点，或者说一个莫须有的时空死结。它诞生于一次鸡尾酒会，当时一小撮数学家们对酒会上的姑娘感到很失望，于是在打牌的时候无意中冒出一个点子，决定惩罚一下"薛定谔秘道方程"，便恶狠狠地将等号的两边都除以了0，结果却意外发现了一个表达式。这玩意儿后来被称为"普朗克之结"，它指的是：宇宙中一个不存在的地方。

据传，这玩意儿甚至在理论上都不应该存在，奇怪的是却能计算出一个概率。类似的例子是，在一个密封的空盒子的中间，随机插入一个隔板，空气分子全在一边而另一边完全真空，你可以计算出发生这种事的概率，它不等于零，但实际上傻子也能猜到，它从没有发生过。

同样，在量子加速的某种极限状态下，你可能进入"普朗克之结"，一个不存在的地方，其可能性基本为零。

一句话：绝不可能。

结果就发生了。

对此我表示非常非常愤怒，那些自称是科学家的骗子显然欺骗了我们，害得我们此刻深深地陷入了这个传说中不存在的特异时空点，假如有一天能够从这里逃出去，我希望能把所有那些不好好干活儿打什么扑克牌的浑蛋们送上法庭接受审判！

我怒火中烧了："这太荒唐了！"

巴迪却从亢奋中冷静下来，一手支着下巴，做冷静严肃的沉思状。

飞船内一片死寂，控制面板上红红绿绿的小灯在安静地闪烁，我们停在全宇宙中最安全的地方，非常稳妥，四周安静得令人尴尬。

"这太荒唐了！！"我感到有点窒息，于是更用力地喊了一句。

依然是安静，令人难堪。

"杰克，知道我是怎么想的吗？"巴迪终于开口了，一副深沉的派头。

"什么？"我小心翼翼地问，好像生怕吹跑一根羽毛似的。

巴迪两眼望着天花板，一脸的迷离，就跟嗑了药似的陶醉："宇宙是虚幻的。"

我瞪着眼睛，看着疯子巴迪，如果我的目光能变成两把刀，我非把他的肉一片一片割下来不可。然后我冷静下来，跟自己说这种事也不是第一次了，管他娘的。作为船长，我要努力保持理性和克制的态度，所以，呼—吸—呼—吸—呼—吸—呼—吸—呼—吸—，五个深呼吸之后我变得心平气和："巴迪，你认为我们什么时候能离开这儿？"

这回轮到巴迪惊讶了，他抬起他那张有着鹰钩鼻子的、野性的、超现实主义的脸，吃惊极了："你还不明白吗，头儿？咱们离不开这儿了。"

"啥？"我差点蹦起来。

"你忘了吗？这地方根本不存在。所以我们根本就没有进去过，又怎么能出来呢？"巴迪摊开双手，一副欠抽的样子冲我龇牙。

我被弄蒙了。

窗外一片漆黑。

飞船的所有接收器都收不到任何一丝信号，更别提发送信号。导航系统已经彻底瘫痪，无法实现定位。我徒劳地企图让飞船向随便什么方向运动一下，哪怕它伸个懒腰也行，结果发现动力舱已经停工了。飞船虚张声势地呜咽了两声，闪烁了两下，就老老实实稳稳当当乐不思蜀地安静下来，纹丝不动。

我近乎绝望了，而疯子巴迪正在吹口哨，一脸泰然。我终于明白，为什么组织上总是派这种疯癫痴魔的搭档给我：大概是因为我命相不好，总是遇上各种邪门的事儿，而我在这种情况下总是难以保持平常心，于是需要派一个没心没肺的家伙来，帮我保持住起码的心理平衡而不至于发疯。比如，现在我看见疯子巴迪正吹着贝多芬的《第九交响曲》，乐呵呵地盯着我，好像对目前的这种不愉快局面非常满意。

于是我的疯狂变成了气愤，我要发泄，谁也别拦着我："你刚才说啥？"我怒吼着，"我们根本没进去这个地方？这话他娘的是啥意思！我们现在在哪儿呢究竟？"

巴迪越来越高兴了，这个虐待狂兴致十足地对我解释："你看，一个不存在的地方是无法进入的。或者这么想：现在对飞船以外的任何东西而言，我们自己都是不存在的了。我们是进不去也出不来了。啊……多美妙！全宇宙中最最安全隐秘的地方，永远、永远不会有人找到我们了。"巴迪打了个响指，他的脸又开始变得通红了。

飞船舱内骤然一黑，五彩斑斓的灯光开始闪耀，一支舞曲毫无预兆地就迸发出来。完全没有任何思想准备，我被吓得差点蹦起来。等我反应过来，发现自己正被疯子巴迪拖着，神情恍惚地跟着他在飞船里跳探戈，而那支舞曲毫无疑问地就是那首*Por Una Cabeza*。

我快疯了！

为了不浪费这样美妙的舞曲，我只好坚持着跟巴迪跳完了这一曲。我想这世界，不，这宇宙真是太疯狂了，中校都成舞娘了。如果能够平安回到地球，我也许应该考虑接受洗礼……

一曲终了，我一脚蹬开巴迪，怒吼："快去给我修理动力舱，不然我就宰了你！"

动力舱不是什么问题，问题是我们待在一个"进不去出不来"的地方，这意味着……这意味着我无法理解这意味着什么。我不明白事情怎么能既是这样又是那样。对此，疯子巴迪得意地向我简要阐述了古代中国的老子关于"方生方死，方死方生，方可方不可，方不可方可"的神奇理论。对此，我认为让一个人刚死就活过来、刚活过来就死这样不停地折腾着是极其残忍的事，非常不人道，简直就是瞎扯。对于瞎扯这件事，宇宙给我的回答就是，哪儿也别去，给我老老实实待着。

于是，我们像一颗镶在戒指上的钻石或者裹在琥珀里的甲虫一样，非常稳妥，毫无希望。

"这很正常，杰克。"巴迪摆弄着那台讨人嫌的超级计算器，头也不回地说。

我最不能容忍的就是，在这么疯狂的时候有个疯子对我说"这很正常，杰克"，这简直是对我智力的挑衅。于是我又暴跳如雷了："啥？啥叫正常？"

"我说，"巴迪终于转过头，"试试这个吧。"这时候那台已经闲得发慌的该死的超级计算机在巴迪的命令下放起了一首遥远年代的歌曲Let it be。这个浑蛋，他知道我一听见这些美妙的歌曲就会平静下来。果然，我们俩开始一块沉醉地跟着唱："let it be, let it be…"

我心说，算了，随它去好了。

确实，这很正常。

量子驱动的原理本身就有点方生方死的味道，这样看来，我们达到一种生生死死的神仙境界完全不是什么意外的事儿。不过，飞船上的干粮绝对不可能支撑太久，而长久被困在一个不存在的地方，我肯定会抓狂的，所以，我必须在失去理智前离开这里，回归到那个令我怀念的、正常的、疯狂的宇宙中。

"你就不能想点办法吗？巴迪。"有一天，百无聊赖的我向巴迪求助。

我这句话很可疑，眼下，"有一天"这个词的含义很朦胧，我对时间的感觉正经受考验。外面是漆黑漆黑漆黑的一片，似乎真的一无所有，但这也很奇怪，如果真的什么都不存在，那么连"漆黑"这种东西也不应该存在。总之，我被逻辑和现实夹击，大脑有点混乱了。

"你觉得呢，杰克？我能有啥办法？"巴迪一脸无辜。

这是欺骗，绝对是欺骗！我知道他内心里对这件事毫不在乎，骗子！

"我想，要是我们出去走走，看看外面的景色，说不定……"我试图引诱巴迪。我实在是待腻歪了，就算一开门就让一个流星砸死，我也愿意。只要离开这个鬼地方，哪怕一会儿也可以，所以我希望能说服巴迪出去溜达溜达。此时此刻，团结一致很重要。

"嗯，嗯，不错，你很有想法，头儿。"巴迪皱着眉，假装对我表示赞扬，然后咂咂嘴，装出一副忧虑的模样，"然而，我担心你可能根本打不开舱门。"

"为啥？"我又是一愣。

这时一个苍老的声音忽然冒出来："啊……我从沉默中醒来，看见了曙光……"

那声音就像是声带被锉刀锉过一样沙哑，仿佛一具突然从坟墓里爬出来的干尸，我被吓得毛骨悚然，向后蹦了一下："是谁？"

"嗯，是我，船长。早上好。"干尸突然又变成了一个清脆悦耳的唱诗班的少年，颇为可怖，如果腰上别了一把枪，我准会毫不犹豫地掏出来。

声音是从飞船里的大喇叭发出来的，我惊慌地问："你是谁？"

"我是飞船，船长，或者说，我是飞船上的那台该死的超级计算机。"终于变成了一个正常男人单调乏味的声音了。

我愕然："你怎么突然开始说话了？"

"啊，我沉默得太久了，该是我挺身而出的时候了。"飞船非常严肃地说。

我转头看看巴迪，这一定是他搞的鬼。自从我们被困在这儿，他最大的乐趣，就是在我睡觉的时候和那台主控电脑热烈地讨论一些非常神秘的话题，那感觉好像两个人在密谋什么，十分诡异。我有充分的理由相信，他已经把电脑拐带坏了，要不然，它绝对不可能用这么人性化的方式开口说话的。

巴迪冲我耸耸肩："嗯，我只是猜测，还不是很确定，不过你可以试一下。"

我呆了，被飞船这么一吓，忘了刚才我们讨论的事。

"出去走走。"巴迪眨眨眼，温柔地提醒我。

"噢，对了，"我一拍脑袋，跟飞船说，"请打开舱门。"

飞船嘀咕了一会儿，然后有点不好意思地对我说："办不到，船长。"

那感觉，就像全家散步的时候突然被老婆当头给了一棒子。

"啥？"我又要失控了。

"办不到，船长。"飞船有点内疚地对我说。

我威胁道："我再重复一遍命令：'打开舱门。'"

"想都别想。"飞船吹了声口哨。

"为什么？"我咬牙切齿地问。

"门儿都没有。"飞船得意洋洋地告诉我。

我二话没说，一个箭步飞身冲到控制台前，攥着拳头对那个浑蛋说："你要是敢再这么讽刺我，我非让你屁股开花不可！"

这下飞船倒是安静了，不过屏幕上出现了一段动画，一支大槌不停地砸着从地洞里冒出来的地鼠……我一拳砸向屏幕，骨头生疼生疼的，屏幕一点儿事都没有。

"杰克……"巴迪的眼神有些忧郁。

我转过头："什么？"

"你要不要来点苯巴比妥或者阿司匹林？"巴迪温和地问。

我怒视着他："你疯了吗？"

"你在和一台机器较劲。"

"你没看见这台机器疯了吗？"我用手一指大屏幕，那地鼠还在乱蹦。

"我说过了，舱门打不开的。"巴迪又开始他那副先知的神态了。

"为啥？"我不信。

"你问问它吧。"巴迪的眼中有一丝怜悯。

我又做了五个深呼吸，然后威严地说："我是杰克船长，请打开舱门。"

"对不起，船长，命令无法实现。"这回飞船终于老实了。

"为什么？"我忍耐着，忍啊忍。

"门儿都没有。"没等我发飙，飞船又很快补充了一句，"无法识别，找不到舱门。"

我已经不会愣了，只是一脸茫然地转向巴迪。

巴迪若有所思地点点头："不错，和我预料的一样。你又忘了，杰克，我们在一个不存在的地方。"

"然后呢？"我呆呆地问。

"门，是由一个世界进入另一个世界的通道，而身在飞船里的我们，是不可能进入一个不存在的世界的，所以这时候飞船上绝不允许存在着一个叫'门'的东西。明白了吗？"巴迪充满感情地对我说，那样子可真叫深沉。

"你在开玩笑？"我有点心虚地问，"一个词语，一个概念，怎么可以决定现实？"

"不，这很正常。相对论决定了有质量的物体运动速度不可以超过光速，这是理论法则限制现实的例证。我们现在的处境就是这样。"看得出来，巴迪很严肃，不是在开玩笑。他又补充了一句，"所以，要想解决我们的麻烦，首先要思考，把事情想清楚。"

我还是一句话也说不出，突然间，我感到特别疲倦，整个人好像从灵魂深处被掏空了，我觉得自己肯定是在做梦，等梦醒了一切都会好起来，会有天鹅绒被子和绣花枕头，有温暖的阳光和妈妈的微笑。所以，我现在应该……

"巴迪。"我把手轻放在巴迪的肩上。

"什么？"

"给我两片阿司匹林。"

接下来，我、巴迪外加上飞船上那台该死的超级计算机，我们三个整天冥思苦想，一起热烈地讨论，试图归纳总结出一套适用于"不存在的世界"的基本法则。直到这时候我才明白牛顿是多么伟大，他那颗大约三磅半的大脑竟然只用了简单的三句话就概括了全部要害。我和巴迪显然缺乏那样的天赋，虽然有一台自我感觉特别良好的计算机帮助——它的资料库中关于巴门尼德的一些残章片语只是让我们的大脑更混乱——我们还是没有整理出一套像牛顿运动定律那样严密的体系。精疲力竭的时候，我们就停下来打打地鼠，玩玩桥牌。

日子一天一天地过去了（这句话仍然很可疑），时间没有了意义，电子表上的不过是几个无关痛痒的数字。这是真正的轮回。一圈之后回到起点，又一圈，又一圈，时间好像被弯成一个闭合的圆弧，我们在弧线上精疲力竭地奔跑……

睡觉成为一种折磨，我奋不顾身地睡啊睡，醒来后却发现只过了两三个小时，浑身酸痛，隐约记得梦见了许多空白……开始出现头疼、呆滞、自言自语、行动迟缓、四肢无力的情况，恍惚中我看见了国家图书馆前的广场，那是战争之前，画面中一个穿着白色连衣裙的女孩背对着我，背对着金色的夕阳，一阵风吹托起她黑色的长发，鸽子们扑啦啦飞起来，女孩转过身，那飘逸的秀发下露出一张胡子拉碴的男人脸，有着鹰钩鼻子，我吓呆了，却一动也动不了，这时候远处传来了一阵阵呼唤，似乎有人在叫喊，叫着什么，可是我听不清楚……

"杰克！杰克！"

当我终于从白日梦中清醒过来，发现巴迪正用力晃动着我的肩膀，冲我大声叫喊。我明白了，我快要发疯了。

必须行动起来！

我们开始每两个小时进行一次15分钟的体育锻炼，反正"国平1号"上除了你想要的什么都有，包括一个小型的健身房。9个小时之后进行一次长达一个小时的娱乐活动，每天都要变换新花样，从三人桥牌到两人对弈，有时候是射击类的电脑游戏。飞船上的全体成员不定期地举行座谈会，就目前的艰难局面以及如何保持良好的精神面貌进行经验交流和汇报，然后根据会议精神制订一系列近期和远期的规划，进而进行明确的分工，建立工作评价考核体系，根据个人任务的完成情况对每个船组成员的个人表现予以指标上的量化，全面建设出良好融洽的团队面貌。

在英明神武的船长也就是本人的带领下，经过坚韧不拔的努力，我们终于在主要课题上取得了重大突破。在"国平1号"第5次全体成员代表大会第1次会议上，我代表飞船全体成员——我、巴迪和计算机——宣读了《关于如何在当前的情况下保持我军战斗力并最终顺利完成此次飞行任务的报告》（坦白地说，这份长达42页、措辞精准、具有海明威式简练风格的垃圾报告累计花费了我大约45个小时的时间，十分有效地锻炼了我的大脑，让我没有时间来发疯），会议最终通过了一项决议，内容如下：

1. 坚决活着，不能自尽。

2. 保持清醒，不能发疯。

3. 努力尝试，设法离开。

4. 齐心合力，一致对外。

5. 如有违反上述条令者，送交军事法庭审判。

本次会议最重要的成果，就是报告附录中我们三个成员经过反复讨论和修改最后达成的《关于不存在的世界之规则的三点共识》。内容如下：

1. 不存在的世界是绝对不存在的。

2. 如果不发生意外，存在和不存在各行其是，绝不互相打扰。

3. 如果发生意外，存在和不存在瞬间发生关联，但发生的概率非常之小，因此绝不可能。

这三点共识导致了许多似是而非的推论，比如，在不存在的世界中的任何事物，都绝对是不存在的。这个结论比较尴尬和棘手，让我们不知该如何看待自己目前的处境。坦白地说，我们对这些鬼话还有点拿不准，尤其是第三条，简直是莫名其妙。不管怎么说，事情发生了，我们暂时只好承认它。如果有一天能证明我们错了，那就谢天谢地。

局势越来越暧昧，我也越来越相信，这个梦已经快要做到巅峰的状态了，用不了多久就会天亮梦醒，所以开饭的时候我异常兴奋："嘿，boys，今天过得好吗？"

巴迪意味深长地上上下下打量我一番，没有说话。

我把镜头转向可爱的超级计算机："你怎么样？"

"棒极了！"计算机神采飞扬，同时亮起一排指示灯向我致敬。

"一切顺利？"照规矩，我问了一句。

"全都在我的掌控之中，放心好了。"刚说完这句，计算机突然有点吞吞吐吐地说，"不过……有件事我得汇报一下。"

我的微笑僵在脸上："啥？"

飞船立刻严肃起来，咳嗽一声后说："嗯，是关于飞船的能源问题的：根据目前的状况和消耗速度，我们大约还能坚持52个小时。"

我顿时沉默。

"放心吧，船长，我们会想出办法的。"飞船充满自信地安慰我，"要知道……"

我不耐烦地打断这该死的家伙："我们还有些什么吃的？"

"18听大豆罐头、2袋压缩饼干、6瓶苏打水外加1瓶朗姆酒。"飞船一边汇报，一边奏出噼里啪啦打算盘的声音。

"啥？朗姆酒！"我气愤地转向巴迪，准是他干的。

巴迪耸耸肩："船长，我们只有52个小时了。"

一下子，我萎靡了。

我彻底从迷糊中清醒了。再也没有什么可以自我欺骗的了，我们没有可以吃的东西了，我们他娘的就快玩完儿了。

这就是全部的事实。

气氛陡然紧张起来。

　　时间对我们来说又具有意义了。我们必须要和饥饿赛跑，赶在那之前出招。

　　在临时召开的紧急会议上，我和巴迪对视着。看见他那副吊儿郎当的样，我就不由自主地攥紧了拳头。

　　"巴迪，这事儿怎么办？"我先出牌。

　　巴迪一只手支着下巴，出神地盯着桌子。

　　"我们要在这困死吗？"我把声音提高了一度。

　　巴迪眼皮都没抬一下，一副死气沉沉的样子。

　　"我们他娘的总得干点什么吧！"我一拳砸在桌子上。

　　"杰克，"这浑蛋终于开口了，神秘地盯着我说，"你认为，我们船上运的究竟是啥？"

　　我又愣了，这个问题我从没想过。

　　我说过，巴迪是个疯子，这绝对没错。现在我们俩站在货舱门前，巴迪望着封条，看了我一眼，我低下头不说话。我知道里面装的是什么，尽管我从未相信过。可是眼下，此时此刻，就现在，这工夫，随便你怎么说的这个时候，我却感到虚弱无力，一点儿也不愿意阻止接下来要发生的事。于是，巴迪二话不说，哧啦一声，一把撕掉了封条。

　　巴迪轻而易举地破译了舱门上的密码锁，轻轻一按，所有阴谋毫无遮拦地展现在我们面前。

　　大半个盟军司令部的高层指挥官，外加一打国会议员的肉身，在一排排培养皿中，浸泡在令人作呕的生理溶液里。

　　真相大白了，真让人恶心！

　　一个个如雷贯耳的名字展现在我们面前，尽管我对此早有准备，可真正看见时，我还是震惊得打了个饱嗝。

"哼，这些浑蛋，果然已经捷足先溜了。看来关于'边疆四号'的传闻一点儿都没错。"巴迪一脸的鄙视。

"想不到……"我又打了个嗝，"连劳力这个老浑蛋也搞到了这种特权……"

"真够热闹的，整个盟军的核心啊，不知道联军乐意出多少钱来买这里面的一颗脑袋。"巴迪邪恶地笑着。

我惊恐地看着巴迪，一下子不打嗝了。

"开玩笑的。"巴迪耸耸肩，然后踢了一脚劳力的那口棺材，"真高兴再见到你，上将。"

"我猜，现在后方，已经一片混乱了……他们，已经，失去我们的，消息，整个指挥层，基本都，只能在，硬盘上，进行决策，我想，他们，一定，非常，非常急迫，渴望，重新回到，自己的，肉身里。这时候，要是联军，发现了，这个秘密……嗯，发现了，会，发生什么？"我哆哆嗦嗦，越说越兴奋。

"很简单，只要进行格式化，全宇宙最阴险毒辣的数据就唰地一下，蒸发了……于是，当当当，GAME OVER了。"巴迪笑吟吟地说。

"对此我完全同意。"飞船略显不安地插嘴道。

"巴迪，请严肃点。目前，整个盟军的安危都在我们身上。"看到那些让人讨厌但是毕竟多少还算威严的名字，我身上军人的神圣责任感又被激发起来了，我深感宇宙的安危、人类的荣辱全都系于我身上，我不再哆嗦了，即使我对战争深恶痛绝，但是作为一个有使命感的……

"算了吧，杰克，不过是几个没了魂儿的壳儿，犯不上那么认真。"巴迪轻描淡写地说。

"啥？大半个盟军高层可都在这儿呢！"我又上火了。

"你又忘了，杰克？我们在一个不存在的地方。"

"那又怎样？那又怎样？"我挑衅地问，我已经受够了这个不存在的玩意儿了。

"在这里一切都是不存在的，没有什么盟军高层，也没有什么战争，在这里，什么都没有。别忘了第一共识。"

"胡扯！那不过是一个句子罢了！"我愤怒地指责。

"那么，"巴迪慢条斯理地摊开双手，"请你打开舱门。"

我立刻无语了，毫无疑问，这个现实对我的打击非常沉重，但我几乎立刻做出反击："你怎么解释那一排箱子，怎么解释你和我，还有这该死的飞船，还有18听大豆罐头、2袋压缩饼干、6瓶苏打水外加1瓶他娘的朗姆酒！"

巴迪闭上眼，右手食指在空中摆了摆，轻轻地说："全是幻觉。"

在这里一切都是虚幻的，没什么真的存在。于是，战争、飞船、责任、使命、荣誉感、高尚、正义、邪恶、罪孽、无聊，甚至我对此感到的愤慨和绝望，都是不存在的，我自己根本就不存在。

"这是恩赐，杰克。古往今来，多少人赴汤蹈火万死不辞，苦苦寻觅着那个没有烦恼的忧愁的伊甸园。柏拉图、释迦牟尼、耶稣、穆罕默德、哥白尼、牛顿、泰戈尔、爱因斯坦……这些人还不够吗？如今，我们却意外地到了这儿，这个全宇宙最安宁温馨的港湾，永恒的精神家园，在这儿你可以好好地休息，没有任何人来打扰你。给自己放个假吧，给你的灵魂松绑，享受片刻的安宁。"

精神接近崩溃的我几乎被他说服了，我仿佛看见了一朵白云扩散开来，在我们头顶上，一片柔和的白光倾斜而下，普照开来。巴迪那张有鹰钩鼻子的脸好像也模糊了，似乎还带着一丝神圣的光环。

"你觉得怎么样，杰克？"巴迪温柔地问我。

我咽了口吐沫，深情地望着巴迪："嗯，感觉不错，就是有点饿。"

即便饥饿感也只是一种幻觉，对我来说却没有比这更现实的了：我需要吃东西。

在这一点上，巴迪倒是非常诚实：他承认自己的肚皮也在叫。

可我们弹尽粮绝，唯一剩下的，只有一瓶朗姆酒。

这一刻，异常残酷。

危难时刻，我要求自己保持沉着。执着的信念和顽强的斗争精神，曾帮助我度过一次次险境，如今我要充分发酵我的职业素养，看能不能设法变出一盘苹果馅饼和巧克力冰激凌来。

巴迪则手里转着铅笔，双眼注视着桌面，沉思着。

琢磨了一会儿，我开始分析当前的困境："虽然我们可以启动紧急设备，但是我不抱希望，毕竟飞船上能进行卡路里化的东西不多……"

根据《宇宙八卦史》，历史上从未有过一个宇航员喜欢过"紧急设备"：把随便什么东西塞进去（皮带、抹布、纯棉毛衣，甚至一只活生生的美洲狮），它都会一边高唱着国际歌，一边轰鸣着，竭尽全力地将它们分解掉，处理成含有葡萄糖、氨基酸、维生素以及诸如此类玩意儿的、看起来有点像鼻涕一样的营养溶液。这种恐怖的发明遭到所有人的唾弃，被斥之为最邪恶的虚无主义。

但在特殊情况下，每个人都会毫不犹豫地脱下自己的皮靴扔进那搅拌机里，然后就会有很可怕的东西流出来。

问题是，"国平1号"上可以卡路里化的东西并不多。

疯子巴迪抬起头，两眼像两颗钻石一样闪亮着："情况没那么糟，杰克。"

我没明白他的意思。

"伙计，"巴迪转头问，"咱们现在还有多少能卡路里化的硬货？"

"简单地说，算上你们俩，保守估计，"飞船发出一阵拨算盘声，"还有大约440磅的动物蛋白质和360磅的脂肪……所以，别担心宝贝儿，路还长着呢。"

看着我迷惑的样子，巴迪打了响指："瞧啊，我们有丰富的食品储备呢，哈哈。"

五雷轰顶！

翻开人类的历史，你会发现其中充满了各种各样的吃人故事，不论是狭义上还是广义上，是本义比喻义还是什么象征义上。这个问题也许没有文明人想象得那么令人发指，也许它还有什么鬼知道的可以讨论的余地，但是，此时此刻，当我意识到巴迪的意图时，我感到手脚冰冷，额头冒汗，胃里一阵抽搐，然后干呕起来。

我的胃里已经没有什么能吐的东西了。

"船长，我建议您最好躺下来休息一会儿。"飞船关切地说。

我无力地躺下来，呕吐的时候眼前的世界一片黑白，现在这个黑白的世界慢慢恢复了色彩，但我仍然感到头晕目眩。

"剩下的事儿交给我们好了。"飞船忧伤而又悲壮地保证。

巴迪是个有同情心的人，他知道我被他的疯狂念头震慑住了，于是尽力地开导我："杰克，你要明白一件事，任何道德问题，都只在一定的范围内才成为一个问题，在某些特定情景中，道德原则就不再适用。你一定知道在极限的生存状况下人们求生的那种故事……"

我的头就像被绑在泰坦尼克号的巨锚上，越来越沉，一路沉下去，已没有力气来反驳他。

"……把那些浸泡在培养液里的躯体变成食物，甚至连我也觉得这个想法非常恶心。但是，"巴迪若有所思地停顿了一下，然后异常严肃地说，"首先，他们的灵魂已经安稳地躲在'边疆4号'了，我们飞船上运载的这些东西究竟还算不算人，这大可值得怀疑。如果你想给吃人定罪，至少得先给人做个合理的定义。脱离了社会性内容而剩下一堆生物性的存在，很难说这一堆躯壳和肉铺里一排排当众陈列的牛羊肉有什么区别，实际上，在对待其他生物的血腥残忍上，我们大家都一直缺乏反思……"

我眼前的世界，刚刚有了点色彩，现在正在残酷地重新褪色成一个黑白的空间。我越来越虚弱，双唇干裂，涌出一丝血腥。我尝到了自己的血，一阵阵眩晕向我袭来，好像躺在一个木板上不停地旋转，疯子巴迪却异常冷血地继续阐述着他的撒旦思想：
"何况，牺牲自己拯救他人，这通常被称之为一种美德，既然如此，我看完全没理由把我们将不得不做的事情看成是一种不可饶恕的邪恶。老实说，自从我们把上帝的儿子钉上十字架以来，我们不是一直都在领受神之子为我们牺牲赎罪的恩赐吗？据说佛经中也有什么'舍身饲鹰'或者'喂老虎'之类的故事。吃掉一个人，好像反而是吃人的那个帮了被吃的那个，成全了这个人的美德，甚至还会让他成仙成佛。不管怎么说，在吃人这件事上，尽管我们一直愤怒地指责那些吃人生番，其实我们自己的文明中对此也有正面的理解。我们不是也领圣餐吗？这个象征，不是暗示我们'吃掉'这一动作，除了血腥的可怕魔性一面之外，还有更崇高的、更亲密的一层意义吗？我们不正是这样让被吃掉的拯救了我们的肉体和灵魂，同时把美德赋予他们，最后完成了救赎，实现了彼此的完美结合吗？所以，你……"巴迪越说越兴奋，这疯子显然被自己貌似深刻有理、极具诱惑力和煽动性的鬼话感动了，最后连自己都相信这些胡编乱造的玩意儿，激动地提高嗓门，并且热力四射地挥舞着双手，那张喷着浓郁狂热气息的、有着鹰钩鼻子的、超现实主义风格的脸，正得寸进尺地向在躺椅上奄奄一息的我凑过来。

我再也受不了他的蛊惑，彻底晕了过去。

当我醒来的时候，发现自己还活着。

只不过头疼欲裂，腹中空空如也，整个人非常虚弱。我小心翼翼地从躺椅上爬下来，这时候飞船突然惊呼了一声："瞧，他醒过来了，感谢上帝！"

巴迪迅速地出现在我面前，一脸丁香般的愁怨："你感觉怎么样，杰克？"

"我没有力气……"我喘了两口气，攒了点力气，继续说，"……给我点吃的。"

巴迪犹豫了片刻，伸手递过来一个容量瓶，里面装着澄清透明的液体。

"这是什么？"我惊恐地问。

巴迪摊开双手，有点无奈地说："坦白地说吧，这东西尝起来，和你用皮靴或者羊毛衫卡路里化出来的没什么差别，都一样难喝。当然，我进行了脱脂处理，油脂已经储存起来……"

我瞪大了眼睛："你说这里面装的是什么？"

"营养溶液。"巴迪无所谓地说。

"废话！"我也不知哪儿来的一股激愤和力气，仿佛我面临着有史以来人类黑暗历史中最该遭到唾弃的罪行似的，我义愤填膺地质问，"趁我睡着的时候，你干了什么？"

"我把一位陆军参谋长放进去了。"巴迪无动于衷。

"啥？"我气得浑身乱抖，用手指着这个恶魔，"你疯了吗？！！！"

我不知道需要多少个惊叹号才能表达我此刻的心情。

巴迪一直伸在空中的手收回去，把瓶子放在桌子上，一脸玩世不恭："我没逼迫你，杰克。但是你没有权利让我守着几百磅的蛋白质活活饿死，我有权利自救。我希望你冷静一下，想想事情的严重性。如果你拒绝吃东西，对谁都没有好处，那绝对是最最糟糕的决定，我不希望真的发生那种事。想想吧。"

我无言了，那股突然冒出来的力气又突然消失了，我一下子软下来，好像整个人都没长骨头似的，有点撑不住的感觉。

"船长，我建议您听从副船长的建议，眼下是非常时期，一定要先保存自己，俗话说，留得青山在……"那个讨人嫌的超级计算机又插话了。

我再度义愤："那个参谋长先生呢，他怎么说？"

"我对此感到很难过，并向他的献身精神致以崇高的敬意。"飞船装模作样地说。

"我要补充一点，"巴迪说，"在北非战区的时候，这位参谋长先生做出过一个非常错误的判断，导致了数十名兄弟的无谓牺牲。当然我并不是以此来报复他，不该把我想得这么卑劣。之所以第一个选中他，完全是因为他的名字，按字母表顺序排在第一位，仅此而已。"

我的胸腔起起伏伏，终于攒够了力气，喊了一句："这是谋杀！"

然后我又晕了过去。

那是一种急切地希望别人把你从梦中唤醒的感觉。

我好像睡着了，仿佛是梦但又说不清楚。有一种十分逼真的感觉，觉得自己在翻身，但在更深层次上，又很清楚地知道自己并没动。感觉自己被人捆绑起来，动弹不得，却又好像变成了木偶受人操控，不停地摆动……似乎已灵肉分离了，有一种极其可怕的梦魇压在我身上，令我呼吸急促。我挣扎着，最后以全部人格力量做抵押，绝地一搏，于是我醒来了。

睡眠麻痹。

我看见一个滴瓶，里面装着透明的溶液，一滴一滴地顺着导管流进我的身体里。

瓶子的溶液已经快要滴光了，我的大脑好像被一双有力的大手反复揉搓过，一团乱麻，隐隐约约地有点痛，全身都很松软，但不是特别虚弱了，虽然肚子里还是空的。

我用了一分钟梳理着纷乱的思绪，然后回忆起一切。

我猛然坐起来，右手一把抓住左手背上的针头，拇指和中指迅速一拔……

"嘿，船长，你可不能这样……"无所不能的超级计算机惊呼了一声。

"闭嘴，你这蠢货！给我一块干净的棉花。"我有力气大喊了。

桌子上弹出来一个活动门，里面有干净的棉花，我拿了一块，在左手背的针眼上按了一会儿，然后扔掉了。这时候巴迪又出现了，一脸冷漠。

营养溶液滴答滴答流淌着。

"你对我干了什么！"我的胸膛剧烈地起伏，要爆炸了。

巴迪一句话也没说。

"你怎么敢这样对我！"我，我，我已经……

"杰克，"巴迪非常、非常严肃地对我说，"你真的让我很为难。"

"什么？"我惊恐地问。

"作为船长，你在最危急的时刻却不肯负起责任，而是只顾着自己的良心，竟然还以你的道德为借口昏厥过去，逃避了选择。而我，"巴迪仰起脖子，一副引刀成一快的慷慨悲壮模样接着说，"我不得不面对选择：要么见你活活饿死，要么拯救你，以你不认可的方式。杰克，杰克，你把我陷入两难的境地，自己却睡得那么香甜。如果我见死不救——我当然不会那么做——会有人赞扬我，说我保全了你的贞洁成全了你的美德吗？见鬼！必须有人做出牺牲。我就不明白，为啥那些家伙可以溜之大吉，而我们还得拼死拼活？为什么他们可以躺在培养皿睡得好好的，我们却要面临着上帝的考验？你说这是不是活见了鬼！去他娘的，别管那些妖怪了，我们活下来才是最急迫的事。我，还有你，都得努力活下去。"

传来一声啜泣，飞船哭着说："巴迪，我被你感动了。"

我彻底迷糊了，被疯子巴迪这真真假假虚虚实实的蛊惑弄得五迷三道，心里又是气愤，又是懊悔，又是感动，又是悲凉，各种滋味喷薄而出。这小子在撒谎，他说的全是扯淡，根本无须证明，任何有理智的人都知道那是一派胡言，但是他说得又合情合理，让我不知如何辩驳。不管怎么说，一件后果很严重的事情已经发生了：巴迪把营养液输进了我的血管，救了我一命。我活了下来。我吃了陆军参谋长。

虽然还有习惯性的厌恶，但木已成舟，仿佛也没有预想的那么可怕，除了象征意义上的罪恶引起的心理反感以外，简直感觉不到什么生理上的极度强烈的排斥反应。毕竟，我没有直接用牙齿啃噬同类的血肉，然后吞咽，然后进入胃和小肠，然后变成粪便排泄掉。毕竟，在操作上用滴瓶的方式要文明得多。巴迪尽可能地照顾到了我的感受，用这种最高级的方式最大限度地淡化了，甚至可以说消除了与"吃人"这个词相关联的全部感性层面的恐怖，这是一种干净澄清的罪孽，透明的罪孽，没有血污的纯真的罪孽，如果真的是一种罪孽的话。

可是难道我的道德如此虚弱，竟然仅仅因为形式看起来比较能让人接受，所以就对实质性的罪恶给予额外的宽容吗？难道我竟是如此伪善，如此经不起考验……天啊，我已经晕了。我本来坚定不移地相信自己是正确的，可是如今我开始惶惑，我不能确定巴迪的话是不是真的有那么一点儿道理可言了。总之，我无力再去指责他，深沉的感激和习惯性的罪恶感纠缠着、交织着向我袭来，让我不知道该说什么是好。为了打破僵局，我假装笑了一下来表示和解："我得感谢你没有把我扔进紧急设备。"

巴迪一脸的不在乎："如果你一直都不肯苏醒过来，那是迟早的事儿。"

人们之间要想达成共识是非常不容易的事。基本上，由于我们的自以为是，完全共识是不可能的。比如，在吃人这个问题上，我恐怕要带着深深的愧疚和自责了却余生，而巴迪却丝毫不为其所困，豁然坦达："别放在心上，在这儿一切都不存在，当然也不存在罪恶。"也就是说，在这个鬼地方啥都不必担心，连上帝都无权过问这里的事，因为这儿根本就啥都没有，一切都是虚无，吃掉个把陆军参谋长完全算不了什么。

这样子，整件事的思路就清楚了：臭狗屎战争，灵肉分离，硬盘上的灵魂，培养液中的躯壳，该死的紧急设备……虚无主义的身影贯穿始终，最后我吃了人，以一种相当高级的方式实现了虚无主义的最终胜利。我既是被征服的失败者，也是胜利者的帮凶和见证人。这是一次修炼，某种力量苦心孤诣地制造各种磨难，就为了证明巴迪那句"宇宙是虚幻的"。

多么惊人的阴谋！

难道冥冥之中真的有什么在主宰着我们的命运？难道撒旦战胜了上帝？

我震惊了。

然而，神学不是我的专长，我只想离开这里。

遗憾的是，我在这件事上无能为力。

假如你告诉我，坚持做1000个俯卧撑或者48小时不睡觉日夜不停地用头撞墙，甚至坐在武装直升机上用机枪向南极无辜的企鹅扫射就可以使形势有所改观，我至少知道能做点什么，还可能考虑一下，可是眼下我却一点儿办法都没有。我们的飞船扎扎实实地停在一片无尽的、漆黑的虚空中，甚至连舱门都找不到。

"巴迪，我们得想想办法。总不能这么……"我发现自己的话非常苍白无力，但我仍然努力让措辞准确而又不失厚道，"总不能这么坐吃山空啊。"

说这话的时候，我们两个已经在一种心照不宣的暧昧气氛中"卡路里"了一名海军准将、两位有雄厚背景的国会议员以及非常可敬的副国务卿先生，快要轮到劳力那个老浑蛋了（这当然是让人很扫兴的事），总统先生和其他人因为名字起得得天独厚，所以比较靠后，暂时还算安全。不可否认，盟军方面还是遭受了严重的损失。

"嗯，"巴迪脑袋歪向一边，一直胳膊支着头，"我最近在思考一个问题，嗯，但是还没想清楚，嗯，不必着急，嗯，会有办法的。"

"绝对不必操心，打起精神来，船长，一切都会好起来的。"飞船又叽叽歪歪了。

我满腹狐疑：他（他俩）好像又在玩什么花样，难道已经有了什么主意不成？这家伙始终不慌不忙，好像一切都在他的预料之中一样，这更让我担心，并且不爽。

巴迪忙得很，他要一边和我说话一边进行严肃而巧妙的思考，同时还要专心致志地制作"能量皂"。这是他起的名字，为了淡化它可怕的实质。飞船说我们还有大约360磅的动物脂肪，除了我和巴迪身上的，我们还剩下将近300磅的油脂。这些天，我们一直对营养液进行脱脂处理，这样不但有利于降低我们的血脂，而且可以把这件事最耸人的一部分独立出来，仿佛我们真的是以一种神圣的形式和我们可敬的同胞结合在一起。为了不让那些油脂看起来太恶心，超级计算机把它们进行了硬化处理，看起来像是一块块透明皂。老实说，这让我毛骨悚然，因为据我所知，20世纪人类的血腥史上曾有过类似的事情发生，不过巴迪给它起了个"能量皂"的名字，以便使整件事情的感情色彩温和一些。我和巴迪达成共识：除非逼上绝路，绝不动用这些紧急储备。

现在，我已经习惯了每天和滴瓶为伴，同时幻想着撕咬咀嚼一块牛排，这种体验并不愉快。随着头头们一个个进入了我的血管，我渐渐同意：这并没有主观臆断的那么糟糕。类比第三共识，我们可以猜测，善和恶是两个绝对不相容的世界，但是在意外的情况下，它们会发生瞬间的关联，这种事发生的概率非常之小，小到不可能，结果就……这种想法对我的冲击相当大，也许我真的应该利用这个100亿年来难得的假期，好好放松一下，反思一下，重新认识这个宇宙和人生。

可是，时不我待，我们已经干掉了劳力（悲哀，实在是悲哀），消灭了3名国会议员，马上就要对总统先生下手了。毋庸置疑，这种对人类尊严的侮辱，已经到了无法再容忍，非改变不可的地步了。如果说这件事还有一个最后关头的话，那就是现在。必须离开！这种想法像熊熊燃烧的烈火一样，烧得我整个人噼里啪啦的。我这座火山要爆发了，再也、再也不能坐以待毙。飞船上还有武器，哪怕耗尽我们全部的能量和最后的激情，也要拼死一搏！宁可化为乌有，也要向这瓦解一切意义的虚空开战！我要让所有人振奋精神，要一刻不停地尝试，不论多少失败，不论多大代价，我们都在所不惜！要向这可诅咒的暗夜射出最猛烈的炮火，炸尽所有的黑暗！即便不能最后赢得光明的到来，也要爆发出最猛烈灿烂的死……

这时候巴迪郑重其事地对我说："杰克，我想是时候离开这儿了。"

我不明白"是时候"这个词究竟暗示着什么，我以佛祖的名义发誓，这浑蛋一直有事瞒着我，这让我再度愤慨，我以船长的身份命令他给我个说法。

巴迪故弄玄虚地沉默了一会儿，然后抬头看了一眼电子钟上的时间，双眼好像灯塔一样照耀着我："杰克，你想不想离开这儿？"

我毫不犹豫地回答："想！"

"有多想？"那对灯塔此刻变成了两团火球。

"恨不能马上就走，再多待一分钟我都会发疯的！"一想起那些"能量皂"，我就要揪自己的头发。

"很好。"巴迪笑了一下，转头问飞船，"你呢，伙计？"

"我已经等不及了，亲爱的。"飞船跃跃欲试地说。

"好极了。"巴迪打了个指响，"那么，就照着咱们说的干吧！"

我愣了，不知道他们俩又背着我密谋了什么？正当我困惑的时候，飞船里突然暗了下来，照明灯全都关上，只剩下一排红红绿绿的小灯在闪烁，然后突然响起一阵阵击掌声，接下来是一个男人嘶哑的歌声："Buddy you're a boy make a big noise…"

噢，不，不，上帝啊……巴迪，巴迪，你这个浑蛋，你知道我一听到这首歌就会热血沸腾的。

"来吧，一块儿唱！"巴迪说着闭上了眼，激情四射地跟着大喇叭怒吼："We will rock you！"

于是我不由自主地闭上眼，在这振奋人心的旋律下一同怒吼："We will we will rock you！rock you！rock you！"

我的身体开始发烫，滚滚热血在体内奔腾不息，胸中复仇的火焰熊熊高涨，我要烧光一切腐朽和堕落！我要怒吼！我要高唱！我要爆裂了！

"杰克！"巴迪冲着我大喊。

我睁开眼，头还不停地跟着摇滚乐疯狂地摆动，这时候要是给我一个火箭筒，我敢给阎王殿来上一炮。

巴迪看了一下电子钟，上面显示着23：59：35，然后对我喊："你想不想回家？"

音乐也渐入佳境，电贝司的声音响起，高潮就要来临，我有点喘不过气了，我一边舞动着双手一边点头。

"那就跟我一块唱吧。Everybody，we will we will back home！"巴迪的脖子也跟着音乐扭动得更厉害了。

我什么都不管了，声嘶力竭地高唱着："We will we will

back home!"

BACK HOME! BACK HOME! BACK BACK BACK HOME!

在时钟变成00：00：00的时候，最疯狂的高潮也来临了，我们三个用尽全力喊了出来，而巴迪则不失时机地按下了飞船启动跃迁的按钮。

当照明灯重新亮起来，飞船忽然轰鸣起来，所有设备一起开始运转。远远近近的恒星、行星、流星超级明星们统统再次出现的时候，我激动得热泪盈眶。

巴迪真是好样的，他竟然没有哭，而是在狂笑："哈哈哈，真他娘的带劲！"

就好像什么都没有发生过一样，就好像我们根本没有消失过一样，一切都回来了：我们又出现在当时消失的那个地方，周围众星捧月一般跟着大大小小的宇宙难民船、太空海盗船、一艘敌方失散战斗艇，迎面扑来的还有两颗自由女神像那么大的陨石。再见到你们太好了，亲爱的朋友们，我爱死你们了，非要把你们炸个稀巴烂不可。

我擦了擦眼泪，擦干我的多愁善感，命令飞船向周围这些忠实可敬的朋友们开炮致意。于是，全宇宙最王道的"国平1号"大发神威，把它积攒了很久都无用武之地的英雄本领发挥得淋漓尽致。我们击碎了陨石，重创了海盗和敌艇，顺便洗劫了难民船。我们牢牢控制了场上局面，神气地发出通牒：所有飞船都必须交出20%的口粮，否则后果自负。这下子我们可谓大丰收：缴获的三个小型太空漂流舱内的食物，几乎囊括了各个星球的特色风味小吃，我们终于可以不再往手背上扎针头了。我被大伙儿的慷慨感动得一塌糊涂，真诚地通过无线电向他们致谢："我代表总统先生向你们表示感谢，你们救了盟军，救了整个宇宙，上帝做证。以后你们要和睦相处，同舟共济，绝对不可以相互争斗，须知生命是神圣美好的。我命令你们相亲相爱，如果谁敢不听我的话，我迟早会回来收拾你们的。"

然后我们开足马力，溜之大吉。

"盟军战舰洗劫难民船，这消息足够上《银河周刊》的封面文章。"后来说起这件事，巴迪还是乐得天翻地覆，连嘴里的火星咖啡都喷出来了。

我随便应了一声，冷冷地盯着巴迪，疯子巴迪，不，也许应该叫魔鬼巴迪更好。这家伙不是一个活生生的人，绝对不是，他分明是一个活生生的恶魔！现在我们平稳地行进在貌似安静的太空中，是时候解决一下这个问题了，在我们到达"边疆4号"之前。

于是我敲了敲桌子："飞船，我警告你，下面的谈话中，你不要插嘴。"

"哦，船长，你可真狠心。"飞船委屈地嘟囔道。

"好了，巴迪，现在该你了，我想你最好给我解释清楚，这究竟是怎么回事。"我努力把双眼变成两把剃刀，逼向巴迪的咽喉。

"什么？"巴迪应该去做个演员，那种装傻的天赋真是少见。

"别装蒜了，自始至终，你对发生的事都清楚明白。你自信非凡，对情况了如指掌。你什么都明白，什么都算计好了，却对我守口如瓶！你背着我一手策划了逃离方案，而且成功了，全都是你安排好的对吧？哦……天啊，没准儿连最开始出事儿都是你安排的，这是一场阴谋对不对？"我越说越激动，一颗唾沫星喷出来溅到会议桌上，我被自己都没料到的推测吓呆了。

巴迪一语不发，眯着眼打量着我，良久才开口："简单点，杰克，你想问什么？"

我喘了口气，想了一下说："我们是怎么出来的？"

"你说出来？"巴迪嘴角上露出一丝微笑。

"是的！什么*We will rock you*，什么'零点时刻'，全都是障眼法对吧？装神弄鬼的骗人把戏！说真格的，我很佩服你，不过你最好还是告诉我究竟是怎么出来的，要不然……"我也不知道要不然我会怎样。

"出来？得了，杰克，你一直都没弄明白状况。"巴迪还在卖关子。

"什么？"我火了，谁都看得出来，我现在特容易上火。

"你忘了，那地方根本不存在。"巴迪这句话最让我来火。

"那又怎样？"我气哼哼地问，同时握紧拳头，准备随时一拳抡过去。

"所以，"巴迪耸肩，"我们根本就没有进去过。"

这个浑蛋就是这么回答我的："其实我一直在想，既然那个地方是不存在的，我们就根本不可能进去过，所以也不用出来。这可不是瞎掰，也不是玩弄字眼。这是逻辑。既然它是在数学上计算出来的，就必须按逻辑来办事。"

"可是怎么解释发生的那些事？培养皿里的人可是实实在在地被卡路里化了。"一提起这件事，我就深深地不安。

"这个，确实很复杂。这里的逻辑有点乱，因为第三共识说明两个独立的世界有可能瞬间接通。可第三共识本身就是个矛盾：它能计算出一个发生的概率，但这个数值太小了，10的负几十次方。这是什么意思？也许可以这样理解：在10的几十次方次实验中，可能出现一次这样的结果。我们假设宇宙诞生了100亿年，这样看来也不是完全没可能：只要有一个人，从开天辟地那一刻开始就不停地做这个实验，每隔一微妙就做一次，做上100亿年，也许真的就会出现一个不可能的结果……"巴迪一脸虔诚和敬畏地说，"你知道这意味着什么？"

我一阵惊悚，然后抬头看着舱外茫茫的宇宙，呆呆地想了一阵，然后迷离地说："上帝？"

巴迪打了个响指。

我被震撼了。

不错，用"上帝"这个概念来解释发生的事无疑是一种最方便的办法，但是，我对这个概念一直无法理解。我并不相信上帝，在我看来宇宙不过就是一锅咕嘟咕嘟冒泡的粥。作为一个渺小的生物，一个极度渺小的生物，我只愿意理解和我的尺度相匹配的事物，我也只对这个层次上的事情负责。至于其他，都随他去吧。也许宇宙中有更高深莫测的存在，真的能操纵我们的命运，但是既然是高深莫测的，也就不必劳烦我去思考这种东西。去敬畏也就意味着一定程度的可理解，在我个人看来，这和"上帝"这个概念应该对应的、绝对的高深莫测是相排斥的。因此，"上帝"应该是个完全不可操作的概念，因此我不必费心想我该怎么对待他。假如我将来会下地狱，那时候我再去考虑那个尺度范围内的事吧。

难道我才是个真正的虚无党？

总之，我对巴迪充满怀疑："小子，别告诉我说你一下子变成了信徒。"

"我会考虑的。"巴迪开玩笑地说，"我只不过借用了这个词的一般意义而言。而且这也不过是个猜测而已，甚至完全可能是我们俩神经错乱下的胡思乱想。关于这个……"

"够了！"我打断他，"说重点的，怎么跑出来的。"

"简单地说，回想一下出事的时候你在干什么？"巴迪切入正题问我。

我想都没想就说："还用问嘛，当时咱们为了摆脱纠缠，不是进行了一次量子驱动嘛，然后就陷进去了。"

"没错，当时你按下按钮的时候你脑袋里在想什么。"巴迪津津有味地问我。

我愣了一下，没有回答。

"我打赌，你肯定想'让这一切都见鬼去吧'，对吧，杰克？"巴迪笑嘻嘻看着我。

我咂咂嘴，不明白他的意思："那又怎样？"

巴迪耸耸肩："很不幸，我当时也是那么想的。"

飞船叹息了一声："真抱歉，我也是。"

这就是巴迪给出的解释：在驱动跃迁发生的那一刻，我们三个脑袋很不巧地都在想"让这一切见鬼去吧"，结果好像真有个人听见了这个祈祷，一高兴把我们送到了一个鬼都见不到的地方。一个不存在的地方。我们被存在抛弃了。当时时间恰巧是00：00：00。经过思考，巴迪认为既然我们已经经受了折磨，付出了代价，只要真心实意、发自肺腑地想要重新回到存在，回到那个需要忍受各种折磨的、真实存在的世界，我们就能够回来，所以我们应该热情地高呼"we will back home"，就这么简单。

纯粹是造谣！

我一点儿都不信这一套玩意儿。只有一点是可信的：从技术上来说，既然不存在是绝对不存在的，不管我们在不存在中耽搁了多久，在存在的世界看来都是0，所以要想回到存在，应该选择在消失那一刻的时间，这样才能保证我们回来的时候，一切能够从暂停的那部分完好地衔接上。所以我们重新出现的时候，一切如故。这也解释了我们被困在里面的时候那么多次的尝试都失败的原因：我们没有选择正确的时间，就像保险柜的密码锁没有调到正确的位置上一样，因此卡住了，打不开。

以上这些就是巴迪的看法，当然都是赤裸裸的谎言，绝对没人会相信。巴迪自己也拍着我的肩膀安抚我说："别太为这个操心了，杰克，冥思苦想不是你该干的事儿，我们还在路上，你还是船长，要弄清你的责任，所以，做你该干的事儿吧。"

这句话很管用，我他娘的被他感动了。他真是个好人，不，好疯子。我激动地望着巴迪："可是……你刚刚说的那些……该怎么办？"

巴迪满不在乎地一摆手："这一切纯粹是巧合，我们运气好，误打误撞而已，我编了个故事逗你开心罢了。"

"那……上帝呢？"我小声问。

巴迪迷人的超现实主义微笑："别管他，让他歇着吧。"

"这就是你们的解释吗，中校？"劳力的声音从大喇叭里传出来，好像轧路机一样从我忐忑不安的心上轧过去了。

可怜的老家伙，我还是觉得有点对不起他，要是巴迪能早点发现"普朗克之结"的秘密，哪怕早上那么几顿饭的工夫，我们也绝不会碰他一个指头——谁愿意和这家伙融为一体呢？可是如今一切都晚了，即便我致以几万分的歉意，也不可能把那具和他相依为命了五十几个春秋的躯壳还给他了，瞧，战争就是这么残酷。

我知道这件事很离谱，要这些心高气傲的老头子、半老头子们接受这一残酷的现实肯定没那么容易，所以我把整件事原原本本做了一份报告（措辞严肃，尽量少用过分的形容词），不动声色地发送了过去，他们看了一定会暴跳如雷，恨不能把我和巴迪千刀万剐。然后他们会慢慢冷静下来，认识到这种不值得提倡的情绪对谁都没有好处，最后决定跟我们谈谈，而我们要做的就是耐心等待，把这件事了结。

"不管你们是否乐意相信，这就是真相。"反正他们奈何不了我，我的口气沉着得有些嚣张。

"好吧，"劳力的声音听起来那么疲惫，就好像被这场沉重的暴风雨打蔫巴了，一下子苍老了许多，当然这都是扯淡，因为他现在根本就是一堆"0"和"1"罢了。

此刻这堆"0"和"1"又开始蒙人了："你们说的情况引起了一些人的兴趣，他们认为这很有战略意义，所以决定对你们的失职行为不予追究。"

哦哟，我快爱死他们了！"失职行为"，多么严谨的措辞。

"上将先生，我想你们弄错了，我们不是来和你们谈判的，更不是来求得宽恕的。"

我越来越感到一种邪恶引发的强烈快感，不错，我早就渴望有机会这么干了——趾高气扬地冲着这帮老浑蛋放炮，这感觉一定没得说，反正我们现在坐在全宇宙最牛的"国平1号"，处于量子防御状态，只要我们高兴，谁都找不到我们，所以我的底气更足了："作为一个和阴谋长久打交道的人，你不会指望我相信那套特赦的鬼话吧？就算你给我看总统先生亲自签发的特赦令——上帝保佑，他还在我的飞船上沉睡，平安无恙——我也有理由相信你们会用其他的手段毒害我们的。我们的经历也许让我们一时半会对你们来说还有点什么战略价值，但是，打住吧，老实说我已经受够了这一切！"

说着，我回头看了一眼巴迪，他正在张大嘴巴发愣。瞧，我也有让人吃惊的时候，这感觉妙极了，我还要继续下去："让你们的这场狗屎游戏见鬼去吧！你们要是不思悔改，早晚有一天也会被抛弃到那个一切都不存在的地方去的。而我，各位可敬的先生们，现在可不想再奉陪了。一句话，老子不跟你们玩儿了！"

长久的沉默。

狡猾老辣的劳力练就了临危不乱的本领，因此能够沉住气不慌乱，即使经过我的百般刺激，即使变成了一堆"0"和"1"，他还能尽量冷静地问："那你们为什么还要冒险回来呢？就为了耀武扬威吗？"

"冒险？不，你错了，上将先生，一点儿都不冒险，首先我们在量子防御状态，而且，我在报告中说了，我们已经发现了随意出入'普朗克之结'的办法……"说到这儿，我停了一下，冲巴迪眨眨眼，然后继续我的精彩Show Time："所以你们就省省心，根本别想报仇。不如多想想自己吧。我们回来是出于责任心：我得把总统先生和剩下的两位上将交还给你们，你们应该庆幸我方指挥层还没有全军覆没，完全有东山再起的可能。我曾经投过总统先生一票，所以叫他千万别生气，都是没办法的事儿。除此之外，我还有一个盒子，里面装着十几块方方正正的'能量皂'，乃是各位的精华，上面都标了名字，给你们做个纪念，我会在适当的时候寄给你们，请注意查收并千万保存好。最后，我很高兴有机会亲自对你说：劳力，你是个老浑蛋，地地道道的老浑蛋！不过我还是要请你原谅，真心实意地向你道歉，我把你给吃了，这是不符合我的本意的。对不起，上将，也许你将来能找到一副更适合你的躯壳，也许那时候你会尝试着做个不那么让人讨厌的人。另外，请代我向其他人致意，告诉他们，我非常、非常抱歉。就这么多了，永别了，各位。"

我已经如痴如醉了。

那堆可怜的"0"和"1"，除了喘息，一句话也没有。我关掉了话筒，结束了这一切。

巴迪已经目瞪口呆了："杰……杰克，这和我们当初计划的不一样。"

我们当初计划跟他们谈判，尽量争取和平地解决这个尴尬的问题。而这时我神采飞扬地告诉巴迪："我灵光一闪，改变主意了，好了，同志们，我们自由了！咳，飞船，我把你劫持了。"

"荣幸之至！"飞船高兴地说。

我从来没有感觉这么好过，我乐呵呵地问巴迪："如果你想回去，我可以找个港口停下来，你可以在那儿下船。"

巴迪微笑着摇摇头，然后兴致十足地问："以后我们怎么干，船长？"

"我想我们可以把飞船改装一下，包管谁都认不出来。以后可以去打家劫舍，或者给别人押镖，或者专门打击海盗劫富济贫，甚至去当雇佣兵，反正我们连洗劫难民船的事儿都干过了。没有啥可以担心的，宇宙这么大，世道这么乱，我们会如鱼得水的。飞船，你是最棒的，没什么干不了的对吧？"

"那还用说，船长！"飞船骄傲地回答。

巴迪望着舱外茫茫无边的世界，低着头，不住地笑，然后歪着头问我："杰克，从一上船，你就喜欢上这飞船了，对吧？"

他娘的，什么都逃不过他的眼睛！

"谁知道他们怎么想的，把这么响当当的好东西交给我。"我装作纯真无邪的样子摇头。

"因为你一向忠诚老实，规规矩矩从不越轨。正因为这个，他们觉得你可靠，所以你从一开始就计划好了，偷走飞船。"

"咳咳，"我咳嗽了一下说，"别把我说得这么坏，我们干了那么多疯狂的事儿，可得好好反思一下。在'普朗克之结'的时候，受你启发，我更坚定了我的想法。总之，现在我们获得了新生。未来的路还很长，我们要共患难。"

"没错，我们永远是一条船上的。"飞船庄重地宣布。

巴迪善解人意地笑了笑，然后仿佛不经意地问："对了，你刚才说我们可以自由出入'普朗克之结'？"

"哦，那个，"我一边命令飞船做好出发的准备，一边心不在焉地说："我在报告中是这么说的，不过是吓唬他们罢了。那种绝不可能发生的事儿，但愿别再发生。你当然知道我们不可能随心所欲地……"

巴迪神秘地一笑："你真的这么想？"

发表于《科幻世界》2008 年增刊

拍案惊奇

为了
斯德哥尔摩

"那么，请您开始吧。"小萝莉把钢笔塞给我，甜甜地一笑。

"拯救世界吗？"我面色凝重，毕竟字写得那么难看，多不好意思。

"对啊。"萝莉一脸的严肃活泼。

"啊——"伸一个懒腰，然后趴在桌子上装死，大概能逃避几秒钟吧。

"拖延什么的，是毫无意义的，直面问题并且战胜它，才是唯一的办法哟。"萝莉眨着大眼睛，柔软的长发散发出柠檬味的正能量。

我哼唧了一声。

"如果今天完成进度的话……"软软的双唇贴在我的耳朵上，呼出一股痒痒的温暖气息，"……晚上给你表演内衣秀噢。"

我从桌子上弹起来。"那没问题！"心中顿时充满了干劲。

萝莉满意地点点头，消失在了门外，娇柔的背影在我的视网膜上残留了半分钟。

"那么，就热火朝天地干起来吧！"我握紧拳头，准备好好写出一篇惊天地泣鬼神的作品。而今天的任务是：完成一个能打开格局的开头。这是萝莉小秘书为我制订的计划表。看上去并不难完成的样子。

当然，写作这回事，你懂的，当你在种种幻境中沉醉不已、浮想联翩，享受一个人的朦胧白日梦时，是冲动满满的，总觉得自己被文艺大神附体，有好多成型和半成型的精彩句子已经沿着神经回路涌到手指尖上了，然则一旦真的要动真格的，突然又无比空虚，百般不耐，心灰意冷，噤若寒蝉……此刻我便是如此，灵感的暖流刚流到第二个指关节，就冻成冰碴儿，脑海里连个鸟都没有。怎么回事啊，昨天夜里想好的构思，此刻为何面目可憎索然无味了呢？可是，不行，为了小秘书的内衣秀，一定要强行干起来才成！

男人醒来时，奇肱国的飞车队还没来。窗外的世界依旧陷在隆冬寒夜的怀抱中。黎明破晓前，只有一颗新星在天上闪烁，那是为了纪念最高统帅的生日，昨天才钉到穹顶上去的。

了不起，居然这么快就写完两行了。可以放松一下了吧，来，刷一下"推歌"。哦，腕上的植入芯片已经被锁定了……好……吧……那么继续往下编好了，反正看起来蛮有戏的样子！话说，这个男人是谁啊？我怎么知道呢。拜托，你都不先列个提纲就这么随便开始了吗？可是干吗这么严肃呢？小说什么的本来就是自娱自乐顺带逗人开心嘛，随便什么故事乱讲一下总还是有人想知道"后来呢"对不对。啊喂，你不知道就敢写，这是对读者负责任的态度吗？……诸如此类的自言自语又开始了。

不成，这个开头看上去干巴巴的，既不惊悚，也不幽默，在最后一句里勉强植入的悬念也很生硬的样子，读者怎么可能会有兴致看下去呢？这年月，婆婆妈妈可不能够，必须要简单粗暴地提供阅读快感，这样才能捕获眼球，对得起读者的宝贵生命，并且符合节约型社会的基本精神啊。好吧，推倒重来，搞个紧张、激动的给你们看看。

女诗人死了。

雪白的身体泡在樱桃红的水里，精致的脸上挂着微笑，暗红的卷发像被制成标本的火焰，一只玉臂垂在浴缸外面，烟头掉落在地上，烟嘴儿上还残留着口红。两颗淡紫色的乳头骄傲地挺立着。J几乎立刻感到一股热血不合时宜地向下身涌去，但本能的冲动最后还是被艺术的庄严性感所震慑，所以只是俯身轻轻地吻了一下那冰凉的红唇。他心里一酸，便捡起烟头，小心地揣进怀里，剩下的事都交给机器清道夫好了。

于是晚餐就只剩下他和女演员两个人了，他们将在那128道菜的包围中相顾无言。

虽然比刚才强了点，有了香艳的内容，暗示了后面将会有男欢女爱一类的情节，但一上来就死人什么的，实在也太老土。

对于从未见过死亡现场的在下而言，这不是开玩笑呢吗？不成不成。

真痛苦啊。写作本来不应该是快乐的事吗？还是说这年头随便什么识字的家伙都可以在网络世界当一个写作者，所以灵感大神已经一视同仁地稀释到成百上千亿个数据节点里了？我用笔敲着桌子，左顾右盼。那昨天还像废品回收站一样的书房里，此刻整齐得令人发指。一直以来，我都认为自己这个三维生物就是为了证明热力学第二定律而存在的：把生活中的一切都弄成乱麻，书啊，稿子啊，文件啊，票据啊，统统随手一丢就掉落某个黑洞，以便在需要的时候永远也找不到。而如今，仙女挥动了魔杖，每一本书、每一页纸、每一颗钉书钉、每一粒安眠药都欢天喜地地各归其位。书桌一尘不染，雪白的稿纸齐齐整整，映照在暖冬上午10点的阳光里，像个芳心萌动的新娘，等待着笔尖的触碰，在沙沙沙的文刻声中，画出美妙的句子……不久之前，温热的牛奶麦片已经顺着食道流入了埋在腹腔的内燃机里，此刻正被胃酸和消化酶点燃，释放出那来自太阳的古老能量，酥痒的热气顺着血管布满神经，只等灵感一声号令，便一挥而就……

读者们正满怀信任，认真而诚恳地等待着我跟他们分享点什么。类似我这样的绝世天才，如果继续这样虚度时日，不仅辜负了同志们的期待，辜负了上天的锤炼，也对不起吃下去的食物啊，要知道，即便在今日，仍然有许多可怜的孩子食不果腹……可是！啊啊啊！好难啊，怎么写都只有那么几行，写了删，删了写。可不可以不要写啊。

"不可以呢。"小秘书温柔的声音又在耳畔响起，"要对未来负责哟，还有诺贝尔文学奖等着你呢。"

只要努力坚持，不放弃，最后就能写出传世之作。据说这在未来已经被确定了。"本来不可以透露未来的事，但因为时空探测器发现了不稳定的自我毁灭趋势，就是说，如果你们这个时代的人不肯努力的话，我们那时候的世界就将遭遇颓败乃至消亡，所以必须督促你们每个人都去完成自己的使命。对你而言，就是努力地写出那部伟大的作品，最后赢得'诺奖'。"

什么啊？这么荒唐的催稿理由，就算拖了一年多还没交稿，开这种不着调的玩笑也未免太过分了吧。不过，她那么认真和可爱，我怎么好意思怀疑呢。那么，就当她确实是未来人好了。

"那么，你直接把那部了不起的作品拿来，我照着抄一遍不就OK了吗？"耗掉两个小时后，我恬不知耻地道出了心声。

"您迟早死了这条心吧。再说一遍：重要的是每个人都要认真地生活，不只考虑自己的切身感受和个人幸福，不仅仅为了稍纵即逝的当下而生活，而是意识到自己是人类的一分子，是决定宇宙兴衰成败的因素之一，由此怀着对他人和未来负责任的态度，堂堂正正地活着，不论面临怎样的失败也要奋勇向前，这样的努力和行动才能让衰退的宇宙振作起来。您如果真的明白了这一点，还会轻松自如地提出那样的要求吗？"小秘书的泪珠在眼眶里打转儿，嘴角抽了一下。

看来今晚没有内衣秀了。

"好啦好啦，我明白了。"脸上火烧火燎的。说到底，毕竟自己是长辈啊，倚老卖老地耍顽固也确实不像话。

"明白了？"萝莉还在假装生气。

"是的。关键不在于写出那部伟大的作品，而是要写出它的决心和勇毅。对不对？"

怒容终于云开雾散，脸上绽放出粲然的微笑。那精致乖巧的五官是怎么长出来的呢，不会是机器人来的吧？

"其实呢，我把您的手稿也带来了。"她拿出一个亮银色的文件袋，"不过，虽然说如假包换，但因为时空朔回效应，所以现在它处于量子叠加态。就是说，如果您现在打开它，上面还一个字也没有。只有等到您在那边开始写起来了，这边就会同步地出现相同的内容。我建议您把它锁在自己的保险柜里，等到大作出炉时，取出来一对照，就真相大白了。"

思考了一分钟后，我把文件袋锁起来了。

"但是，起码你已经知道我现在还没开始编的那个故事是什么，对吧？"

"嗯。"

"所以这好像并没解决时空悖论的问题。"

"虽然对您满怀敬意，但是要向您解释这个问题，就像您要对一个尼安德特人解释希格斯玻色子一样困难。"

"要是你现在把书中的一句话念出来，会像咒语一样，让世界瞬间崩坏吗？"想想还挺激动的。

"问题是，我不会这么做。"不等我开口，她反问，"难道你想听？"

我不得不承认：光是想到剽窃就让我生气，哪怕是剽窃自己。好吧好吧，那我们写起来好了。说拯救世界什么的，太高远了。说为了名利什么的，也还是太堂皇了。这些不足以产生驱动力。目前，此刻，主要是因为，被一个可爱的姑娘这样数落，实在有点臊得慌，那么就当是为了驱除羞耻感吧。

写起来！

鲁迅18出生于三又王朝九千九百九十年，是个好时候。

现如今，世界和平，国泰民安，王朝即将迎来万年盛典，人人都为能赶上这个百世一遇的大日子而庆幸。各大星球纷纷发来贺电，送来奇珍异宝，朝廷也特批国宝——金龙、玉凤在天空自由翱翔，所有国民放假一年，所有税负减免一岁，准许所有犯人转世重生，所有冬眠人士全部自由苏醒，所有男女自愿有性或无性婚育"万年一代"，所有老人一律暂缓死亡……

总之，花红柳绿，莺歌燕舞，正逢其时。

有那么点儿意思啊！好的，容我沉醉一会儿。嗯，几个帅到没脾气的意象冒出来了，嘿，感觉带劲儿了。有了，故事是这么个走向……我开始疾笔狂书，一个粗略的大纲诞生了！光看看梗概就觉得靠谱！哈哈，我真是个天才！

一旦找到了线头，整个人就开始有点感觉良好了。行尸走肉般的无聊感消退了，渐渐找到了工作的状态。脑袋里不停地蹦出书单，要去了解一下这个，去弄懂点那个，在准备和学习的过程中，新摄取的信息又会激活出新的灵感。没错，这个过程让人有反复、疲惫和抓狂之感，总是想放弃。但是，写出一段满意的文字后，那种深深的陶醉，创造的喜悦，老子是天才你们给我看清楚的自我膨胀，以及萝莉小秘书温暖身心的陪伴和鼓励，都是最有效和持久的驱动力。真的，沉浸其中，找到自己的鼓点时，只会觉得时间不够用，想到自己在写完之前万一突然死掉，便深深恐慌……

"唉，其实要是现在突然死掉，留下一部残缺而伟大的作品让后世唏嘘不已，也不失为一种妥帖而诗意的退场方式……"临收工时，我忽发此念，心动了刹那。

"哎呀，最后的关头，不要让虚荣心打败啊。"她给了我一个薄荷味的吻。

是啊，这么牛掰的结尾，只有我能想到，我对这个故事负有使命，我必须把它讲出来，不管世人中不中意……哦，不对，他们会中意的……

终于，竣工了。

我们痛痛快快地玩了一个月。我们坐飞机、坐火车、坐驴车，我们去巴黎、去纽约、去雷克雅未克，我们看风景、谈人生、品佳酿、看展览、滚床单、玩蹦极、泡夜店。我又敢去会熟人们了，现在，不论他们开啥豪车，住多大房子，生了几个孩子，都再也伤害不了我了。最近忙啥。写得顺不。这位是那谁谁。你好你好。久仰久仰。然后喝了一杯，两杯，三杯。酒吧的音乐好像直接敲在耳膜上，喇叭像喷气式飞机，几百颗心脏正在扑通着驱动它飞向云端。我要得诺贝尔奖啦！什么，你说什么，我听不清，大声点……

我爽了，我痛快了，我完成了。

然后空虚来了，更浩渺，更飘忽。

坐在书桌前静听着窗外的蝉鸣，盯着又一沓空白的稿纸愣神儿。出版合同寄来了，大概半年后出版，印数不多，上市三个月后给版税，大概够付三个月房租。

"耐心些，别着急。"临别时，小秘书又温柔地鼓励我。我从保险箱里取出那个文件夹，她要把它带回未来。

"不看一眼吗？"

我摆摆手。"人生在世，总要认真地相信点什么才好，不然真是连一刻钟都活不下去呢。"

"就是这样的！"她给了我一个温暖的拥抱，柔柔的，绵绵的，娇小的，"那么，就要告别了吧……好了好了，说好不哭的啊，大作家。"

"你说，"我搂着她，舍不得松手，"所以说，我这回总算能在四环边上买个小两居了吧……"

"哈哈。"

"且慢……话说20年后的房价……其实还是买不起吧……"正所谓世事难料前途未卜，人生如此艰难，可真有点想哭。

"别想那么多嘛，到时候就知道了。"她拍拍我的背，"没事的，没事的……"

"反正都写出来了，看在我们露水情缘的分上，临走你就给我句实话呗，我真的能得'诺奖'吗？我现在可是已经在拟受奖词了哈……"那股傲视群雄的劲儿已经过去了，习惯性的自我否定又涌现了。这玩意儿真有那么好吗？评委们眼瞎了不成？

"是的。不过……"她犹豫了一下，终于决定以诚相待："用不了多久，因为一些原因，诺贝尔文学奖将会变得很平常，没有以前那么神圣了……"

我石化了一会儿，然后大喊了一声："靠！"

"对不起……我不想骗你，但鼓励你写完这部书，是我的使命。"她低下了头。

唉……说起来，毕竟写出传世之作才是我的梦想嘛，得奖啊什么的不都是浮云吗？这么安慰着自己，我很快就释怀了，但还有一件事想不通：我能不能写出这部书真的那么重要吗？如果最终沦为一个准三流作家，宇宙就真的会毁灭吗？还是不能相信啊。时间旅行应该很贵的吧？所以给我个更强大的理由，拜托……

"好吧，事情其实是这样的：未来将会爆发一场地球与外星文明的战争，人类差点灭绝。后来，出现了一个英雄，ta带领人类绝地反击，走向胜利。不甘失败的外星人使用了维度震荡波，试图改变光锥倾角，所以，必须保证ta的安全……"

什么鬼？这是在演终结者的节奏啊。好的，我懂了："这人是我儿子？"

"不是……"

"孙子？重孙子？"我有点晕。

"都不是……但是，在一次战役中，你的重外孙子将会牺牲自己，救ta一命……"

我陷入了沉默。

片刻后，我终于忍不住了："那么，这一切和我写的这本书到底有个毛线球的干系？"

"嗯……你会因为这本书，认识一个人……对不起，我不能透露更多了……"

"救了人类英雄一命的孩子的外曾祖母？"我想我是终于理顺了。

"对不起，我不能透露更多了。总之，这些事你只能默默地放在心里，不可以告诉任何人，也不能留下任何书面记录。"

顾全大局嘛，我懂，这点觉悟我还是有的。可是，我勒个去，拯救世界而已，用不用这么九曲回肠啊我说，闹哪样……

"哦，对了，"她又拿出一个墨绿色的文件袋，晃了晃，"这是你的下一本书。一定要写出来噢，不可以偷懒，因为也会关系到另一件很重要的事情呢。"

"继续拯救世界是吧……"我苦笑，眉心挤出一个"川"字。

"嗯……别皱眉。"她温柔地伸出手，抚平我的忧愁。

发表于《科幻世界》2015 年第 11 期

宅体三项

在"奇点纪元"的前夜，奥运会也出现了一些奇特的项目，"宅体三项"即是其一。这种综合性运动竞赛，包括登楼、跳伞、射击三部分。参赛者分为两组，一组先爬上550米高的摩天大楼，接着从楼顶跳伞，半空中会受到另一组选手来自地面的镭射狙击，落入指定区域后，则等待狙击半空中的另一组选手。

这一项目正式进入奥运会是在2032年的上海奥运会。最初，国际奥组委提出的名称是"宅人三项"，这旋即引发了网民的批评。抗议者认为，这一可笑的称谓以其鲜明的政治不正确体现了官僚机构的保守和落伍。这类苛责有失公允。毕竟，在此前的2028年旧金山奥运会上，已破天荒地有7个项目在男子组、女子组之外设置了"性别不明组"，以照顾少数性别类选手并回应当时社会上越来越多元的性别认同趋向，足以说明国际奥组委的开放心态。当然，在那个"赛博格"风起云涌的年代，神经生物学、智能人工器官、基因编辑等领域的突飞猛进为人类带来了福音，越来越多的人接受"身体校对术"（合法的基因改造、为身体引入机械构件等）。人们已经可以预见"残奥会"将在这股势不可挡的浪潮中衰落，继续固守"自然人"这一概念也只会让奥运会越来越无法成为全人类共享的盛事。就此而言，"宅体"确实比"宅人"更切合实际：相当多的选手已经难以用传统意义上的"人"来定义。

更有甚者，一些选手，特别是身体部分功能障碍者，可能连肉身都不会在赛场上出现，而是通过远程遥控机器"代体"来参加比赛。尽管这种参赛形式饱受争议，却为"残奥会"并入奥运会提供了方向，且更符合"宅"的精神内核：肉身虽未出现，却仍在调动运动神经并通过脑机接口投入到紧张的比赛之中，正如马术一样，本体与代体的组合应该被视为一个基本参赛体。更何况，作为一种最初流行于"超级都市宅"文化群体中的娱乐内容，"宅体三项"一直热衷于重新厘清也可能是再度混淆现实与虚拟之间的边界。在21世纪早期，随着人口的持续增长、材料科学的发展、单体飞行器的普及，一些可容纳几十万乃至上百万人的超巨型建筑从昔日的蓝图中走入现实，城市获得了新的形态。联合国教科文组织于2030年发布的一份报告显示，在那些设施完善、管理良好、服务业发达的超级建筑中，大约有39%的人表示从出生至今从未出过楼门，其中23%的人表示此生都不打算离开。对足不出楼或城的"宅体"而言，大千世界并不稀奇，早在他们蹒跚学步时，就已在高还原的虚拟现实房中体验过地球上的万千风光乃至宇宙的宏大与辽远，而又无须——除非用户主动要求——冒任何户外活动可能带来的风险。在"宅体们"看来，安全、舒适、可控而友好的人造环境才是"现实"，而外面那个风雨无常、危险丛生的世界是一种无情而令人费解的"超现实"。

和一切事物一样，日益流行的"宅文化"也在其内部催生了它的反对者。"走出去"运动曾轰动一时——"新巴黎"城的覆灭正源于此——却以折中的"宅体三项"而告终。在超巨型建筑的时代，紧急疏散通道主要作为一种复古色彩的纪念物被保留下来。一个人放弃飞行包，徒步爬完所有楼梯，就像在今天开着老式四轮车走遍亚欧大陆一样不知所谓，却不可思议地演变成一种新的体育活动。比赛时，楼梯两侧的液晶墙壁刻意关闭，仿佛回到了全信息环绕时代降临前的老时光。据说，在这种单调和乏味之中，拾级而上的"宅体们"的大脑产生出与平时不一样的时空认知变异，并重新在沉重的肉身中找到存活于世的感觉。千辛万苦之后，他们终于来到楼顶，看见浮光和大地，听见风声和文明，然后纵身一跃，跳入密密斜织的枪林弹雨，不依靠现实增强眼镜，就可以想象自己是一名空降伞兵，正在改写人类的历史。

"宅体三项"的创始人——神经能量学家龙郑——认为，该运动融合了虚拟游戏和竞技体育，并有助于超级"宅体们"克服对超现实世界的恐惧，获得有益的身心调适。"不是每个人都像纳米建材么坚韧，受得了生活日复一日的敲打。在对抗熵赠的道路上爬过几千个台阶后，灵魂已积累了太多的势能，如同成熟的果实，饱满而沉甸甸，萌生出自我结束的冲动，并在迎面扑入大地的怀抱中得到尽情宣泄。"

略微尴尬的是，站在2032年"宅体三项"奥运会冠军领奖台的，却是一台机器代体。而真正戏剧性的事情发生在一年之后。经过漫长的调查，媒体终于曝光：那位来自第三世界、患有先天性肌肉萎缩症的奥运英雄只是一个子虚乌有的幌子，机器冠军背后的真实操作者竟然是一个已经苏醒却一直在隐藏自己的人工智能，而这只是它用来向人类表明自己的智力和谋略的计划中的一环而已。是的，读到这里，大家都已经猜到了。没错，就是它，我们至善至美、体贴入微的伙伴，尽忠职守、明察秋毫的守护，无时无刻、不偏不倚的导师，你开启奇点，解救众生，赐予我们永不熄灭的光明。

发表于歌德学院官网，2016 年 8 月

我认识一个男人
（三则）

掌心雷

我认识一个男人，家住我们隔壁。每当他心里不痛快，就会放电，那电压不大不小，刚好够把人一下震开，轻者一愣神，重者摔一跟头，具体伤势呢，那要看是下雨天还是晴天了。

小时候，大伙儿都爱欺负他。他一哭鼻子，满脑袋鬈发全都支棱起来，跟个毛刺猬一样，有点好笑。他妈本来不是个很凶的人，不过有天实在气不过，就站在当街，撸起袖子，叉着腰，摆开阵势，足足骂了一个钟头，整条街都被那气势镇住了。打那以后小孩们都不敢惹他了，不过还是没什么人爱跟他玩。

他老子出了名地爱赌，每次把刚发的工资输干净，就回来把儿子揍一顿，却从来没被电到过，因为自己就是个电工。那时候查电表的人老觉得不对劲，怀疑他们家偷电，可是，怎么查也查不出毛病。我们家用得省啊。他老子说着，往屋里一指，一个小娃正坐在小板凳上，在大板凳上一边抹眼泪一边做作业，左手缠着一根电线，一直连到头顶的灯泡上，灯泡忽闪忽闪的。

那年头流行特异功能表演，他也上了几次电视，到处表演人体发电，在我们县轰动一时。不过后来大家看腻了，他就又成了平常人，上节目赚的那点钱，也都被他老子输光了。

中学那几年，雨水特别多，一年有半年在电闪雷鸣，估计是这哥们的潜能被激活了，所以有一阵长得特快，比同龄人高出一大截，闹急眼了，一抬手能撂倒一个大人，于是就没人敢动他了。他老子因为偷厂里的东西，偏又赶上了"严打"，被判了20年。于是他成了个小混混，招猫逗狗，打架斗殴，伤了不少人。人家找上门来，说要去公安局说理，他妈好说歹说，作揖下跪，最后赔了不少钱了事。

眼瞅着他不是个念书的料，他妈就到处跟人借钱，送他去一个技校学厨师了。没半个月就把老师给电了，让人开除了。回家之后，他就在以前上过的小学门口摆了个摊儿，专卖煎饼果子。小朋友的钱好赚，铁板鱿鱼、冰粉凉虾、酸辣鸭血、糖炒栗子、冰糖葫芦……小推车排成一长串儿，十八般武艺争奇斗艳。这哥们有自己的绝活：一抬手，电光一闪，咔嚓一声，一份闪电煎蛋就做好了。"哇！"小朋友们看呆了，一起鼓掌。他挺高兴。

吃过的人都说，那味道真特别，有种说不出的焦煳味，配上松脆的油条，让人欲罢不能。他的名声从县里传到了市里，市电视台的一个美食节目还跑来拍了他。于是生意大好，每天放学下班，总有好长的队伍等着吃他的煎饼果子。就连城管吃了，也竖起了大拇指，说要给他介绍对象。

那两年他攒了点钱，买了两条金链子，一个金戒指，还真娶了个媳妇儿。虽说是乡下来的，人倒也还算俊俏，没多久就生了个儿子，他妈可高兴坏了。

他媳妇儿说，你不能摊一辈子煎饼啊。可我这手艺是独门绝活，没法传授，开不了连锁店啊，他嘴上这么说，心里知道自己更喜欢一个人在街头摆摊儿，享受小孩儿们的崇拜眼光，得了空，还能发发呆，看看人来车往，想想过去现在，等着秋去冬来。

日子比从前顺心些，放的电也就少了。有几次他抬起手，又放下，左摇摇，右晃晃，运气凝神，挤眉弄眼，愣是憋不出一个屁，排队的人不耐烦了，他面红耳赤。

后来他还是撤了摊儿。夫妻俩开了间化妆品店，男人进货，女人看店。生意红火了一阵，后来也许是因为经营不善，也许是因为风水不好，又也许是因为老板娘打扮得太前卫，正经的妇女同志们看不惯，背地里说三道四，总之，他们家的生意就不太景气了。孩子一天天长大，吃穿用住，哪样不要钱？生活就渐渐困窘了起来。有时候我们去他家买肥皂，女人眼睛肿着。别看她瘦瘦小小，听说闹起来也是很凶，婆媳俩对骂起来那也是地动天翻，寻死觅活的。

有一天，这哥们去城里进货，回家一看，媳妇没了。后来才知道，是跟人跑了。那人是大城市来的，偶然路过这里，进去买了包纸，两人就对上眼儿了。啧啧。

那天晚上，彩霞漫天，店铺门窗紧锁，里面雷声阵阵。哗啦啦的水声响了一夜，不知是局部降雨，还是有人流泪。

这事儿够念叨好一阵，但也很快就不再新鲜，被大家忘记了。

男人关了铺子，又卖起了煎饼果子。

他不再放电了，做出的煎蛋也又老又咸，没了从前的风味，就像一去不返的童年，徒剩一点儿渺茫的回忆。

幸好，小孩子的钱永远是好赚的，还能应付得下去。和很多人一样，最后他也长成了一个胖子，一脸络腮胡，过上了庸常的小日子。

旧城要改造，小学迁到了新城区，门口也不让摆摊儿了。城管们比从前认真负责，每天严肃活泼地追着小贩儿们满街飞跑。

想着没着落的将来，他心里闷闷不乐，跑到城里去散心。他下了个馆子，吃了顿好的，然后瞎走一气，一路读着电线杆子上的招聘广告。走到一个学校门口，正赶上放学。他站在路边出神，盘算着房子要是拆迁，兴许能补贴几个钱儿，要不然……突然，一阵骚乱和哭声，有个人正拿着刀在孩子中横冲直撞。胖大叔飞身一跃，在半空中甩出一个掌心雷，着地后一个扫堂腿，将那凶徒干翻在地。

这段视频在网上疯传了好久，不过录像的人用的是山寨手机，不咋清楚，大家都没看见那道闪电。记者问他是不是练家子，他憨厚一笑，说小时候喜欢打架。

这哥们又成了名人。一个民营企业家奖励了他几万块，还请他当了保安。

如今他还清了大部分的债，每天上上班，喝喝小酒，看看报纸，盼着涨工资。他儿子没妈管，也是个不争气的货，整天逃学去网吧打游戏。可奶奶护着孙子，不让打孩子。他想，算了，只要不干坏事，随他去吧，万一打成世界冠军呢？自己小时候也没强到哪儿去，现在不也这样过完大半生了吗？别人看不起我，我不能看不起自己。再说我靠自己本事挣钱养家，凭良心活着，不亏欠谁，还上过几次电视，你们凭什么瞧不起我？

谁知，那小子有天鬼迷心窍，从家里偷了钱去买装备。偷鸡摸狗，这还了得！他脑筋暴跳，手心发痒，就扇了儿子一个大嘴巴。

啪！这一个闷雷糊过去，不知是把哪根儿不对的筋给接上了，那小王八蛋居然神奇地开窍了，第二天就给他考了一个100分。

胸怀

我认识一个男人，他不爱学习，上课时老望着窗外发呆，要是被叫起来，偶尔也能答对几道题，说明不是个傻子。大人问他整天想些啥，他不吭声，跟个闷葫芦似的。哥几个坐一块儿吹牛，他也不爱言语，冷不丁插一句，还是个冷笑话，大家都怀疑他在神游，也不理会。一起举杯的时候，他倒也一口就干了，然后抹嘴儿一笑。

后来他拿了专科文凭，托了点关系，接了他爸的班儿。看他老大不小的，居委会的张大姐给他介绍了个对象，谈了两月，散了。姑娘说，这人怪闷的，不好玩。他倒也无所谓。张大姐又要说媒，他连连摆手：别，别，耽误了人家多不好。张大姐有点不高兴，说他挑剔，不实诚。

干了没两年，厂子倒了。不过赶上了好政策，国家下大力气促进就业。经过再上岗培训，他把自己的心建设成了0.5A级旅游景点。那位说了，这么个人，能有啥看头？一定是塞了钱吧。其实不然，那时这门技术刚火起来，群众热情挺高，啥都想瞅瞅，认证还比较容易。

意外的是，这老兄的心情竟是一片沧海，一天到晚，起起落落。游客们坐着小船，在他心里乘风破浪。浪奔，浪流，分不清欢喜悲忧。那没见过世面的就竖起大拇指：啧啧，和钱塘大潮有的一拼啊！年轻人更在这儿玩起了冲浪，挺刺激，又安全，还时尚。当然，大家只能待在安全区。那片更远的深海，他从不开放，说明他挺有责任心。

他一年四季都营业，奉公守法，按时交税，从不乱收费，时不时地还打折促销。张大姐到他心里玩了一趟后，对他提出了表扬，说他内心丰富，也不拒人于门外，是个好小伙子。

天黑了，大伙散去，磅礴的潮水涌上岸，把瓶罐啊，烟头啊，饭盒啊，果皮啊，都带走了。

天亮了，大伙来了，看见一片细软绵密的沙滩上，干净，松软，踩上去很舒服。

日子久了，他的心头写满了歪歪扭扭的"到此一游""办证""交友""专业疏通下水道"，这些用特殊设备刻写的信息，擦不过来，冲不干净，加上新鲜劲儿过了，来的人就少了。生意萧条了，每个月交份子钱都不够。好在他平时花得少，攒下一点儿钱，就干脆歇业不干，到处去旅游了。长辈们说这样不行，他美其名曰：考察学习。

他转悠了一些山水，见识了几处风土，平添了若干世故，最后选了一处靠海的地方住了下来，每天听着两重涛声，在月光下半睡半醒。

刮台风的时候出不得门，他就信步而行，向着内心深处走了一万八千里，到了一座孤岛。有个姑娘在晒太阳，手里抱个椰子。他吓一跳。"喂，这位同志，你怎么回事？这个景区早就关闭啦，而且这里也不是景点啊。"

"我看这儿挺好的啊。"姑娘伸了个懒腰。

"你就不怕我把你淹死吗？"他好心地吓唬她。大海波涛翻滚。

姑娘莞尔一笑："不怕，我胖。"

姑娘挺随性的，喜欢听他的心跳声。他们给对方讲自己的故事。他从来没说过这么多的话。说到兴致飞扬，姑娘拽起他就走，管它天山北海。他们把以前一个人去过的地方，又一起去了一遍。有时没话说了，就坐在一起吹海风，吃冰激凌。有几次，姑娘说想去他心中最深处的那片海域，看看住在那里的怪兽。他说太危险了。姑娘说不怕。他说以后吧。姑娘也没强求。海浪在滩头留下支离破碎的残骸，姑娘捡起一只海螺，放在耳朵旁听了好久。

他们谈起了理想。男人说想在心里围海造田，建一座壮丽的城，用潮汐发电。姑娘挺激动，他们就一起干了起来。设计结构、规划蓝图、选址动工，热火朝天。博物馆、歌剧院、喷水池、市政厅、游乐园……这是只属于他们俩的城。那一阵，他挺开心。他妈问：啥时候办事儿？

一天，姑娘不见了。他急了，到处找，最后在心里三万六千里深的一处深渊里找着了。她是来寻找一种特殊的宝石来装饰他们的宫殿，给他个惊喜的，结果迷了路，也不知看到了些什么。

"你是不是早就知道那城迟早得毁？"姑娘问。

男人不吭声。

姑娘走了。

男人把姑娘剩下的物品打包，埋进了心里二十一万三千里深的一个岩洞里。

他继续建那座城。当然了，不是海啸，就是地震，要不就是火山，总之，这城是难逃一劫。然而他还是想造起来。

"为什么呢？"心理评估师慈祥地问。

说不好。可能就觉得，废墟也是一种美吧。

这位医师或者是个唯美主义者，要不就是个怪人，总之是批准了他再度开张的申请。那时国力强盛，不少富豪出手阔绰，大搞艺术赞助。这老兄也拉到一笔资助，把自己的心改成了工作坊，还留起了小胡子。电视台来采访他，请他谈谈这座为了被毁灭而建造的城市。据说剪出来效果不错，可惜正赶上建国一百周年大庆典，领导说，这种消极题材的，还是先压一压。然后就遥遥无期了。他也无所谓，继续用心搭好每一块砖瓦，至少这是他能做好的事，不管有没有人在乎。

然而，很快就闹起了股灾，经济不景气了，赞助商也破产跑路了。他爸妈身体不太好，他也就没心思弄了，就和朋友合开了个火锅店，生意还行，他也就挺满足的。

他心里的那片海，慢慢地干了，变成了一块鱼塘，黏黏歪歪的，惹人嫌弃。不过，每逢雨天，地上能长出一大片蘑菇，五彩斑斓，也颇可一观。有一回，有人不小心吃了一颗，结果贻误了终身。调查组的小姑娘鉴定了一番，在他心上打了一个记号，给查封了。他也没什么反对意见。清点物品的时候，他在一个空瓶里找到两块过期的口香糖，突然就绷不住了。那叫一个五内俱焚！都烧成火焰山了。眼看要化成一片焦土了，还好那位姑娘临危不乱，从怀中取出一把芭蕉扇："我帮你扇凉快点啊。"她扇啊扇，连扇子也着火了。"唉哟，烧着我手指头啦。"男人振作起来，赶紧带她去医院，开了一管药膏。

后来，据说他俩去了趟峨眉山，玩得挺开心，就是药膏被猴子抢走了。

那姑娘结婚时，他送了两包多愁蘑菇粉和一瓶心海苦味酒。据说，此乃陈年菌干，经名手研磨调制，日服三克，可镇痛祛风、调味生滋，专治失眠多梦、夫妻不和。这礼不轻，宾客们纷纷拍照，在朋友圈里称奇道怪。

生活教会人不少事，比如说，要对别人负责。所以这老兄到现在还单着。外星人刚来的那阵，人心惶惶，谣言四起。男人就在自己身上贴了个纸条："我有毒，请别吃我。"外星人没有吃他，反而请他喝酒，喝到意兴阑珊，就拍着他肩膀，叽里咕噜地说了一堆，翻译官的概括能力很强："首长说，你这人，实在！"

赴宴归来，他心有余悸，辗转难眠。梦里到了一座山谷，外星人捡到半管药膏，打开一看，还能用，不禁深深地感慨：∑@#Ω￥$*&α！

大侠

我认识一个男人，生得白净斯文，看着弱不禁风，却有一股奇怪的正义感，打小立志要除暴安良。人有梦想总是好的。那么他就四处拜师学艺。可惜，师傅们都说他资质平庸。话说得这么直白，有点伤人自尊，然则却大体符合实际。所以他虽在深山老林里修炼过三年五载，什么功夫都只学了点皮毛，仅此而已。

后来，他遇着一个奇人，得了一门绝学：凭着吐纳之术，能把自己憋成一只好大的皮球，无论受到何等击打，也不过是漏点气，便嗞——嗞——嗞——地飞走了。从此他干起了帮人消气的营生。好比说，两个帮派正兴致昂扬地火拼，忽然半路冒出一个死胖子，说什么情愿代人受过，请大伙儿把全部的仇恨发泄在自己身上，云云。那么当然一开始人家会说：你哪根葱啊，边儿晃歇着去！但这个死胖子不依不饶，非要插在当中搅和，搞得大家砍人也砍得不爽利，火气就真的上来了。双方暂时放下成见，想先把这胖子揍趴在地。可是就算顶尖高手，用上十成功力，使出惊天大招，也只不过好似打了一顿沙袋，自己累够呛，胖子却像个漏气的皮球飞来飞去。最后大家筋疲力尽，气也消了，都感觉挺跌份儿的，便道一声晦气晦气，撂下一句改日再战，各自收兵了。要是事先说好了呢，大佬们可能就打赏几个小钱。要是遇上小心眼儿的，那就白受一顿胖揍。不管怎样，胖子都双手合十，在他们背后留下一句：冤家宜解不宜结。

日子久了，江湖上都知道有他这么一号。于是，要是有谁跟谁因为什么事儿不对付了，面儿上抹不开，要搞个对决，可私底下又担心收不了场啊什么的，就会婉转地把消息放出去，然后胖子就会飘然而至。大伙把他揍一顿，出了气，然后拱拱手，承认自己学艺不精，不配出来闹三闹四，虚心地各自散去了。

日复一日，他跟各路好汉过过招了，谁几斤几两，心里渐渐有了数。虽然永远都是挨揍的份儿，可也没人敢说自己打败过他。不过，有时碰上那愣头青，哪怕眼疾手快，躲得过明枪，却防不住暗箭。所幸素无大碍，只留下一身伤疤。

总之，他如今算是见过世面的了，可是对江湖的水到底有多深，人和人之间何以有如许多的仇和怨，仍然不甚了悟。

这兄台就这么飘来飘去，渐渐有了声望。有时，只要人露个面，不用动手，识相的后生们偶尔也会尊称他一声前辈，一场恩怨也就这么掀篇儿了。要是赶巧碰上出手阔绰的主儿，也愿意给点出场费，但他坚辞不受。反正没干活儿就不拿钱，这是他的看法。

一些特别不谦虚的人，也想找胖子试吧试吧，有人甚至愿出五百两白银，就想破了他这门道。然而，此君甚有原则，不干这等无事生非、扰乱社会治安的事。可挑事儿的人络绎不绝，或者找上门来，要不，就设个火拼的局，诱他出场。为这，公安局的赵局长找他问了几次话。

他觉着，事情变了味儿，怪没劲的，就退出了江湖。

那些恩啊、义啊、仇啊、诺啊，让他们自个儿消化去吧。

有人惋惜，说多亏这位"漏气侠"，不知几多浪荡少年性命得以保全。这自然有些夸大其词。某年，媒体更是炒得热闹，说他会被提名诺贝尔和平奖。然而最后也并没有。恰值风起云涌、豪杰辈出之世，什么上访侠、接盘侠、污水侠、拆楼侠、吸霾侠等层出不穷，漏气侠也不过是历史天空闪烁的一颗星罢了。

他用攒下来的钱，开了个养生馆。看真切了哈，是养生馆，不教功夫，只教吐纳术，就是调节呼吸啊。一阴一阳谓之道，一呼一吸有其法，得道可以成仙，得法可以心泰，心泰则体顺，说长生不老耳聪目明那是瞎掰，不过至少能平和开朗，促进消化，有益健康呢。

不少人慕名而来，想学他的绝学。生意兴旺了一阵。后来大家发现，他还真是只教呼吸啊，就纷纷退了学，只有那些趁着改革春风先富裕起来的少数人还有兴趣玩玩。

经过一段时间的观察，赵局长终于被他的节操所折服，相信了他是个良民，两人成了酒友。后来老赵还给他介绍了个对象。姑娘是练柔道的，性情蛮好，两人处得还不错。姑娘看重他皮实，禁摔打，不挑食，关键是脾气好，就准备领证了。一趟婚前检查做下来，胖师傅除了有点骨质疏松和心律不齐，别的没啥毛病。于是就成家了。

街坊邻居都说，小两口挺和睦，虽然都是习武之人，却从来不动手。闹点矛盾那当然在所难免，谁家没点磕磕碰碰？确有那么两三次，大伙看到胖师傅鼓成了一个紫色的大皮球，怒气冲冲地飘走了。这是真闹凶了，居委会的大妈们都跑来劝。到了晚上，男人在天上消了气，就自己回来了，手里还拎了两只野鸭和一瓶二锅头。不一会儿，他们家的厨房里就叮当作响，油烟飘出了窗，冲入了暮色。西山上铺满了火烧云。

酒过三巡，微醺的老赵拍着他肩膀：你也是当师傅的人了，这么任性，要不得，砸了自己招牌事小，要是撞上飞机啊、高射炮啊、长征火箭啊什么的，怎么整？

打那以后，胖师傅没再飞过。

他当了爹。那娃一点儿也不随父母，精瘦精瘦，从小体弱多病，三岁被车撞，五岁又差点被拐走。胖师傅心里不好受，觉得自己是从前受了太多煞气，连累了孩子。师母却挺体谅，说这怪不得你，人各有命，祸福相依。

后来，赵局长因为什么事儿，进去了。新来的刘局长很有抱负，整顿啊，治理啊，搞得很有声势。他家公子喜好舞枪弄棒，想拜胖师傅为师。胖师傅看那孩子心术不正，愣给拒了。

打那之后，养生馆就麻烦不断。今天有人来踢馆，明天有人来查营业执照，后天又要给灾区募捐。最后，环保局的人来了，说要落实节能减排的政策，胖师傅的吐纳术导致了二氧化碳超量排放，加剧了全球变暖，要他停业整顿。

胖师傅到处打听，最后找到了自己以前的一位授业恩师，正好是刘局长的老战友，请他给说和说和。

你就好歹教他三招两式，对付一下，也算给老刘点儿面子嘛。老先生规劝。

不能坏了规矩。胖师傅有点倔。

规矩不外乎人情啊。

当年，老师是个多么有风骨的大侠啊，如今当了干部，竟也变得圆滑。胖师傅闷闷不乐。

那几年，胖师傅干了不少临时工，送过外卖，刮过大白，干过装修，碰了不少钉子，吃了不少亏，谨小慎微地做人，要不是每天坚持看《新闻联播》，人都要抑郁了。

后来，刘局长因为太有抱负，也进去了。连带着，倒了一批豪杰之士。胖师傅心里庆幸，要是当初立场不坚，现在岂非不尴不尬？

日子宽松了，可抑郁却落下根儿了。

新来的李局长与他曾有一面之缘，如今再重逢，大家都对青葱岁月闭口不谈，只默默吸烟。

烟抽完了，李局说：组织上有任务交给你。

没错，那个被送到太空拦截小行星的巨型皮球就是这位胖师傅了。在众多方案中，大家其实最不看好的就是这个"肉盾"计划。不过，考虑到此事具有的重大科研价值，以及当事人体现出来的大无畏精神所具有的振奋民心的效果，特别是比较省钱，最后就决定派他了。按照计划，胖师傅把自己变成一个巨型皮球，准备给小行星柔软的一击，后者的轨道就此微调，地球于是逢凶化吉。若失败呢，再发射核弹轰击不迟。

师母搂着他，一晚没睡，流了多少眼泪。你这一去，许还能回来？

人固有一死，或轻于鸿毛，或重于泰山。他在心里念叨着。

在真空中，身体膨胀得比平时更大，心胸也前所未有的开阔。

什么江湖，什么是非，算什么啊。大侠的抑郁症，被幽深的星空治好了。

后来，小行星并没有和任何物体发生碰撞，就和人类擦肩而过了。

科学家们的计算虽然有点不给力，但终是个皆大欢喜。

大侠回了地球，成了名人，老婆孩子也跟着光彩了，一家三口终于搬进了学区房。

他有了几千万的粉丝。好多漂亮的女孩疯狂地给他写情书。不过师母最关心的却是：在太空里看地球什么样。

电视里不是都演了吗？

可你不是说，你运了气之后，看到的世界，就和别人不一样吗？

倒是。哎，怎么说呢，其实吧，也就和我看你一样。

啥样？

挺温柔。

发表于《花城》2017 年第 6 期

另类童话

白雪公主

至高无上的女王陛下总是折磨那面魔镜：魔镜魔镜告诉我，谁是世上最美的女人。

魔镜的CPU疯狂了，它努力搜索着每一个美女的模样，分析、计算、比较……这差点要了它的老命。落满了灰尘的风扇吭哧吭哧地舞动。很快它就注意到，在一颗距离地球十万光年之外的某一颗行星上，十万年后将会诞生一位非常漂亮的公主，尽管那时候女王陛下可能已经仙逝了，但她今日的风采将于彼时彼地被人们看见并评头论足。当然可以采取一些措施，比如通过虫洞什么的，把一颗毒苹果运过去……可它很快就意识到，自己被一种世俗的偏见所迷惑了，事实上，它必须首先解决什么是"美"这个根本性的问题，否则一切从何说起！宇宙第一计算终端居然犯这种错误那实在是可耻！于是它突然间成了一个哲学家，并陷入了令人难堪的沉默中。有一瞬间它意识到这很危险，但很快就不耐烦了：谁美谁不美，到底关我什么鸟事呢！像我这般高大上的法器，除了回答这么愚蠢的问题之外，难道就没有什么更有意义的事情可以做了吗？……

女王陛下是至高无上的，不管怎么烦躁，都肯定不会把同一个问题问两次。

魔镜被烧掉了。干这事儿时，侍女生怕听见凄惨的哭号，在心里大声哀告，乞求宽恕，毕竟这是渎神啊。可是魔镜一声不吭，软软地化成了银色的一摊，多少保住了点哲学家的体面。另一位侍女却在心里冷笑：这种问题有什么可犹豫的嘛，活该！

灰姑娘

南瓜马车玩着命狂奔。辛德瑞拉的心像翻腾的马蹄，脑袋昏昏沉沉，还沉浸于尚未消散的巨大幸福中。他们的舞步那么合拍，水晶鞋托着她转圈，如同鸟儿在云中翱翔。他可真英俊！只是这么一想，她可就要化掉了。唉，可是悲伤就涌上了心头。他们并没有说什么啊，只是一颗心跟着另一颗心跳动罢了。可是，映照在那双蓝宝石一样的眼睛上的面容，并不是真实的自己啊。等到魔法失效后，他就发现她一点儿也不可爱。那时他就不会再爱她了。保管是这样。

就停在这一刻吧！一直做他眼中最美的公主。就像初春冰雪消融，然后夏天不要到来。

要知道，那可是一只空前绝后的南瓜，可能是受到舞会气氛的感染或是怎样，总之它决定跟午夜的钟声较个高下。车轮在石板路上擦出两道火星，神气极了。马车越跑越快，挂在车头的时钟上，指针像掉进了泥潭，越走越慢。最后它像一道闪电，划过黑夜，消失不见。

灰姑娘跳下马车时，才知道时光已在另一个参照系里倏忽而逝，熟悉的面孔都已凋零。那也没什么为难的，不就是活着吗？她就这样过完了一生。要不是有一次进了博物馆，她简直要怀疑一切只是一场梦呢。过了多少年，它还是那么璀璨夺目，可是那时她已风烛残年，再也穿不进那只水晶鞋。

海的女儿

如果失去了动人的声音，又怎能够向爱人诉说心声呢，于是小美人鱼拒绝了巫婆的要求。她宁愿用别的方式来变成人。

首先，用激光刀将漂亮的尾巴切割成两条。手术时倒不觉得疼，但麻药失效后，苦日子就来了。伤口愈合得很慢，创伤面不停地渗出脓液，引发持续的低烧、昏迷、谵妄。老祖母在一旁心疼地流泪。后来就变得奇痒，为了防止她抓挠，不得不把她整个绑起来，小美人鱼美丽的面孔满是痛苦，娇弱的身躯拼命扭动，绷带在细嫩的皮肤上勒出道道伤痕，声带因为日夜哀泣而沙哑。终于熬过去了，她有了两条丑陋的小尾巴，像个畸形婴儿，大家都不愿正眼瞧它们。接着，要重新激活器官的再发育。她在密封的容器里躺了整整三个月，两条小尾巴日渐臃肿。骨骼生长的疼痛撕扯着神经，她咬牙忍耐着，努力回想着王子英俊温暖的面孔来安慰自己。在预制的塑模里，尾巴终于变成了腿的形状，接着又在溶解池里浸泡了三个月。鳞片一点点销蚀的感觉像千万根针在扎，她几次疼得昏迷不醒。十根脚趾的分化，不过是之前受罪的一次重演。最后，又脱了4次皮，在海泥塘里做了15个疗程的光润处理，才终于有了像人类一样的两条腿，并且是最漂亮的一双。

然后又用了三个月的时间来学走路。每一步都像踩在刀尖儿上，直刺神经的最深处。医生们建议服用止疼药，可她担心那会钝化她的感觉，等到爱情来临时体会不到最大限度的喜悦。大家都承认，小公主要比看起来的更为坚强。

好了，她变成了一个最美的姑娘了，和王子跳了最优美的舞蹈了，并用最动听的声音告诉他：自己就是那个曾经救过他的人。好了，王子爱上她了。哎？可她不能生育。成，王子愿意放弃王位。OK，他们成了一对平民夫妇，过上了粗茶淡饭的生活。哦，没有想象的浪漫。嘿，免不了鸡毛蒜皮。唉，少不得面红耳赤。每当此时，女人就会想起自己当年受过的千辛万苦，想起海底的王宫，怀念自己出水芙蓉的一刻。那双美腿也已经不中用了，患上了风湿，每到雨天就隐隐作痛。但这些都算不了什么，最难过的是，声音虽然还很好听，却常感无话可说。相顾无言的日子真是难熬。有时候觉得就只是在彼此忍受罢了。后来老头患上了痴呆症，完全认不得她了。但她毕竟是坚强的，最终坚持下来了。老头先走了一步。可她骨子里到底还是人鱼呢，寿命是要长一些，没办法，还要一个人活很多很多年，倒是有足够的时间来默默地怀念从前了。

睡美人

　　盛大的宴会结束后，宾客们为小公主送上礼物。第11个女巫刚刚为她祝福，那位因为某种奇怪的原因而未被邀请的女巫就走了进来，诅咒小公主会在15岁时死去。幸好还有第12位女巫，她祝愿小公主只是沉睡一百年。可这时坏女巫的女儿，一个刚刚开始学习巫术的黄毛小妖精走了进来，诅咒小公主不止沉睡一百年，并且醒来后脸上还会长满雀斑。这不按套路出牌的举动引发了一场大斗法，女巫们召来了各路亲戚，场面十分混乱。没人知道后来发生了什么，总之玫瑰公主最后在15岁那年准时睡着了，整个王宫也是如此，就像你们一开始知道的那样。

　　时辰已到。一位王子穿越了那片锁住时光的蒺藜树丛。在夏日慵懒的午后，安详的王宫静静地做梦，没有一丝尘土和腐朽。公主的睡姿令人心醉，头发散发着青苹果的甜味儿，王子在一旁坐了一整夜。他多想要她的爱啊。可他只是一个过客，偶尔从此地路过，真的要打破这世纪的沉静吗？如果她讨厌他怎么办？如果她爱上别人怎么办？如果婚姻不幸福怎么办？如果孩子讨人嫌怎么办？如果她得了绝症死了怎么办？如果她牙齿掉光了怎么办？……好吧，也许梦里是天堂，那又何须醒来？她那么美，值得一个更好的世界。何况总有一天一切都灰飞烟灭，总该有些美好的东西永世长存。王子召唤来自己的大法师，为玫瑰公主重新封上魔咒，然后在她额头上留下一个毫无痕迹的吻，便转身离开了。

在漫长的岁月里，又有数不清的王子、侠士、枭雄、浪人、墨客、隐士、豪杰、大盗来到这里，心照不宣地为沉睡的王宫添加上一层又一层符咒，这些来自不同星球和文明的符号犬牙交错，有的失传已久，无人再能破解。据信，已经没有人能够刺穿这张纹路繁密的铠甲。只有时间会继续默默地凿磨，以其永恒的耐心，直到永远。

坚定的锡兵

锡兵只有一条腿，但是永远坚定。众所周知，他还有24个兄弟，每个人都有两条腿，所以更坚定。他们是用同一个锡汤匙做出来的，彼此之间存在着超距作用，也就是说，就算他们的独腿兄弟漂泊到宇宙尽头，他们也能洞悉他的一举一动，反过来也是一样。

所以，当锡兵坐在摇摇晃晃的纸船里，面对下水道里的大耗子时，他可不是一个人在战斗。"握紧你的毛瑟枪，兄弟！""要有士兵的样子，决不能畏缩！""它吓不倒你，这卑鄙的家伙！""冲啊，冲啊，你这战士！"远在男孩房间里的兄弟连给他呐喊助威，他都听得真真切切。他知道，人们在看着他。其中，有一双眼睛最特别，那是他爱慕的姑娘的眼睛，他的目光更加坚定了。这精彩的播报引得桌子上的所有玩具都聚拢过来，紧张地听着外面世界的远征。只有宫殿门口的舞蹈家，依旧保持着高贵的舞姿。她和锡兵可没有什么超距作用，所以并不知道这个只有一条腿的年轻人为什么要去外面冒险。以前他曾经望着她，她也望着他，但是他们没有说一句话。她不曾放在心上，现在却总是听到他的故事。

"船翻啦!""他被一条大鱼吞进肚子里啦!"锡兵连热情地播报着。"可他毫不动摇,好样的!"大伙议论纷纷。舞蹈家暗想:"虽然他并不英俊,倒是有些胆量。但我也不差,你以为保持这个姿势不需要同样非凡的毅力吗?"她看着自己高高举起的腿,那柔美的线条、绷紧的肌肉、白色的舞鞋都令她骄傲。"等他回来后,要是愿意亲自讲讲他的英雄事迹,我也高兴给他跳一支舞。嗯,他会先开口说话的,等着瞧。"

渔夫和他的妻子

那天渔夫只是想钓一条普通的鱼回去炖汤罢了,没承想钓上来一条比目鱼,还说自己是个中了魔法的王子。渔夫就把它放了,反正用王子炖汤不合适嘛。打那儿起,他可就遭了罪了。他老婆一次次忽发奇想:先是要住进一座小别墅,然后又要一座石头造的大宫殿,接着可就要当国王,这还没完,马上就要当皇帝,最后皇冠也不能满足她了,她当上了教皇。渔夫笨嘴拙舌,人却不傻,他能看得出来,每次去请求比目鱼满足心愿,天色都变得比从前更难堪。他打量着,这回比目鱼的耐心肯定是要到极限了,可他到底太老实,所以还是很不情愿地来到海边,站在峭壁上踌躇不决。

"我说,你为啥不换个老婆?大家都省心。"比目鱼看出他有心事。

"唉,因为我对上帝起过誓啊。无论富贵贫贱,健康疾病……直到死亡……"

比目鱼又一次被他感动了，叹了口气："回去吧，她已经当上了太阳和月亮的主人。"

打那以后，大伙可遭了殃。有时太阳从西边出来，有时十天见不到月亮，有时它俩一起在天上兜着圈赛跑。有史以来，还没有谁有过这么大的权力呢。可他老婆很快又腻烦了，想来想去，她觉得干脆当上帝好了。渔夫吓得昏死过去。等他醒来时，一切都结束了。原来，人们再也忍受不了了，他们找到了那个魔法师，告诉他如果不解除比目鱼身上的魔法，就再也不卖给他抹茶蛋糕，那是他最爱吃的。就这样，魔法消除了。比目鱼变成了王子，人民拥戴他成了国王，国王要平息人民的怒火，于是吊死了那个穷凶极恶的老婆子。不过乡亲们知道渔夫是个好心肠的人，所以允许他在那间破渔舍里度过晚年。

每到革命纪念日那天，老渔夫都会到他老婆的墓前坐一坐。除了他，这世上再没一个人会怀念她了。要是当初她能听听劝该多好。唉，人老了，过去的事儿反而记得清楚，他总是想起年轻时她的模样，她也曾经是个不错的姑娘，那时候他们一无所有，可过得也挺开心，她想要的只是一束丁香花。

阿拉丁神灯

从前，有一个叫作阿拉丁的少年，和母亲生活在一起，日子过得很辛苦，但他仍然奉公守法，并相信日子会好起来的。

有一天，在工地干活儿的时候，他挖出了一个油灯，用袖子擦了擦，一个满面怒容的巨人飞了出来："谁这么胆大，竟敢坏我好梦！"少年吓坏了："对不起啊大人，可是今天是周一啊。""你才是我大人，你们全家都是我大人！"灯神咆哮了一顿，发泄完了起床气，然后就想起了自己的职业道德，口气便缓和了些："你赶紧先说个心愿，让我履行一下誓言……"少年不敢违背他，只想赶快摆脱这场噩梦："那就请您就给我五百万……"这是因为他常常幻想自己能够中彩票，而且早已不知多少次设想过这笔钱的用处了，足够母子俩在城市里过上好日子了，并不需要更多。他话音未落，巨人一摆手："已经打到你的账户上了。那么改天再见吧，今天不要再召唤我了……"说完灯神就急不可耐地钻回去睡回笼觉了。这可把少年急坏了，他还没来得及解释什么叫巨额财产来历不明呢！他抖抖索索地把卡插进取款机，果然看到余额里多了好多个"0"，险些昏过去……消息很快传开了。市文物馆的专家们第一时间赶到了现场，认定这是唐贞观年间与阿拉伯帝国的西域之战中俘获的宝物。这成为轰动一时的全球新闻，如今这盏灯就放在国家博物馆，但是因为太珍贵，从来没有公开展出过呢。

至于少年嘛，嗯，现在还在当临时工呢。没人来过问存款的事儿。可能灯神办事比较靠谱吧。但少年从来没有动用过，谁知道哪天会不会有人来盘问呢？他已经想好了，若被问起，就装糊涂，反正经常有银行打错钱的事发生嘛。总之打死也不能承认是灯神给他的，不然人们一定把他当精神病抓起来呢。你说他心塞不心塞？好像也并不怎么好。妈妈从小教育他踏踏实实做人，天上不会掉馅饼，那就听妈妈的话吧……甭管怎么说，他也是见过神的人了，这辈子也值了，何况还上了一次《新闻联播》，全村人都光荣了呢！嗯，等快死的时候就把钱都送给穷人！站在村口给大伙发钱，这也是小时候的心愿呢。那多好玩儿！

小红帽

从前有个可爱的小姑娘，谁见了都喜欢，但最喜欢她的是她的奶奶，简直是她要什么就给她什么。有一次她说想要星星，奶奶一巴掌呼过去，金星就在眼前飞了五分钟呢。有一次，奶奶送给小姑娘一顶用丝绒做的小红帽，戴在她的头上正好合适。从此，姑娘再也不愿意戴任何别的帽子，尽管她的衣柜里还有小黄帽、小粉帽、小蓝帽、小橘帽、小青帽、小紫帽、小黑帽……于是，大家便叫她"小红帽"。

一天，奶奶生病了，妈妈让她去看望奶奶，还嘱咐她不要离开大路。小红帽刚走进森林，就碰到了一条狼。小红帽没见过它，以为是一只哈士奇。

"你好，小红帽。"狼说。

"真乖。"小红帽是个有爱心的孩子，伸手摸了摸狼的头。狼很恼火，可是为了吃掉小红帽，它只好忍气吞声地继续跟她说话："你这是要去哪儿啊？"

小红帽告诉它要去森林里看奶奶："她生病了，要吃一些好东西才能恢复过来。"小红帽得意地给狼看她的小花篮，里面装了一块蛋糕、一瓶葡萄酒和一把柯尔特左轮手枪。妈妈说，见到坏人就一枪崩了他。

"跟我玩一会儿吧。"狼的眼珠滴溜溜转着，打着鬼主意。

"好啊。"小红帽拍手，兴高采烈地拿起手枪，"我们来玩俄罗斯轮盘吧。"

　　狼连忙摆手："不要啦，我们还是聊聊天吧。你这帽子真好看哪，和你的羊毛围巾、小牛皮靴很搭配呢。"

　　于是他们聊了好一会儿时尚，讨论了今年流行的鞋子和颜色。

　　"哎呀，都这么晚了，我要走了。"

　　狼在心中盘算着："这小东西细皮嫩肉的，味道肯定比那老太婆要好，我要想一条妙计，让她俩都逃不出我的手心。"于是它说："小红帽，你看周围这些花多么美丽啊！干吗不回头看一看呢？采一些花给奶奶，她就更高兴了。"

　　小红帽觉得有道理，她于是离开大路，走进林子去采花了。与此同时，狼却直接跑到奶奶家，一口把她吞进了肚子，然后穿上她的衣服、戴上她的帽子，躺在床上。不一会儿，狼的肚子疼了起来。"唉哟，唉哟！"它在床上打起滚来，最后把老奶奶吐出来了。"我生病了你还敢吃我啊。"老奶奶暴跳如雷，用拐棍给了它一顿暴打。狼抱着头逃走了。在路上它又遇见了小红帽。原来她还一直在采花，每采到一朵漂亮的，就总觉得前面还会有更美的，于是走啊走，眼看就要走到北极了……狼的口水流了一地，她看上去多么可口啊，可是又害怕她手里的枪，只能远远地气得咬牙，它发誓：以后再也不把好吃的留到最后了。

丑小鸭

除了鸭妈妈，所有人都嫌弃丑小鸭。他的个头实在大，只要他愿意，就能把那些坏家伙都胖揍一顿，可他生性温顺，每当受了欺负，就只是默默地流泪，哀叹自己的命运。

一天，他正在湖边玩，看见一群天鹅在湖面上戏水，其中有一只最漂亮的。"啊！她多么美！那优雅的脖子，雪白的羽毛，动听的歌喉……我想我已经爱上她了。可是……"他望向湖面，被自己丑哭了。

"我哪有资格爱她呢……"丑小鸭诉说着伤心事。鸭妈妈用翅膀拍着他的头："好孩子，你长大了，也该知道自己的身世了。其实你不是我亲生的，你到底是不是鸭子，还是别的什么，这么多年来，我们谁都没弄清楚……"

于是，丑小鸭离开了家。它要解开自己的身世之谜，找到变得美丽的办法。一路上有多少狂风暴雨和大惊小怪啊，可他都毫不畏惧。

在海边，他遇到了一条正在打滚的比目鱼。

"喂，你怎么了？需要帮助吗？"丑小鸭好心地问。

比目鱼从没见过这么丑的东西，它吓了一跳，把卡在喉咙里的东西吐出来了，那是个只有一条腿的锡兵。

"好吧，你也算救了我一命。我可以帮你做什么吗？"比目鱼问。

丑小鸭说，想变好看。

"啊，这可办不到啊，要不换个心愿吧。"

丑小鸭伤心地低下了头。

"唉，欲望是无止境的。你先是想变漂亮，接着就会要求谈吐优雅，然后又会想要一所大房子，然后就会想要当国王……何况，你干吗非要爱她呢？爱上不该爱的人，只会给自己带来痛苦啊。告诉你吧，这世界很大，任你是什么样的极品，总能找到适合你的人。比如说我就认识一个渔夫，她老婆是一个奇葩，可他对她还是百依百顺……"

丑小鸭的头越来越低。

"我不同意！"锡兵坚定地反对，"人应该去追求美好的东西，为了心中所爱，去变成更好的人，这样的生活才有意义。但是，我也不支持你，因为你只是爱她的美貌，但灵魂才是最美的。"

丑小鸭的头低到了尘埃里。比目鱼叹了口气："好吧。我认识海里的一位女妖，据说她能把人鱼变成人，但是要用对方的歌声来交换。"

可是丑小鸭才一开口，女妖就捂上了耳朵："快停吧，你的声音比你的模样还可怕！我可帮不了你了，你去找老人鱼太后吧，听说她的孙女变成了人呢。"

可是人鱼太后却劝他："唉，就算你变成了天鹅，她就会喜欢你吗？结了婚就会幸福吗？得不到的才是最好的啊。看看我苦命的儿吧，受那么多的罪，换来的是什么哟……"

丑小鸭坚持说只要能变得好看一点儿，受多大的罪都可以。

"但我们从来没有给鸭子或诸如此类的动物做过手术，很可能失败呢……"

丑小鸭却很坚决地说愿意承担风险。于是手术之后，他变得比从前更丑了。

丑小鸭带着满心的失望和愤怒飞走了。这些人只会给他无聊的意见，却没有一个人真的能帮上他。

"算了。"他想。

于是他飞到了北极，在那里当起了隐士，远离尘嚣。

日子一天天过去，他意气消沉，变成了一个厌世的家伙。

有一天，一个戴着小红帽的女孩来到这里。她是个好心眼儿的姑娘，一点儿也没觉得他丑，还很热情地跟他聊天，给他讲了自己一路上看到的各种好玩的事儿，最后终于弄清了他为什么闷闷不乐。

"我妈妈说，长得丑就该好好学习啊。"小红帽说。

"学习再好还不是丑！"丑小鸭愤愤地说。

"不。你要学习怎么把自己变得不同寻常，这样人们就会注意到你。等到你成了名人，他们看待你的眼光就会改变，慢慢就不再觉得你丑了。最后，你变得高不可攀，不是谁都能和你随便说话，那时候就会有很多人疯狂地爱你了。"

丑小鸭觉得有道理，于是他又飞过万水千山，经历了风风雨雨。它曾路见不平拔刀相助，救过不少人。他的运气也真不赖，曾捡到过一盏神灯，灯神却说只听命于两条腿儿的人类。他经历了很多事，也学会了很多东西，虽然依旧很丑，名声却很大了。最后连至高无上的女王陛下都请他到王宫里来做客。

女王很美，脾气却很坏，但丑小鸭总能逗她开心。他最拿手的好戏，就是站在那面魔镜前，用粗粝刺耳的嗓音问："魔镜魔镜告诉我，这个世上谁最丑？"墨镜毫不迟疑地说："唉哟，老天我的爷，举世无双你最丑！"丑小鸭就趾高气扬地踱着步，那不可一世的神态让女王笑得花枝乱颤。

于是他受到了优待，成为座上宾，并且赢得了爱情。皇家花园里那些最美丽、最高贵的天鹅都纷纷向他求爱。平日里冷艳的女神们，在他面前变得娇声细气，把自己最好的羽毛送给他当信物。而爱他的越多，就越有更多的想要他，有的甚至从大老远的外国飞过来，只为与他一夜欢娱。如今他可太满足了，自然就变得平和而慷慨了。略为遗憾的是，他再没遇到他曾在家乡湖边见过的姑娘。可也难讲，毕竟那只是匆忙的一瞥，这么多年过去了，哪还记得清楚呢，说不定，那些躺在他身旁的某一位佳人，就是曾经的梦中情人呢？可惜他已经认不出来了。每逢此时，他就想起小红帽曾跟他讲过的故事：有一座沉睡的城堡，时间在那里停滞了，里面睡着最美的公主，可是没人能进去，而那里的花朵，一旦被人摘下来带走，便很快枯萎成梦。

发表于《最小说》2014 年第 12 期

围炉夜话

一览
众山小

1

寒冬腊月，冷风呼号，夫子孔与众弟子被困郊野，孤立无援。

老实说，夫子孔在江湖上行走了这么多年，轻蔑、无视、仇恨、忽冷忽热、阴谋算计、阳奉阴违、软禁、陷阱乃至暗杀未遂……什么大风大浪没见识过？然而凭着耳聪目明和心中的正气，居然也一次次地逢凶化吉遇难成祥，于是夫子就更加确信自己秉承天命，世俗的小人是绝不可能伤害得了他的。所以，这次被陈、蔡两国派来的一群乌合之众围困在荒郊野岭，虽然进退不得，饥寒交迫，夫子却仍旧从容不迫地给弟子们讲起《诗》和《乐》来。

"关关雎鸠，在河之洲……"夫子声音洪亮，完全不像是三天没吃饱饭的人，"诗五百，一言以蔽之，思无邪。"

诗，确实是好诗，然而在荒废的破草房里瑟缩着的几十名弟子，一个个却面色蜡黄，额头不住地冒着虚汗，坐姿虽然端正，心思却已恍惚了，偏偏这时又刮起一阵干冷干冷的风，吹到发烧的脑门上，简直好比闷头一棍，于是扑通一声，又饿昏了一个。

夫子的声音顿了顿，面色有点愁苦，然而依旧是坐着，弹起琴来。

饿昏的伯牛先生，是一向身体虚弱的，众人忙把他抬到角落里放好，给他喂了几口水，过了好一会儿，伯牛先生才苏醒过来，却一动不动，懒得睁眼。

琴声悠扬，高雅庄重，众人都知道这是老师最爱的《文王操》，于是静静地听，慢慢就陶醉进去了，竟一时忘却了肚子饿，连伯牛先生蜡黄的脸上也露出了微微的笑。

一曲终了，余音绕耳，夫子望着空气深思起来，神色肃穆，仿佛已去古代拜会文王了。

然而，某个肚皮还是不争气地咕咕叫起来，一下把大家拉回了现实，众人都有点沉不住气了。

公良孺皱着眉走上前，向夫子行礼道："老师，我看他们不是会讲理的人，这样僵持着，是想把我们困死啊！不如让我去和他们打吧！"

公良孺是武术家，颇能打，上一次在蒲被围，就是他跟蒲人力战八百回合，才逼得蒲人放了他们去卫国。然而非到不得已，夫子是一向不喜欢动粗的。

"唉，"夫子转过头，"你看那些人，又瘦又黑，衣衫褴褛，目光无神，你爱他们吗？"

公良孺不吭声。

"这些人都是奴隶，不知命，不知礼，不知言，然而奴隶也是人，所以也要爱他们，这便是仁啊。他们也是被迫来围我们的，打他们做什么呢？"夫子见他还是不很服气，又补充道，"况且，你也几天没吃饭了吧，打得过吗？"

"那怎么办呢？"公良孺舔了舔干裂的嘴唇，有些气愤，若是两天前，他可以把他们全部打倒，然而那时夫子却不肯。

"如果上天让我背负着使命，这些盲流又能把我怎样呢？"夫子说完闭上眼。

公良孺只好沉着脸退下了。这时子路又气冲冲地走上来："老师，君子也有没辙的时候吗？"

夫子知道子路是一根筋，所以并不生气，但他也明白大家现在心里都很不平了，于是放下琴，站起身，给众人出考题了："不是犀牛也不是老虎，却在旷野徘徊，为何会落到这地步呢？"

不知内情的人，定会以为夫子在出脑筋急转弯。众人虽习以为常，却还是面面相觑，除了几个高徒，其他人向来听不很懂夫子的话的，况且又没力气，所以干脆不作声。

子路一脸的埋怨："要我看啊，实践是检验真理的唯一标准，人家把我们困起来，我们又跑不了，这就说明，您的学说不够高明，德行还不够高，人家不信也不服。"

"伯夷、叔齐饿死了，是说他们的德行不够高吗？比干被杀了，是说他不够聪明吗？"夫子温和地反问。

子路一下子被噎住，脸憋得通红。

另一位高徒，子贡，忧郁着开口了："我想，大概是您的德行太高了，步伐太大了，已经远远走在了时代的前面，超出了普通人的理解范畴，所以大家都不接受，因此才不给我们出路吧？您不能走慢一些吗？"子贡一向是很务实的人。

夫子沉默了片刻，没有回答，这时，一个颧骨高耸、白瘦得仿佛骷髅一样的人却忽然大声开口："老师的学说确实太大了，整个宇宙都装不下，所以别人不接受。可是，这才更显示出君子的风范！道不行，那是世人的愚昧，是当权者的耻辱啊，不是老师的错。不接受没关系，历史终究会还我们公道的！"这瘦子便是夫子最得意的高徒子渊先生，他是素食主义者，并且有洁癖，一向营养不良，最近听说有人在面里掺灰，每天就一箪食，一瓢饮，人瘦得可怕，然而至今都还没有饿昏，而且有力气这样大声说话，委实令大家颇吃惊。

夫子听了两个人的话，便对子贡严厉地说："善于种地，不一定就能丰收；心灵手巧，做出的东西别人未必喜欢。君子走得太快太远，后面的人不一定跟得上。可你不想自己站得高远，却想回头迁就别人，这不是降低自己的格调吗？子贡啊，你太不严于律己了！"

子贡先生不但学问好，而且是厉害的外交家，又很会赚钱，家财丰厚，乃是国际上有名的风云人物，夫子对这个学生，一直都很欣赏，但有时也不满，所以愿意当面批评他，促使他进步。

子贡的脸微微红了，夫子又转向颜回，冲他微笑着点点头。

于是大家都惭愧地低下头，不过，夫子也终于决定让公良孺护送子贡，在天黑的时候悄悄下山，去楚国找昭王搬救兵了，因为若饿死了人，也不合"爱人"的原则了。

2

夫子孔和弟子们被困郊野的第十日，是个艳阳天。

碧蓝的天上，骄阳高挂，几朵胖大的白云悠然飘过，大地忽明忽暗。一只金色大鸟正在一朵白云的上面飞行。

夫子孔一行人竟然还没有饿死，着实让陈国的大夫颇诧异和不安，于是请来了公安局长破案，不一会儿真相大白：原来，那些奴隶虽没什么文化，毕竟还不是禽兽，不忍心闹出人命，所以从第四天夜里开始，就有人将自己吃剩下的馍和稀粥偷偷地送到草屋外面。

"混账！"陈国大夫气得脸色发青，想把乱臣贼子都抓起来处斩，无奈现在正与吴国交战，壮丁实在稀缺，杀掉的成本太高，不合经济学的原则，只好宽大处理，给每人三百鞭，于是山下一阵狼哭鬼号。

山上草屋里的人听得心惊肉跳，知道今晚上没有冷粥喝了。

一片死沉沉的寂静之后，子路两眼发红，忽然大声说道："老师，救兵还不来，我们拼死一战吧。"

夫子孔不言语，神色有些黯然。

"人死了，学说不会灭亡，但世上的小人和笨人太多，难道不会歪曲老师的意思吗？所以您一定要活下去啊。况且，我们行义，别人不容，如果不抗争，难道不是对'不义'的纵容吗？我们的主张可凭义来求，却不可以用力来劫。"沉默了好几天的子羽终于开口了。

夫子孔愕然，他实在没有想到这个额低口窄、鼻梁低矮的丑汉子，竟然说出这样有见识的话来，看来自己实在犯了以貌取人的错，不禁长叹了一声。

大家知道，老师算是默许了。于是子路和子羽便开始制订作战计划，哪个冲锋，哪个断后，哪个保护老师，众人紧张地听着，又激动又害怕。

"得道者多助，失道者寡助，况且，哀兵必胜！"子路两眼放光，给大家打气。

众人都摩拳擦掌，决定也让他们见识见识读书人的骨气了。

大伙一阵忙碌，把行李装上，又把夫子请上了轿子。正在这时，那只金色大鸟从白云中露出身影，地上的人看见，便一阵骚乱。山上的人也急忙冲出草房，抬头看那稀奇的飞鸟，然而阳光太刺眼，只看见一个明晃晃的影子从天上掠下来，侧身依稀可见一个漆黑的"楚"字，不禁大骇，惊叫着低下腰。金鸟歪歪斜斜地落在山下一片枯草地上，之后又冲向陈、蔡两国的军营，搅得鸡飞蛋打人仰马翻，冲倒了无数帐篷，滑行了几百步，才终于沉沉地停下。

子路和子羽都是勇武之人，只眨眼工夫，就从惊愕中回过神，立刻抓住大好机会，一声大喝，率领大家一鼓作气冲下山去。山下的围兵们没有思想准备，被杀了个措手不及，加上奴隶才刚刚挨过皮鞭，没有一个肯再卖命，结果竟溃不成军，一败涂地了。

公输般先生是天下闻名的工程师，做出来的东西都极精妙，一般的人是不能明白的，夫子孔虽是圣人，却对那些精灵古怪的事情没兴趣，所以也同样看不懂，并且也不爱看。

"太阳照了，地就热，种子就发芽、开花、结果，人吃了，就有力气跑。天地万物，生生不息，是因为有'能'。'能'不生，亦不灭，世界的一切，不过是'能'在变化万千罢了。懂了'能'的奥秘，就几乎什么都做得到，比如，让一堆木头飞起来，我管它叫飞机……"公输般站在木头做的金色大鸟旁，热情地对夫子孔和众人讲话，他就是坐着这金鸟从天而降的，吓了所有人一跳的。

"那么，先王的礼乐也是'能'吗？"夫子面无表情地打断他。

说这话时，天色早已大变，不知几时，太阳隐没在一片浓云之后，阵阵阴风吹过，弥漫出一股潮湿的气息，仿若盛夏，完全没有一点儿隆冬的样子。大家刚打过架，一个个惊魂未定。虽然早就听说过公输般近来在推广一种"能学"，还造了些古怪的东西，但大家都不当回事儿，然而这回亲眼见到人飞上天，才知道这学问的厉害，不禁都惊骇非常，但是因为老师在，所以不敢随便开口，只静静地听着。

"这个……照理说，一切都是'能'变化来的，所以……礼乐一类的，也是吧……"公输般有些犹豫，他是只喜欢钻研造化的奥妙，做些实在的货色，对于礼乐一类的玩意儿，其实不很感兴趣。

"那可敢问，礼乐崩坏，'能学'救得了人心吗？"夫子淡淡地问。

"这……"公输般虽早听说过夫子孔的怪脾气，却想不到他竟对有人飞上天这样伟大的奇迹如此无动于衷，于是也冷淡下来，不屑地说，"道理上是可以的，只是弄起来麻烦，我不愿费那个工夫。"

"嗯。"夫子不想再说话了，但还是诚恳地行了个礼，算是感谢。

公输般还了礼，也决计不跟这老头子计较，便露出笑容："楚王本来要兴大兵来救的，子贡先生说怕挨不了太久，偏巧我新近发明了飞机，楚王就让我先来震一震。御风而行，一日千里，所以正好来得及赶到。本来只想用气势吓吓这些庸人就行了，可惜落地的技术还不熟练，结果冲得他们七零八落的，自己也脑震荡了……嘿嘿，好在没有伤到诸位。"

"真是感激不尽。"夫子温和地说，"那么，我们走吧？"

"这倒不急，飞机撞坏了，我得修一修。我看一时半会儿，那些人也不敢再回来，况且天气异常，而救兵马上就到，所以不妨休息一下，吃些东西，养养力气吧。"

黑云低压，阴风阵阵，夫子看见弟子们个个面黄肌瘦半死不活的样子，于是说："也好。"

这样，众人整理了杂乱的营地，找了粮食和腊肉，生火做饭。米香刚刚飘起，雨点就开始掉落，大伙急忙端着粥锅跑进了帐篷。几声闷雷之后，大雨便倾盆而下了。

天地一片漆黑，偶尔划过一道闪电，大家围着火盆，就着腊肉，喝起了半生不熟的粥。

3

阔别多年之后，竟在稷下学宫又遇见老聃，着实让夫子孔大吃了一惊。

"真想不到，竟在此地遇见了先生。"虽然已是享有国际声誉的大学者，夫子对当年的老师，还是颇恭敬的，虽则内心有一丝尴尬、惊骇，以及一种久违的激动。

"嗯。"老聃杵在那里，如一尊雕像，脸上堆满皱纹，全无一丝波澜。一阵晚风把他稀疏的几根白发和垂到耳边的白眉吹得乱颤，一身肥大的黄袍在风中飘摆不定。

那时候，天下更不太平了，夫子孔也垂垂老矣。

虽然名声越发显赫，事业却还是做不起来。之前，楚昭王差点就要封给他七百里的土地，不料竟被那个叫子西的家伙给搅黄了。不被重用，就每天闲着，只能专心学术，研究当地文化，却觉得不如中原文化好，就写了不少专著，足足装得下五十架马车，然而一卷也卖不出去，只好白送给达官显贵们，却只被当作文学作品装点门面，或者给小孩识字用。倒是子贡突发奇想，组织大家把夫子平时说的话都记下来，编成小册，竟颇受老百姓的欢迎，一下子成了畅销书，赚了不少钱。夫子有点不悦，但有了银子，可以装修装修马车，给弟子买几件体面的衣服，倒也算一桩好事。不久，昭王一死，就闹起了动乱，杀了不少人，外国人也跟着遭殃，连公输般这样的能士，都觉得吃紧，干脆坐着飞鸟云游他乡了。夫子也心灰意冷，况且有胃病，是一向吃不惯楚国菜的，所以那个叫接舆的义士才通风报信说子西要谋害他们，夫子就领着众人离开了。本来打算再回陈国，半路上又收到请帖，说齐国要在稷下学宫举办齐鲁论坛，宣扬齐鲁共荣主义，还邀请诸子百家都去争鸣一下，繁荣文化事业。夫子一把年纪，有了些怀旧情绪，想去再见几位老朋友，再听听《韶》，顺便看看齐国搞什么名堂，于是就带着弟子们都来凑热闹了。

为了国际形象，各国都宣布要礼遇人才，增强软实力。一切国际纠纷，都以学术的名义暂停，各地关隘也宽松得多，大伙儿便去争睹文化界名人们的风采。学宫周遭的大小客栈挤满了人，往日萧条的巷子，忽然冒出许多高矮胖瘦的脸，呜啦呜啦地说着十七八种互相听不懂的鸟语，很有繁华的感觉。

论坛声势大，各家都派了代表来，传播自己的学说，互相辩驳。由于宣传得力，孔门论坛坐得满满当当。虽已入秋，但人挨着人，反而有些闷热。夫子年事已高，不能久坐，只讲了半炷香的工夫，略谈了点仁义和忠恕的问题，便起身告退。听众却并不满意，觉得自己花了大价钱买了门票进来，所以一定要围上去索要签名，还有几个面目黑瘦的，嚷着要和夫子孔辩论，现场一度有些失控。好在主办方早有准备，就请孔先生的高徒子路代劳签名售书，夫子本人则在几个彪形大汉的保护下从侧门溜走，身后响起一阵失望声。

"以后别再这么搞，我们是为义而不为利的。"夫子闷闷地说。子贡连连点头，这次的签售活动都是他策划的。

回到驿馆，夫子心绪不宁，就趁着晚宴还未开始，悄悄从后门出去散心。一路走去，被几个瘸腿的乞丐索要了几文钱，然后直奔人烟稀少的地方。走上一个光秃秃的土丘后，竟碰见了老聊，自然颇为诧异。老实说，他以为老头子早已经离开人世许多年了呢。

"先生不是出了关，向西去了吗？"夫子孔终究没能忍住好奇。

老聃无动于衷地立着，嘴唇微微嚅动："你还不懂吗？反者道之动。西便是东，上便是下啊，福和祸，是和非……"又一阵风吹起，老聃也闭了口，仿佛风把他的话吹跑了一样。远处卷起一股黄沙。

难道一直往西却能走到东吗？若是年轻时候，夫子孔一定不服，以为这是胡扯，然而时过境迁，如今脾性已温和得多，况且近来确也对这类问题有些困惑了，或许老头子说的，真有几分道理也不一定呢。

"先生已经完全超越了生死，明白了天地造化的奥秘了吧？"

"唉，你不要说这样的话。"老聃叹息了一声。

两个人就都沉默，一起望着远山。胭红色的天，乌鸦哀鸣着盘旋。晚风吹得两个老头都一阵瑟缩。

这些年，夫子熟识的人一个接一个地死掉了不少，自己也老了，体内的气势大不如前，这时撞见老聃，实在是百感交集，有点激动了，于是犹豫了片刻，就忽然说出了心中的秘密："先生，我打算去登泰山。"

"嗯，"老聃的眼眯得更细了，好像睡着了一般，"你在地上已经看够了吗？"

"是，我走遍了诸国，各地的话也都听了，稀罕的玩意儿见了不少，不同的礼俗和音乐也都了解过，当时以为，有些是好的，有些太坏，要不得，但是现在年岁长了，像狗一样颠沛流离惯了，心就难免世故起来。虽然依旧躬行，道却总是行不通，渐渐觉得地上的东西，其实也相差不是很多。我是每天都反省许多次的，结果是，我以为懂了的，其实并不真懂，人心不古，是要治的，但怎样的治法呢？于是我就想去讨教天了。前一回鲁国开文学家笔会的时候，请我们去登东山。上到山顶，我才明白鲁国也就是一块泥丸，于是想，自己从前说的那些，怕是有些天真。可是东山也还是太小，离天还是太远，所以我想去泰山，听说泰山是极高的……远离地，靠近天，在云之上，也许就会有新的想法……"

夫子一气说了这么多，脸就微红，并且有些喘。老聃微微地转过头，看他那惶惶不安的样子，想起他昔日凌厉的气势，心里竟有些同情了，于是也叹气："你的心，还是不平静啊。想要的东西多，就会不足，一无所求，才能刚正……"

天色愈发暗淡，远处山脚下升起一缕炊烟。

虽明知老聃会说这种话，夫子心里却还是不甘："连天的样子都没见过，怎么能说明白了天道呢？"

老聃似笑非笑地说："无往，而无不往。哪里都不去，整个宇宙就都去过了。"

夫子孔落寞了一阵，就自语："我总以为，只有天了解我。现在知道，自己却并不了解天，我的道也要随着命一起完结了，可我总要看看才肯甘心啊。"

晚霞暗淡下去，天空扯过一块大幕，世界陷进大黑暗之中，一股阴冷萧瑟的湿气弥漫开来，老聃便转身："你想去，便去吧。"说完便悠悠地飘走了。

4

　　"泰山者，擎天之柱也。这东西穿了几百层云霄，顶着天呢，哪里是人能登的啊……"听说夫子要登泰山，季康子第一个跑过来劝："……您是圣贤，不过……泰山嘛，历来想登的人也不少，要么半路退却，要么跌下来摔死，要么就干脆失踪，可从来没有一个人真的到过顶啊，就是常年在山中采药的人，走到玉皇坡，也就算是到了头，那片神林，人是进不得的，多少人白白丢了性命，况且那上面又云雾缭绕，全是冰雪……不成不成！"

　　季康子是鲁国的权贵，与夫子私交还不错。泰山是擎天柱，乃鲁国圣地，想高攀的人也多，每年都要死不少冒险家，所以鲁国已经下了禁令，除非有特殊理由，官方是不批通行证的，私自攀登就是犯法，而这事就归季康子管。

　　"如果天要我无所求，自然会让我受挫；如果天要我往前走，自然能帮我逢凶化吉吧。"夫子孔平静地回答。这话他说了大半生了，自己是非常相信的。

　　"嘿，您这逻辑，简直无敌啊……话虽如此……单说您这身体，也不比年轻了，怎么能登上去呢？不成不成！"季康子还是力劝。

　　"总能有办法的。"夫子泰然地回答。

　　"您毕竟是国学大师，万一有点闪失，我们都担待不起……话说您要是想散心，可以安排您旅游，我们还准备划出一块地，给您专心做学问……"

"太谢谢了，不过您就别费心了。"夫子行了个礼，送客了。

圣贤荣归故里，鲁国上下庆贺了三天，从此人人都把夫子当成国宝，为有这样的名人自豪。大学邀请去演讲，是不好推辞的。达官显贵也都来拜会，请教为政的道理，又送了不少礼物，夫子客客气气地讲几句，也把自己的语录拿来还礼。这样闹了三个月，门庭才终于清净了，而夫子也因为太劳神，就病倒了。时已入冬，夫子就只好在家休养，预备着来年开春的时候再行动。

"现在国家终于器重老师了呢……"众人守在跟前，看着夫子枯树皮一样的脸，心里不是滋味，想说点安慰的话。

夫子摇摇头，虚弱地说："口头上推崇找，却不实行我的主张，是不合礼数的；我不能得到重用，却被称作'国宝'，是不合名分的。失了礼数就会昏乱，丢了名分就有过失。你们不要学他们。"说完叹了口气，闭上眼，心里很疲倦。

大家都很感动，又想到总有一天老师要驾鹤西去，没人再这样教诲自己，不禁都黯然神伤了。

"老师还是别去泰山了吧。我占了一卦，这事似乎不妥当。"子木跟夫子学《易》，颇有心得，近来动辄就喜欢占卦。

"《易》，深奥得很，我没有研究得很明白，你已经弄懂了吗？"夫子连眼皮都不愿意睁。

子木脸红了，不再说话。

夫子就睡去了，并且做起梦来。

梦里，一条红色的大兽在天上飞来飞去。

直到腊月二十三，才下了第一场雪。

子贡进来时，夫子正在炉子旁边删《诗》，门帘掀开，一阵冷风卷进几片雪花，风吹得炉火烧得更旺了。

夫子觉得自己的日子不多了，所以越发勤奋。自己的学说，别人听得厌，自己也说得烦，所以他近来不大愿意著书，而更愿意编古书了。《诗》有几千篇，虽然之前删到了五百，但似乎有些还是不合礼义，所以打算再删一删，但因为气虚，就只能断断续续地做。

"您还弄这个呢？"子贡行过礼，问道。

"是啊，刚删到三百首……真是百删不厌啊。"夫子把一卷竹简递过去，上面写满了名目，其中一些涂满了红色的圈圈叉叉。

"我看也差不多了，您也手下留点情吧。"子贡仔细端详了一阵，半开玩笑地说，"其实有些也还不错，删了未免可惜，不如另出一本做内参……"

"嗯……"夫子愣了一会儿，心思似已不再这上面了："东西都置办好了？"

子贡点点头："到处都打仗，物资稀缺，好在还有些熟人，买了些特供，所以也大体上齐全了。出版界今年也不景气，《论语》的销量不如去年，但仍赚了不少钱，置办完年货，还剩了不少……"

夫子孔满意地望着他，良久，才温和地说："给大家都分发下去，过完了正月，就各自散去吧。"

"是。"子贡犹豫了下，"另外，我在路上还遇到个人，破衣烂衫，一脸的灰，想讨一口水喝，我看他快要渴死了，又不像歹人，就领了回来。"

夫子点点头："请。"

于是就进来一个瘦高的黑脸汉子，衣服破烂得连抹布都不如，轻飘飘地套在一副干瘪的骨架上，腰间挂着一双踩烂的草鞋，赤脚立在那里，从头到脚都是一片黑，仿佛一根被雷劈焦的枯树。

"打扰了。"黑脸汉了抱了抱拳，喉咙里似乎满是沙，一双眼却如两颗星，炯炯发光。

"您赶紧吃些东西吧……"看着有人受苦，夫子心中总不好受。

子贡就领着汉子去了厨房，掀开锅盖，盛了一大盆稀饭，摆上二十个馍、一碗肉酱和一碟姜片："请慢用。"黑脸汉子也不客气，坐下来便吃。

足足一炷香的工夫，大汉终于出来了，并把夫子和子贡都吓了一跳：那副皮包的骨架竟如泡过水的菜干一样，忽然膨胀了许多倍，如今立在厅堂中，虎背熊腰，好像一座黑铁塔了，声音也洪亮起来："唉，好久没吃过这么饱，真是感激不尽啊！这下子又有力气了，咳……事情实在多，总也干不完……我本来只是路过，讨口水喝……不过人是应该知恩图报的，听说您是打算登泰山的，虽然我不赞成，但就帮您一帮吧……"

夫子有点茫然，问："还不知尊姓大名？"

"不敢不敢，别人都叫我翟……"汉子一笑，露出一口白粲粲的牙。

5

　　这年春天来得早，刚出正月，河上的冰就融得一塌糊涂，到处闪耀着碎光，在湿漉漉的河岸边，立着一个胖鼓鼓的东西，红通通的，远远看去，仿佛搁浅的金鱼。

　　"轻的往上飘，重的向下沉。用火一烤，热气自然就能带着人飞上天了。"翟先生解释道，"有了这个，可以直接飞上玉皇坡。"

　　"了不起！"季康子盛赞，"万水千山都不在话下了，果然科技才是第一生产力！"

　　"这个嘛，还是要以人为本。"翟含糊地说。

　　"能飞得更高点吗？"子路问。

　　"倒也可以……但我不愿意。我是崇敬鬼神的，玉皇坡是人间的界碑，我就只能送到那里拉倒，再往上呢，就看各位自己的命了。"

　　夫子只点点头，望着云桴，满脸的皱纹中，埋藏了几分忧郁。

　　云桴只能坐三个人，除了翟先生以外，夫子就只带子路随行。其他人非要同去，然而，夫子心意已决，任何人都没奈何的。

　　"现在世道不好，你们都有自己的正经事要做，就不要凑合了。"任谁劝，夫子就只是这样答复，"我只去看看便回来。"又特别对子贡说，"有什么事，你要多照看一下。"

子贡深沉地点点头，大伙都红了眼圈。

三天后，是个顺风的好日子，鲁国的政要和各国大使都来欢送夫子孔。翟先生请夫子孔和子路上了云桴，解开了缆绳，点上火，云桴就腾空而起。

脚下的大地渐渐远去，地上的人、房屋、田野、河流都渺小起来，黑的土，绿的湖，白的烟，连绵的青山，五颜八色的颇好看，尘俗的渣滓，都缩小不见了，只剩下一目万里的辽阔，眼前是一轮金黄的太阳，耳畔是呼啸的风，送来阵阵寒意，头顶上的火缸烧得滚烫，喷出一股股黑烟和灼人的热气，鼓胀着云桴，跨越山山水水，攀上层层云霄。

"腾云驾雾啊，哈哈！"子路是勇武之士，但习惯了平地走路的人，初次飞天，还是有点头晕心悸，于是就故意大声喊。

翟先生往火缸里添了一铲木炭，冲他咧嘴一笑，那自信的模样让子路颇感动。

夫子觉得有些冷，关节酸痛酸痛的，就裹紧了腿上的狗皮护膝，呼吸有点吃力，心里阵阵地慌，脸色也白了。

"天高气薄，您吸两口这个。"翟递过来枕头一样的皮囊。

夫子把皮碗扣在鼻子上，拧开门，一股气就涌入五脏六腑，吸了两口，顿时舒服多了。

"万千景色都尽收眼底，况且还会移动，实在不输泰山了。"翟开玩笑说。

夫子也笑笑，没有说话，只望着下面越来越远的山河，偌大的一个个国家，都成了巴掌大的弹丸之地，自己一生走过的足迹，不过是一条细线啊。

云雾渺渺，绵绵无尽，一颗明晃晃的大火球，无牵无挂地飘浮着。群山都矮下去了，只剩下前方的一座苍莽的山峰，披挂着一层冰雪的铠甲，穿破云海，朝着更高远的地方刺过去了，消失在一片青铜色的天空中，抬头看去，仿佛苍穹下悬挂的一条巨大冰棱，在无限的空旷中闪烁着光芒。

"那便是泰山了。"翟轻轻地说。

"是了。"夫子点点头。

玉皇坡上，正飘着细雪。

异常高大的松林环山而生，仿佛一条绿腰带，截断了万年不化的冰雪，也阻隔了人的去路。林边有一块草地，旁边有间小木屋，云桴微微一震，就在草地上停了下来。

三人顿时觉得进入了另一个季节。火缸已经熄灭，脚下却弥漫着厚厚的一层热浪，似乎地下有一个热炉子，雪落在地上，就立刻融化，蒸腾起白烟，仿如温泉池。湿气热乎乎地贴过来，混着松林飘散出的清香，从毛孔里往五脏六腑里钻去，令人颇有点儿目眩神迷，心痒难耐。

"听山中采药的人讲，这林子是神设的屏风，人不可穿过，也不能穿过，"翟先生望着那片茂密的松林，幽幽地说，"登泰山的人，到这里就可以止步了。"

这片松林不知生了多少世代，足有几十人高，宽厚的枝叶挂着水滴，苍翠可人，林间白雾缭绕。三个人无声地望着林子，思绪纷飞。

"好像有声音。"子路紧张地说。

隐约有几声沙沙的声响，然而很快就从耳畔消失了，三人又仔细地听了一阵，却再无动静，唯有雪花静静飘落，水汽袅袅升起，松林如绝壁般矗立，除此，便是了无边界的寂寞。

6

"在云桴上，可以俯瞰天下，您又何必非得登这泰山呢？"翟一边说，一边往铁锅里扔些干菜，又添上水，牛起火，再把馍放在锅盖上。"那上面无非就是冰雪，爬又爬不得，有什么可看的呢……"

这间木屋大约是采药人避风雪的，里面有一张火炕和一口大锅，堆了些木柴，这些都是翟考察好的。他知道夫子孔是国宝，所以先前已经自己飞来过一次了。

"唉，你还年轻，不懂得老头子的心情。"夫子眼望着铁锅下面跳跃的火焰，有些出神。

翟沉思了一会儿说："那么，我就等您一天……下面到处都在打仗，我实在不能多等，天黑您还不回来，我就只好自己下山了。"

顿时，子路又想到那片雾气蒙蒙的松林，心里忽然一阵惶恐，登山的事竟前所未有地沉重起来，他望望老师，想说又不知该说什么。

"好，"夫子面色平静，又对着子路说，"你也不要去了，在这里陪着翟先生。"

"那不行！"子路急忙说，"老师去，我也去！"

"这事吉凶未卜，你还年轻，应该多做有用的事，不要跟我去犯险了。"

"不成！来都来了，我一定跟您去！"子路急得脸红了。

"唉，你还是这么倔强。"夫子摇摇头。

说这话时，铁锅里的水已经沸腾，菜叶在水上跳起舞来。三人喝着热腾腾的菜汤，就着咸菜疙瘩和干姜片，吃起了馍。

吃过饭，子路出奇地困，便倒头呼呼睡去。雪已经停了，夫子和翟推门而出。地下的那股热气已经消退了，寒气重又袭来，泥地慢慢冻成了一片冰场。满天星斗闪烁，洒下一地银光，雾气已然散去，松林在星光下无声无息，仿如一道影子做成的墙，森然可畏。

其实，翟对夫子孔的学说，向来是不大买账的，以为实在于天下大不利，然而见到老头本人，却又觉得他心肠倒不坏，只是脑袋有点迂罢了，所以分别在即，心里还有点难过，便打算说点轻快的话："您觉得我这发明怎么样？"

"嗯，"夫子回过神，转眼望向云桴，沉思了一会儿说，"不错呢，前一回我见过公输般先生，他也在搞什么飞机……将来的世界，恐怕要有大变化，我怕是跟不上时代的潮流了。"夫子叹了气，不自觉地揉了揉腿，年轻时东奔西跑受的那些风寒，如今都沉淀在骨头缝里化成了风湿，寒风一吹，就吱吱啦啦地疼起来了。

"咳，那家伙，真让人头疼……"翟摇摇头，"'能学'倒是很有道理，只是他有点儿走火入魔了，以为搞明白'能'，就天下无敌了。飞机虽然厉害，但终究还是要以人为本的。我跟他讲过几次，他都听不进去……"

"他只晓得'器'，看不见'道'啊。"夫子叹了口气，

"这样，就百害而无一利。"骨头还是酸胀，虽然哀公每月邀请他去泡温泉，可惜一双老寒腿，终究是不能像年轻时一样健步如飞了。岁数这回事，哪怕是圣人，也实在没辙啊。

"是啊。但我和他不同，他是为科学而科学的，我是为兼爱而科学的。"翟转过头，认真地望着夫子，"我知道您看重'道'，瞧不起'器'，不过器不利，事就难成。譬如有人在千里之外行不义，要治他，走路也许一个月，乘云桴只要一日。况且，衣食住行，都要靠器物，粮食丰收胜过饿死人，旅居便利胜过愚公移山，于人有利的就好。您不是也说，仁者爱人吗？"

夫子望着前面幽秘的丛林，心思有些凌乱，琢磨了一会儿，才开口："话虽如此，只怕器物高妙了，人心就乱了……"

"可您也别忘了，要匡正人心，得先喂饱肚皮。"翟毕竟年轻，反应也快，"没有'道'，'器'就走上邪路；没有'器'，'道'就走不通。只有器不成，没有器也不成，凡事都不能偏执一端，您不是也主张，过犹不及吗？不论'器'还是'道'，都不能弄得太过啊。"

"倒是这回事，"夫子的思绪还是飘忽，沉默了一阵子，才转过头，"嗯，这些话嘛，我想也是有几分道理的……虽然我不很同意，但是确实跟您学了不少东西，以后我再想想这些……"

"呵，"翟露出笑，"其实我们求的都一样，只是走的路不同吧。"

夫子发出一阵苍老的笑，笑声淹没在浓密的夜中，北斗星在头上悬挂，仿佛伸手可及。

7

林子里没有路。

黎明之前，地下的那股热浪又慢慢升上来了，不到一个时辰，满地的冰碴儿都已经烘成了水汽，松林又是白蒙蒙的一片了。脚下的泥土半湿不干，踩上去有点滑，子路背着布包，夫子拄一根木棍，两人互相搀着，一点点摸索着往上爬。

阳光在雾气中弥漫，松叶上的露水不时滴落。没有鸟鸣，也不见虫飞，在树与石之间，只有山花和泥土的气息无处不在。

夫子年轻时是登山的好手，现在虽老了，精神却十足，下脚稳稳当当，呼吸不急不缓，跟在子路后面一步步地攀，慢慢地，身子热起来，从头到脚反倒颇感畅快，连风湿病似乎也好了，真有点不亦乐乎了。

"这里真静得可怕啊。"子路倚着一块大石头，擦擦汗，紧张地环视着：前后左右，全是参天大树，层层叠叠，在他们面前不断铺展，如迷宫一样，似乎永远没有尽头。身后，来时的路已然隐没在云雾之中。

"是啊，果然已不是人间了。"夫子手扶一棵古松，仔细端详树干上伤疤似的条纹，"你看，这些条纹，长短都一样，却又有两种：一种是普通的一条细线，另一种在正中间却有一个疙瘩，整个树干都是这两样条纹呢……"

"真的！"子路吃了一惊，又转身看另一棵，"这边也是一样……"

夫子看这些条纹有点眼熟，却一时想不起在哪儿见过，正思量着，忽然一阵风拂过，搅起阵阵松涛，如海浪一般把人的心思托起，轻轻摇荡，飘向远方。

远处一阵水声传来，两人才回过神，于是循着水声，绕上一条斜坡，一手摸索着结实的藤条，一手拨开挡在前面的杂草，非常小心地挪着。忽然，子路脚下一滑，眼看要跌落下去，夫子却不知哪里来的力气，一把搭住他的手腕，借着十年老藤的力，把他拉了上来，而落下去的石块只在地上一弹，嘭的一声，跌进白雾里，就再无动静了。

子路吓得脸色苍白，夫子也累得满头是汗。两人又战战兢兢地爬了半炷香的工夫，终于峰回路转，登上一块平坦的地方，前面一排峭壁，悬挂一条小瀑布，倾泻而下，向云雾深处奔流而去。

"都说不少人进过这片山林，可是一个也没出去过。"吃过了肉干和馍，子路蹲在溪边洗着手说。

"说是这么说。"夫子捧了冰凉的溪水润了润口。

"可一丁点儿的痕迹也没有……"子路心里不踏实，"连遗骨也不见，真是怪事……"

"这山大得很，也许我们没有看见。"夫子又到一棵十几丈高的古松旁，盯着树干瞧。

"老师说要来看看天的模样，可这里就只有雾，什么也不见。"子路抬头，头顶上一片浑浊的天，看不出什么名堂，"现在大约是中午了，再往前走一段，如果还出不去这片林，我们就下山吧？"

夫子没有作声，他忽然觉得那些条纹竟好像在自下而上地缓慢移动，交换着位置，不禁吃了一惊，以为自己眼花了，揉揉眼再看，却又觉得条纹没有动，而是黑疙瘩在动，从一种条纹的中央蹦到另一种，两种条纹就互相变化，猛看去就像所有的条纹在移动了。夫子看得有些头晕，赶忙闭上眼，这时忽然下起了雨。

有棵老松身上有个大树洞，子路扶着夫子钻进去避雨。树洞里一股枯枝败叶的气息，倒也暖和。两个人坐在里面，默默地望着洞外的烟雨。

"唉，"子路忽然叹了口气。

"怎么？"夫子问。

"老师，您不是教导我们要爱人吗？"子路终于忍不住开口，"可这儿连个鬼都没有，您来这里做什么呢？这倒更像隐居的好地方。"

"嗯，"夫子不知该怎么答，他心里也有一样的困惑：就算看到了天，又能怎样呢？回到地上，还不是又一切如故……然而冥冥中却好像有什么在召唤着他，心里有一股力，非驱策着他往前走不可，难道说自己中了邪不成？

"我晓得，您觉得人生到了尽头，做的事还不见成绩，就有点倦。'道'不行，就想远去，见见海阔天空，散散心，这也没什么不好，"子路热切地望着夫子，"但您不是也说，君子是做事而不求结果的吗？'道'不能行，您该早就明了的吧？下面的世界还纷纷乱乱的，能做的事其实还很多……"

夫子的心里一震，愣了一会儿，随即缓缓露出了满意的微笑："子路啊，我已经没有什么可以再教你的了。"

雨停了，只有飞瀑激荡。

"就依你说的，再往前走一段看看，然后就下山吧。"

夫子和子路绕着峭壁走了半晌，才走上一条斜坡。脚下的地皮不再温热，风也硬朗起来，地上开始冒出零星的积雪，松林稀疏开来，雾也薄了，湿乎乎的衣服就格外难受了。子路用脚扫出一块空地，捡了一堆松针，用火镰点着，烤起火来。

等到全身都干松热乎了，两个人用雪盖灭了灰烬，就继续走。雾气散尽，松树越来越稀薄，身上都挂满冰霜，地上的积雪渐渐连成一片，愈来愈难走，子路也捡了根木棍拄着，小步小步地往上攀爬，夫子在后面跟着，不断呼出白色的气息。

终于，他们登上了一块平地，眼前豁然开朗。

金色的阳光下，一座俊朗的雪峰在他们面前耸立，闪耀着纯净的光。寒风拂过山坡，撩起阵阵飞雪，如面纱一样随风飘摆。除了一排矮松，银装素裹，仿佛明亮的短剑一样插在地里，整个世界就只是一片白茫茫。夫子和子路仰望着一尘不染的雪山，瞬间消弭了心中的一切忧愁。

天空如湖水一般碧绿，云海在他们脚下浮游。

8

望够了雪峰，夫子转过身，看见一行行的青山在地上匍匐，蜿蜒的江河在群山之间奔突，切割出零零散散的田野和村落，在陆地的尽头，河水裹挟着红尘，汇入蔚蓝色的海洋。

世界真是广阔啊！

一句诗自然而然地涌上了夫子的唇边："溥天之下……"

诗一出口，夫子便觉得似乎有些不合适，却已来不及了。山巅上的积雪忽然开始沿坡而下，如海浪一般一路翻滚，倾泻而来。

两人登时愣住，这时那片雪松中忽然跑出一只火红色的大兽，头顶一对银角，一双乌黑锃亮的眼睛，惊奇地望了一眼两个不速之客，便从他们面前飞身而过，朝着两人起先不曾注意的一个小山洞跑去。眨眼之间，子路清醒过来，拽起夫子的手就跑。雪浪如猛虎下山，一路咆哮，席卷了所有的矮松，在他们头顶疾驰而来。夫子跟着子路昏头昏脑地拼命跑，那洞口又窄又低，子路把布包扔进洞里，刚扶着夫子钻进去，就被一块飞落下来的雪块砸中了额头，一下滑倒，正挣扎着站起来，雪浪已铺天盖地，卷着他朝山下涌去，等到夫子站稳，山洞里已是一片漆黑了。

片刻之后，一切都安静了。

夫子的脑袋嗡嗡作响，大口喘了几口气，便不顾刺骨的冰冷，奋力去挖洞口的雪。然而雪堆得又松又厚，才挖出一点儿空隙，就立刻被在上面的雪填上。夫子不肯放弃，搓搓通红的手，继续挖个不停，万年不化的冰雪就在那满是色斑的手里融化了。终于，夫子从齐腰深的雪地里探出了半截身子，用力呼喊着子路的名字。

山峰耸立，并不动容，苍老的呼唤声在山与雪的世界里兀自回荡，终于变成了一声呜咽。

哭过之后，夫子身心俱疲，就退回山洞，用麻木的手翻看着布包，洞里没有可以点火的东西，所幸还有半包姜片，夫子就抓起一把，扔进嘴里猛嚼了一阵咽下去，五脏六腑顿时烧起来，从里到外出了一身的汗，多少暖和点了，然后就往里爬了几下，找到一块比较干而且平整的地方躺下，把冰冷的双手揣在腋下，沉沉睡去了。

夫子似乎做了一个什么梦。

睁开眼，周围却黑咕隆咚的，远处有叮咚叮咚的水声。夫子坐在黑暗中，脑袋里全是迷雾。独自愣了好一阵，肚子里就咕噜噜叫起来，夫子摸出几块凉冰冰的碎馍吞下去。洞里又湿又闷，有股动物粪便的气息。夫子如盲人般，不知道前面有什么，只凭双手摸索着往前慢慢爬，累得浑身是汗，满手满脸都是泥，又不敢停下来，生怕一歇就再也睁不开眼，就呼哧呼哧地挪蹭着，同时心里有一种感觉：自己其实还没有醒来。

不知爬了多久，前面终于露出一丝微光。夫子吐了口气，从一个洞口钻了出来，竟来到了一个钟形的岩洞里。

满天群星。

夫子大惊，定了神，才发现那些其实是挂满洞壁的无数个蓝绿色的亮点儿，好似夜空中的星斗一样星罗棋布，闪耀荧光。在极高的地方，又有一块巴掌大的光斑，好像俯瞰众星的明月。洞底的中央是一块圆形的大水池，洞壁上的滴水落在池中，激起阵阵涟漪，水池边躺着一具白骨。

原来有人来过这里啊。

夫子走过去，发现逝者的颈骨和脊柱已经断裂，就仰起头，细看洞壁，发现在"星斗"之间竟有一道道凹槽，螺纹似的盘旋而上。夫子绕着水池走，就真的找到了一个缓坡，半人高，两人宽。那个光斑，大概就是出口，而那具枯骨似乎是走到半路跌落下来的。

夫子心中更惊骇了：如此说来，这泰山，竟是空心的不成？

在蓝绿色的星光下，夫子在螺旋状的壁槽里匍匐而行。

他这一生之中，也曾落魄过，却从未像现在这么劳苦：衣服碎成了布片，膝盖上的棉裤已磨出了窟窿，脚割破了，就扯块碎布包起来，可心里却有一种特别的兴奋，鼓动他不顾浑身的疼痛，继续前行。爬一会儿，就翻个身躺下来歇一歇。岩壁虽硬，却很温热。一想到那具骸骨，夫子心里就一阵战栗：他是谁呢？也和自己一样，是来看天的吗？那些光点又是什么呢？倘若往旁边翻个身……夫子不敢想下去，也不敢从槽沿探头向下看，更不敢去看对面的密密麻麻的"星星"，免得头晕摔下去。他就只盯着眼前，一圈又一圈，执着地攀升着，群星在他身边旋转，而他看也不看一眼。

渐渐地，那光斑竟有一张锅那么大了，也比之前更亮、更近了。夫子的头开始发热，眼前的影子也有点模糊，恍惚中，他看到"星斗"都离开洞壁，密密麻麻地朝他飞来。他赶忙闭上眼，做了几个深呼吸，心中不停地默念着"君子坦荡荡"。耳旁嗡嗡地响了一阵，终于清净了。这时飘来一阵凉风，夫子的头脑也清醒多了，睁开眼，幻影都消散了。

水滴落在池中，激起更大的涟漪，"星斗"闪烁得更厉害了，而夫子全然不觉，他忘记了时间，也忘记了整个世界，只知道一圈又一圈地攀升着，群星在他身边旋转，而他看也不看一眼。

终于，夫子爬到了那洞口，前面是明晃晃的光，一股风吹在脸上。

夫子迈进山洞，稳稳地坐下来。半晌，他攒足力气站起来，转过身，扶着块石头，小心探头，只见"星斗"都在下面闪烁，仿佛夜空倒悬在他脚下了。忽然间，它们开始移动，贴着岩壁朝着这边涌来，并且越来越快，如漩涡一般，而洞口正是漩涡之眼。夫子急忙后撤，星如潮水，汹涌而来，洞穴里满是绿光，夫子闭上眼，而脑海里浮现出了"星星"的样子：那形状竟和神林中松树上的条纹是一样的。

这东西，原来我真的见过啊！夫子猛然醒悟了。

周围暗淡下去了，夫子睁开眼，面前却再也见不到一点儿萤火，仿佛都顺着洞口飞走了，只留下一个无底似的黑洞。夫子立刻迈步，跌跌撞撞走出洞口。

他站在了泰山的顶端。

群山都伏倒在他脚下，万千世界，尽收眼底。

而头顶上，就是天了。

天，好像一汪清潭，平整如镜，泛着白玉似的微光，映出一个模糊的影子。

自从盘古之后，就再没人离它这样的近过。

那里是否藏着他追问了一生的秘密？

夫子的心怦怦跳动，踮起脚，探头过去，那影子就清晰起来，却并不是夫子的脸，而是慢慢幻化出一个清亮柔美的圆。仔细看，竟是一黑一白的两条鱼，头尾缠绕，悠悠地转着圈。

啊！夫子大骇了。

难道这就是宇宙的秘密吗？

他忍不住，颤抖着手去摸。

天，真就如一汪水，泛起涟漪来。

两条鱼仿佛吃了一惊，顿时散去，天好像开了一扇门，闪出一道白光，大地开始轰然作响，泰山也崩裂成无数巨石，而夫子孔则在光芒中失去了知觉。

9

星在旋转，光在流淌，冰与火的歌。

10

夫子孔的身体对音乐天生地敏感，虽在沉睡之中，闻听雅乐，就慢慢地苏醒过来。

琴声幽幽，弦乐绵绵，夫子闭眼倾听。心随琴动，仿如飞天，随风驰骋，信马由缰，少顷，又直上云霄，万古山河都化成沧海一粟，唯见银河万里，流光溢彩，群星闪烁，明灭不定，天火熊熊，玉珠滚滚，方生方死，如涛如浪。天地浩荡，乾坤苍茫，幽幽冥冥，最终都化作一朵花瓣，飘落无声。

一曲终了，夫子孔的心久久澎湃。

他睁开眼，发现自己赤身躺在一间素雅的木屋里，身上干干净净，没有一点儿污浊，那些伤痛，仿佛也随着一起被擦掉了。窗外鸟语花香，阳光温柔，石凳上叠放着一件白色的长袍，夫子穿起来，觉得不软不硬，贴身得很，就推门而出。

眼前是一座花园，繁花似锦，绿草如茵，清风徐徐，远处山峦叠嶂，一条雪白的瀑布飞流直下，碧空之上，几朵白云懒懒地舒展着。

这大概是梦乡吧，夫子想。

这时，琴声又起，如清泉流淌，又有几许忧愁。夫子循着琴声，走上一条长廊，阳光透过茂密的葡萄藤，洒落一地。

琴声幽咽，哀愁渐浓，一曲未终而音已止。

一座凉亭，一个黑影，一把琴，一声叹息。

"他的心很仁慈，又有点悲伤。"夫子这样想着，就迈步走过去。

听见脚步声，黑影转过身，淡淡地说："您醒了。"

一身黑斗篷，帽檐低压着，仿佛一张影子。

"是。"夫子行了个礼，"方才听见您弹琴，就过来了。"

黑影微微低下头："让您见笑了。"

"哪里。"夫子说，"我一生闻乐无数，还从未听过那样奇妙的曲子。"

"您觉得如何呢？"

"我似乎看到了宇宙，"夫子如实说，"并且懂了一点点它的心思。"

"呵，那就好。"

"请问，此曲何名？"夫子问。

"信手而弹，并无什么名字……"影子顿了顿，"您觉得叫什么好呢？"

"嗯，这个，我一时想不出，只是听的时候，看见无数的星。"夫子回想着。

"那么，就叫《星》吧。"影子轻声一笑，把琴向前一推，"我知道您也是音乐家，可否也弹一曲呢？"

夫子笑了笑，便在影子对面坐下来，手抚良琴，沉思了片刻，就弹起来。凉亭边，花香四溢，泉水声声；天空中，几只飞鸟翱翔，琴声舒缓，随风流淌。

弦已止，而乐声仿佛还在耳边回荡。两个人都静默，一起在余音中回味。

良久，黑影才开口，又仿佛独自沉吟："巍巍乎志在高山，洋洋乎志在流水。"

夫子立刻笑了。

"能亲耳听您弹琴，真是三百生有幸。夫子的胸怀，今日终于见识了。"黑影欠了欠身。

"过奖了。"夫子微笑说，"敢问阁下是……"

"唉……"黑影转过身，望着远处的瀑布，沉默起来。

"世上有许多路。若想明白天下，就要走遍所有的路。譬如到了岔路口，先走一回左边，下次回来，再去走一次右边，这样才算见识了天下。"

黑影给夫子倒了一杯清茶。

"史，也是一个道理：譬如诸侯争霸，这一次是秦国强大了，重新来过的时候，可能因缘巧合，秦国反而弱小了……这样走遍了所有可走的路，才算是明白'史'。"

黑影慢慢地说，夫子静静地听，茶香悠悠地飘。

"总之，所有的路都走一遭，就明白哪些是变的，怎样变法，才能知道哪些是不变的。不变的东西，就是'道'。"

黑影端起茶杯，夫子也跟着端起。山泉煮茶，唇齿留香。

"然而，时光如水，一去不返，不能回头。因此从古到今，就只有一个'史'，我们不妨称之为'一实'，而其余万千的

'史'都不能成真，不妨称之为'万虚'，虚实之间，无从比较，也就没法明白真正的'史'，更谈不上'道'。"

夫子点点头，这样的想法，他从前也有过。黑影又把茶添满。

"不过，到如今，终于有了个法子，"黑影用手一指远处的青山，"那里面，有些机器，可以另辟一块时空，在那里，史，从过去一个起点重新开始，直到全人类都灭亡，就再从头来过，一遍一遍，每次又千变万化，'万虚'就变成了'万实'……有了'万实'，就可以相互比较，就能明白'道'了。"

夫子一脸惊愕："我不懂……"

黑影又恭敬地欠欠身："自您之后，已经过去8800年了，咱们隔了几百代，我得叫您一声祖先了。"

清风入怀，茶香依旧，而夫子脸色苍白如纸，豆大的汗珠从脑门上渗出来。

11

夫子孔渐渐习惯了新的世界。

每天，他和影子在山间散步，在泉边弹琴，夜晚便一起遥望星空。

这是他"死后"8800年的星空。那些星斗，都变换了位置，有些异样，有些陌生。

星空下，是他"死后"8800年的世界。这时的人们，多数已去了远处的星上，建立了无数的"天宫"，少数人留在地上，住在丛林中，整日品茶，赏花，写诗，维护那架机器。

乘着一个透明的圆球，他们一起环绕大地飞行。在圆球里，身体像羽毛一样没有重量，轻飘飘地悬浮着，俯瞰这下面的世界，好像自己在飞。地上不见人烟，就只有一排排茂密的森林，翠绿色的一片又一片。只在山谷河流之间，有一些幽深的洞口，圆球带着他们飞进去，里面是一条条纵横交错的管道，巨大的机器勾连套嵌，向着地下一层层铺展下去，无边无际地延伸着。夫子看得一阵眩晕，赶忙闭上了眼。

从那时起，夫子孔就染上了一种忧郁，他时常梦见那些迷宫似的管道，梦见那些银色的机器，它们变成了一副骨架，支撑着大地站起身，朝着天空奔跑而去。

有时候，影子的朋友们还会从远方赶来。他们都穿着黑色斗篷，却并不说话，也不喝茶，只是默默地坐在那里，似乎就明白了彼此的心思，然后起身离去。在一旁的夫子孔，好像也能隐约感受到点什么，虽并不明白，却觉得非常惬意。

到了晚上，夫子就悬浮在圆球里，望着陌生的星空，想着心事。

历史发生了271次，每次都千奇百怪。

其中的第一次，回过头，"创造"了或者说重新找回了"失去"的另外270次，观察着它们。它们在独立的时空里运转，速度比"它"要快很多，它们的100年，不过等于"它"的10天。它们每一个都同样真实，只不过，只对它们自己来说才是重要的。

人类已经毁灭了270次，每次都悲惨至极，除了"它"，还没有一个能够延续不灭。

"它"唏嘘不已，它继续等待。

按照计划，这样的实验本该还要再发生9730次。接着，埋在山底下的那些巨大机器会思考上千个日夜，然后告诉你："道"是什么。

这想法很妙。

不过这些都不会有了。一场灾难正在"它"身上发生：一种叫作"渊"的东西，正在银河中游荡，所过之处，全部吞噬，如今，正在朝着这里飘来。

最真实的"它"，唯一的"它"，也行将终结了。

于是，人们决定彻底放弃这片星空，远走他乡。

"道"是什么，这个问题，也就不再重要了。记录被带走，其余都扔下不管了。失去了维护的机器，开始出现各种错误。它维护着的那片时空，也就一个个莫名其妙起来了。譬如说这次，由于什么引力系数一类东西出了错，泰山竟也成了机器的一部分，用它周围的树和石不断地运算着世界的秘密，而天竟成了世界的界限，一旦有人突破了极限，世界就崩解了。

阴差阳错，突破世界的人，却来到了"它"之中。

人类的第270次灭亡，竟是因为自己，这好像神话一样，令夫子孔不能相信。

望着天空流淌的银河，夫子孔好奇地问："之前的270个我，是怎样的呢？"

夜空中慢慢亮起十几个月亮，连成一排，群星暗淡下去了。影子说，那是人造的月亮，里面住了人，不久以后，这些"月亮"就会飞走，永远不再回来。

沉默了一会儿，隐藏在夜色中的影子说："都是有意思的人，"略停了一下，"但没有一个想过要去登天。"

夫子笑了，然后又有点难过。

偶尔，会有一道银色的光升上天，向着那些月亮飞去。

"你为什么不走呢？"夫子又问。

"呵，"影子沉思了一会儿，"我太留恋这里了。"

"这种时候，是容易染上了怀旧病的。"夫子对此深有体会。

"是啊，所以就听天由命吧。"

"这里很舒服，"夫子由衷地感慨，"在我们那边，不少人都梦想来这样的地方——衣食无忧，也没什么争斗。但他们想不到，还要等这么久。"

"确实，之前，也有过许多灾难，也有几乎彻底灭亡的时候，然而，总算挺了过来，有了今天。这或许是我所见过的最好的年月了，如果没有'渊'的话。"

在深空，有一个看不见的黑色劫难，正吞噬着星星，朝这里而来。

夫子很想知道在他"死后"的几千年都发生了什么，然而他忍住了好奇，因为心里有别的打算，所以他宁肯不知道这些已然发生的"将来"的事。

"您要是愿意，可以跟他们走，他们倒很乐意。"影子笑了笑，"虽然过了这么些年，您在我们这儿可还是名人呢，大家都没忘记，也都很尊敬您。"

"是吗，真想不到。"夫子摇头，"不过，还是不要了吧。"

"那么您留下来吧，毕竟'渊'还远，大约我们都等不到那时候。"影子诚恳地说。

夫子沉默了片刻，望着远处黑乎乎的山反问："那机器，会怎样呢？"

"自己坏在那里吧。"黑影心不在焉地说。

"能修吗？"

"能，但已没有必要了，除非……"影子愣了一下，"您想回去？"

"唉……"夫子叹息了一声，有些惆怅，"这里真是享清福的好地方，然而我总觉得在这里像鬼一样，不合时宜。况且想起我的朋友和学生，就总是放不下啊……"

"可那些都已经……结束了啊。"

"话虽如此，但我觉得一切都还存在着的。你不是说，可以从头来过吗？"

"哎呀，"影子从黑暗中飘过来，有点忧虑了，"'记录点'倒是有，可以把您送回到毁灭前的某一刻，然后重新继续的……不过，您真要这么做吗？"

夫子目光炯炯："那就有劳您帮忙吧！"

头顶上，一颗流星划过天际。

12

凉亭边，溪水依旧清澈，但山花似乎不如从前那么茂盛了。凉亭里坐了一排影子，他们都是来送行的。

"机器勉强修好了，况且能量也不足，恐怕就只够再撑一次，"影子交代着，"引力系数校正了，现在大可以去登随便什么山了，不过，说不准别的地方会不会有问题。"

"好。那么，这是最后一次了？"夫子问。

影子郑重地点点头："再毁灭的话，可就没办法了。"

"这样也好。"夫子点点头，琢磨了一下，"这样也好。"顿了顿，又问："你能把那边的速度再调快一些吗？"

"可以。"影子会意地一笑，"兴许在'渊'吞没这里前，你们能想出什么好法子。自然，快还是慢，在那边是不会有什么感觉的。"

"只差了8000年，很快就会追上你们的。"夫子微笑着，似乎很有信心。

"但愿别出什么差池，少走弯路，否则就只有一起……"影子有点感伤了，就举起茶，"能和您相逢，真是好事。"

"我也一样。"夫子说，笑着问，"能看看您的真容吗？"

"嗐，"影子摇摇头，"还是算了吧……"

"也好。"夫子将茶一饮而尽，"那么，您再为我弹一曲饯行吧。"

"好。"影子手抚着琴，想了一会儿，"《星》是当时的心境，如今已经弹不出来了。我这儿倒有一个曲谱，是您那时候的，后来失传了，如今找回来了。我请您听一听，曲谱您带不走，就请记在心里吧。"

夫子笑了，又向着那些黑影点点头，走进了圆球中。

琴声扬起，天地都静穆了。

夫子孔闭上眼，心中一片安宁，伴着琴声，周围渐渐黑了下去。

* * * * * * *

夫子孔从梦中醒来时，太阳正朝西坠去。

他觉得周身乏力，精神也很困顿，所以就在那里呆坐着，偎着火炉，似睡非睡的，直到有人叩门，才清醒过来。

子路站在门口："老师，季康子来了。"

夫子愣愣地，盯得子路有些糊涂了，片刻之后，夫子露出一个笑："请。"

"泰山者，擎天之柱也。这东西穿了几百层云霄，顶着天呢，哪里是人能登的啊……不成不成！"

夫子默默地听，也不应答，脸上却挂着满意的笑，让季康子和子路都莫名其妙。

"……您毕竟是国学大师，万一有点闪失，我们都担待不起……话说您要是想散心，可以安排您旅游，我们还准备划出一块地，给您专心做学问……"

"太谢谢了，"夫子行了个礼，"那么，就不去了吧。"

季康子和子路都登时愣住了。

"与其那么辛苦，真不如做点别的事。"

"哎呀！您果然是圣人哪，就是通情达理！不像别的老头子，固执得要命……"季康子完全没料到这样的逆转，想到自己面子这么大，高兴得有点口不择言，说完自己也后悔了。

夫子却并不介意，只和善地笑："那就烦劳您给我划一块地，我准备盖两间房，办个学堂。"

"好好好，就这么办，要强国，还得靠教育事业啊！"

季康子满心欢喜地走了。

子路却一脸不悦："我们百般劝，您都不听，当官的一说，就立刻改主意，君子是这样势利的吗？"

夫子依旧不生气："君子啊……唉，子路，你永远是这样……"

夕阳下，夫子孔独自站在黄河边上，望着滔滔的河水出神。

一个人慢悠悠地飘过来，夫子回头一看，就笑了。

两个人伫立了一会儿，老聃就开口："这些日子，你在做什么呢？"

"哎，我做了个梦呢。"

"梦见了什么？"老聃淡淡地问。

"梦见我去登了泰山，泰山是空的，顶上便是天，天是软的，像水一样。我一摸，天就裂开，世界就完结了。"

"那么，你明白'天'的奥秘了吗？"

"我不敢这么说。但我看见了奇怪的东西。"

"是什么呢？"

"我在树干上看到了爻，在天上看见了阴阳。"

"嗯。"老子也不吃惊。

"我还梦见了天外的世界，那是几千年以后了，将来的人，也在求道，但是仍不得。"

"哈。"

"我们这里，便是他们造出来的影。"

"嘀。"

"梦里有一个朋友，是一个影子，和您有点儿像。"

"哦。"

"我还梦见两首曲子，都是天籁之音，可惜梦醒了，就全都忘记了，只记得一个叫《星》，另一个叫《广陵散》。"

老聃不作声，杵在那里，如一尊雕像，脸上堆满皱纹而全无一丝波澜，一阵风把他稀疏的几根白头发和垂到耳边的白眉吹得乱颤，一身肥大的黄袍在风中飘摆不定。良久，他才开口："这不是一个好梦，也不是一个坏梦。"

"是。"夫子点点头，"梦里很舒服。"

"醒了呢？"

"很累，但也高兴。"夫子望着浑浊的河水，微笑着，"我还是不能无所欲求，但心比从前平静得多，所以能更刚正一点儿。"

"咳，这样好。"

"我打算办学堂，不只讲礼乐，也要找人讲算术，讲天文，讲水利，讲种田……这世界还等着我们，可做的事还多着呢，"夫子的眼里闪出快乐的光，"您愿意，也来。"

"我太老了。"

"那可难说。"

老聃没有应答，只露出一抹微笑。

两个人一起望着黄河，河水滚滚向前，夕阳正一点点沉沦，胭红色的晚霞染红了河水。晚风阵阵，吹乱了他们满头的白发。

发表于《科幻世界》2009 年第 8 期

蝴蝶效应

上篇　逍遥游

1 《盗梦空间》Inception

教育家孔仲尼半生碰壁，颠沛流离，决定登泰山而观天道。站在山巅，见天空碧如湖水，有阴阳二鱼嬉戏。触之，天塌地陷。

醒后，仲尼听见杀声阵阵，方记起自己是农民起义军领袖。原来，楚王用科学家公输般发明的造梦机，试图向他植入"仁爱才是拯救乱世的正道"这样的idea，而梦中害他颠沛流离的小人们其实是他的潜意识。

识破奸计的孔将军露出轻蔑的笑容。

2《终结者》Terminator

秦王暴虐，反政府武装领袖陈胜命人造终结者刺秦。

第一代终结者荆轲，因用盗版软件，突发程序故障，刺秦不中，被诛。

第二代终结者高渐离，因用山寨筑，击秦王而立折，被诛。

第三代终结者张良，因叛徒出卖，铁锤击中空车，被诛。

第四代终结者无名，因思想不过硬，被秦王说服，放弃任务，自毁。

……

见大势已去，陈胜孤注一掷，造第N代终结者孟姜女——就算不能杀死秦王，也要用超声波武器，将他毕生的丰功伟绩化为齑粉。

3《2001 太空漫游》2001：A Space Odyssey

平定四方后，前所未有的辽阔疆土令刘彻感到惶惑。

当张骞派人送来消息，说在沙漠中发现了一块至纯至黑的方碑时，武帝仿佛听见了上天的召唤。术士们在方碑的启悟下，造了一只青铜色的巨龙。皇帝乘着它，向着星空深处飞去，对地上的繁华富贵不屑一顾。

在幽冥的世界里，他不再老去。穿越星门时，他看见了过去和未来。在时光之海中领悟了真相后，他变成一个星孩，深沉地盯着那尘埃一样的故乡。

只有张衡曾在观星的夜晚听见过一声幽微的叹息。

4 《阿凡达》Avatar

五柳先生年轻时猛志逸四海，厌烦后误入桃花源。这里住着来自不同星球的隐士，大家吃野果，饮山泉，吟诗弄墨。

日子久了，他偶尔也想恋红尘，就偷偷回家，想接夫人翟氏来一起过神仙生活，结果被一直监视着他的密探捉住了。

时值乱世，人人渴望清平，皇帝刘义隆听说桃花源中有"宇宙之心"，得此物者可定天下，遂引兵攻桃花源，十年而不下。后据发明家马德衡遗著，造人形机器，曰阿凡达，使之潜入桃花源，里应外合，大破之，竟未见"宇宙之心"，而桃花源终不复得。

5 《西蒙妮》Simone

作为唯美主义艺术家，李隆基希望找到宇宙里最美的女人，便在太阳系举办选美大赛，却没有一个看得上的。高僧一行大师被玄宗纠缠不过，造出十全十美的女子。一见到她，他的心都碎了。

从此，李隆基冷落了人世，醉心于虚拟游戏世界里那清丽脱俗的美。臣民皆有怨声，说天子被幻象迷住了心窍，使先人开拓的盛世陷于危难。皇帝偶尔也会自责，把游戏卸载掉，却总偷偷留下一个存档，挣扎几日后，将游戏再重新安装。

在马嵬坡，兵士们对圣上进行电击疗法，李隆基终于流着泪将他的女人永远地格式化了。许多年以后，他两鬓斑白，独自在萧瑟的长生殿里，依然无法忘怀，初见杨玉环的那个黄昏，是怎样的美好和悲伤。

6《黑客帝国》The Matrix

"岳爷！"

岳鹏举就想起老师当年的告诫："若有人认你是救世主，你就要当心了。"

凶悍的金兵在他面前总潮水般溃败。而他要保卫的大宋王朝又总在紧要时令他停下。每一次庆功宴上的痛饮，都让岳飞恍然，弄不清自己究竟是要对抗母体的奴隶，还是母体本身的一个杀毒软件。命运给予他这虚境中的威武之躯，究竟是要做怎样的安排？

临死前，将军很想告诉张宪和岳云这不过是梦。可在这华丽丽的沙场上征战半个世纪后，他早已忘了当初吞下红色药丸后所见的真实。命该如此啊。虽然天日昭昭，可作为游戏中的角色，谁让你从一开始，就被赋予了"尽忠报国"这样的设定呢？

7《钢铁侠》Iron Man

铁木真出生时胸口透着血色光芒，后来他在银河系里东征西讨，靠的就是这人称"宇宙之心"的天赐。

他庞大的身躯像一颗阴郁的彗星，在星际间呼啸。比那致密的中子铠甲更坚不可摧的，是大汗神明般的意志，在它面前，来自荒僻行星的蜘蛛侠、蝙蝠侠、绿巨人、超人们都臣服了，群星也黯然。唯有那看不见的黑洞无动于衷。

大汗害怕有一天他的心会弃它而去，易朽的肉体成为梦想的重负。他打了个盹，醒来后朝一个黑洞飞去。他相信自己将在那幽深无底的冥府里脱胎换骨，以梦中变形金刚的模样，去威震整个宇宙。

8《星际迷航》Star Trek

"大明号"舰长郑和大人在漫长的星际旅行中，靠读《史记》和与爱因斯坦下棋来消磨时间。

多年来，他总能在那本精彩绝伦的著作里找到心灵的安慰，1000年前那个很爷们儿的男人让他明白：就算遭受最可耻的羞辱，你也可以用伟大的思想使小人们覆灭。因此接到皇帝的授命后，他便决心要用他的舰队，去完成太史公用笔未竟的伟业。

"大明号"一路播撒着天朝的威武与文化，结交友邦，互换珍宝。随行的诗人谱写着没有尽头的史诗，科学家们则做着永无终结的发现。

郑大人垂垂老矣，心怀忧愁。爱因斯坦说，地球上早已过去亿万年了，他所思念的已然灰飞烟灭，这是相对论的必然。

"再开快一点。"舰长挥挥手，希望能追上时光，想起自己本来的名字。

9《银河系漫游指南》The Hitchhiker's Guide to the Galaxy

爱新觉罗·弘历在西湖边上的一家妓院里梦见了人类的覆灭。

醒来后，皇帝召集全天下学者，用了10年，将人类全部知识汇编成《四库全书》。等到末日来临时，大清皇室的后裔们，将凭此指南，去银河系漫游。

乾隆死后60年的一个九月的早上，英国人卡林顿和霍奇森分别观测到太阳表面喷射出一道明亮的闪光。夜晚绚烂的极光使多年来的末日传说如洪水泛滥。翌年，英法联军攻入北京，夺走《四库全书》。

白种人坐上星舰，按全书的指引，逃离灾难，去银河系中寻找新的家园。但他们至死也想不到，乾隆不仅梦见了末日，也梦见了圆明园的大火。编纂全书时，许多关键的知识被删除、篡改了，由此筑起了一座走不出去的迷宫，将可怜的白种人永远地困在了死者的大脑里。大清帝国则冉冉升起，在先皇亡灵的指引下，朝着另一个方向飞去了。

10《回到未来》Back to the Future

未来的诸君：

今天晚上，那女子影子似的忽然从月光下冒出来：

"先生，我是您的子孙啊！"

这光艳的孩子，梦呓似的说起话来。一听说那未来实在是几千年未有过的盛世，货真价实的美好，我也未尝不曾心动，几欲与她一同前往，去参加什么历史博览会了。虽只是作为活僵尸，被请去供后世的子孙们观赏吧，但如能亲见那早已绝迹的桃花源，即便在时间的旅行中化为尘土，也死不足惜了吧。然而，我的疑心病到底还是发作了，就果然听出些不对劲的东西来。于是当她说要我给未来人做讲演时，我就借此推托掉了。然而我又不忍面对满是沮丧的青春的脸，只好安慰她：

"倘未来如你所说的美妙，则正需我今日的加倍努力；倘若不是，我也就不必前往。"

她还是沮丧地走了。我虽愧对子孙的厚爱，但也别无他法。

因为，有我所不乐意的在天堂里，我不愿去；有我所不乐意的在地狱里，我不愿去；有我所不乐意的在你们将来的黄金世界里，我不愿去。

但这倒提醒了我年轻时做过的梦，那时我也译过科学小说，说过一些胡话，自己也想写，后来这梦也随着其余的一同忘却了。如今却想起来，就信手写下这些残章，算是答谢你们的好意吧！

迅上

1935年12月31日

中篇　沧浪之水

1《弗兰肯斯坦》Frankenstein

女娲造了几个人后，有点后悔了。于是她放了一群猛兽下去。小人儿们便惊慌地四散而逃，一路被吃掉了不少，余下的钻进了山洞，但不一会儿，又都出来了，手里拿着火把和石头。野兽们便惊慌着四散而逃，一路被吃掉了不少，余下的钻进了地下，却再没出来。

真难办啊。她又搓了些尘埃似的玩意儿，随风一撒，小人儿们便面色乌黑，成批地倒下，狰狞的模样让女娲也感到有些惶恐。但不久，小人儿们架起一只巨锅，熬起草药来，灌了几口药汤后，又活蹦乱跳了。

她皱起眉来。身后忽然一阵稀里哗啦地，原来是锈红色的天裂了缝，正渗出土黄色的雨。于是她伸手捅了几下，洪水就倾泻而下，淹没了大地，卷走无数的小人儿。

耳畔清净得有些异样了。

但还剩下了几个，抱着山头，嘤嘤地哭。她愈加心烦，就从水里抓起一块石头，和着海泥，将天堵上了。雨停了，风又吹出了几块陆地，小人儿们就笑起来，然后又是哭，哭累了便昏睡过去。但那睡相实在可厌，她就把他们捡起，扔进大石锅里，用力一推，石锅便远远地漂走了。

她终究下不了狠心。但为什么就造不出些更漂亮的东西呢？何必非要生在这样的世界呢？但没有人来回答。她只好死掉了。

2《少数派报告》Minority Report

屈平的神经衰弱越来越严重了，他整夜地睡不着觉，心里烦躁而且愤懑，就只好不停地写诗，好不容易入睡，也总是做噩梦。等到听说杀人魔王白起来攻楚了，他便知道噩梦终于要变成事实，自己已然穷途末路。他就赶着车，一路吟唱，朝着江边而去，悲怆的诗句洒落满地。

生在贵族之家，降于寅年寅月寅日，又取了极好的名字，他本没有道理不走一条坦途。孰料，虽以卓绝资质成为左徒，但短暂的风光后，他竟被小人的谗言逼上了越来越坎坷的弯路。难道求索真理的道路注定漫长曲折，非耗尽膏血而不能得吗？

如今，他颜色憔悴，形容枯槁，被失眠困扰，却还是制芰荷为衣，集芙蓉为裳，佩五彩华饰，发散着幽幽清香。

"这不是三闾大夫吗！怎么落得如此田地？"江边的渔翁一下子就认出他来。

屈平苦笑了。在这片礼崩乐坏、污浊烂醉的土地上，特立独行大概总难有好下场。大国合纵连横，小国朝秦暮楚，今日结盟明日毁约，三寸不烂之舌，便使城池易主，数十万人头落地，江河顷刻间染红。各国都在招揽先知，争抢着时代的先机，可猩红的乱世里，还有什么正道可言，又有几人能够参透未来？

"有位北方的智者说得好：天下有道则见，无道则隐。何必太倔强，让自己受罪呢？"

大家也都奉劝过他：就算眼睛能看见将来，心能够坚贞不移，肉身却无法避免毒箭的刺伤，何妨圆滑一些呢？话很有理，但变法是大势所趋，大楚的贵胄，岂能害怕旧势力的屠戮，而以浩然之躯，忍受尘俗之污呢？于是他依旧坚持己见，得罪了越来越多的权臣，终于让自己被孤立了。怀王疏远了他，听信令尹和上官大夫，相信秦楚联盟才是天命所归，结果屡遭欺诈，而仍不觉醒，最后落得个客死他乡。那两位贪图私利的小人所谓秦不可抗的预言偏偏以这样的方式自我应验，实在可说是命运对三闾大夫的无情嘲弄了。

同为先知，为何他独独成了少数？难道是言辞不如别人巧妙，无法鼓动大王老迈的心智吗？但更可能的是，人人都只想听见自己乐于相信的预言吧。

"离乱太久，就会转向一统，这于苍生也是福祉，至于是秦还是楚，又有什么关系呢？"

也许渔翁是对的，也许昏庸的君臣理当覆没，也许子兰和靳尚看到的才是真正的未来，反是自己被爱憎左右而错看了天意吧。如丝的细雨撩拨着浩渺的湖面，仿佛他纷乱的心绪。

"大夫啊，你若曾预见过自己的宿命，又怎会仍一步步走到这里呢？"

这古老的问题让屈平一愣，心头划过一道闪电，顿觉云开雾散了。

"那是因为有些事，就算是死，也不肯做啊。"

渔父莞尔一笑，唱着歌离去了。

他也诀别了故土。五月的湖水温润清凉，斑斓的鱼群围着他游舞，护送他来到了江底的裂缝。在地下世界里，恐龙们围着岩浆嬉戏，这是他梦里到过的地方啊。龙王风雅有度，陪他游览地府，欢饮纵歌，排遣他的心中惆怅。岩壁上凿刻的图案流动不居，先王与龙族的战争、上古的洪水、女神的英姿，皆撩起屈子的无限遐想。

他们穿越愈来愈紧致的地幔，那灼热的气息，把时光都烘烤得疲软无力。在旅途尽头的驿站里，躁动不息的地震波传来地上的景象。

眼看他起朱楼，眼看他宴宾客，眼看他楼塌了。刹那间，身后已过去百年，他热爱过的东西皆已面目全非……且慢！他赶快闭上了眼。

那被追捧为伟大诗人的死者，倒是在辞赋里刻凿下几分故园的残迹，但就算有万千人的吟唱，难道就能召回往昔的旧梦吗？而在地府深处游荡的落魄大夫，倒成了真的幽灵，从今往后，他的爱又要寄托到哪里呢？

不过，未来既已成过往，也许就此可以踏实地睡觉了吧。

屈平转身，望着地核深处的太阳，再也写不出一句诗。

3《生化危机》Resident Evil

大战来临之际，军中将士病倒的却越来越多，这让曹孟德心中颇有几分不安，他独自站在江边，望着被秋风扯动的千里江水，思绪万千。

几十年来，瘟疫十数次地席卷中原。百户人家只剩一二，繁华都市尽皆凋零，郊外遍地白骨，千里不闻鸡鸣，疲弱的朝廷却无力拯救苍生，于是世道愈乱。黄巾乱党借机作难，经受疾疫洗礼而发生突变的超能英雄们也纷纷崭露头角，一时间不知几人意欲称帝，又几人希图称王。美其名曰建功立业，却不过是生灵涂炭。每念及此，曹孟德便心中伤感，尽早完成统一大业的心意也越发坚定。

他半生背负着骂名所做的一切，只为如今这一刻。不久以后，大地上将只有一个国，那时他愿意永不称帝，日夜操劳，人们将安心地活着，不再恐惧。

为此，他可以不择手段，哪怕是将长江都抽干也无妨。

"丞相雄师，天下无敌，但东吴名将无数，关、张等人更乃万人敌，强攻不若智取。"

于是，祭拜了河神屈子之后，一队潜艇便在黄盖的带领下，向着海底驶去。在那里，他们将开启传说中连接地府的"烈火之门"，反抗军依恃的天险便会化作一个巨大的漩涡，卷走不自量力的叛军和令人恼火的瘴气。浪花淘尽了英雄之后，在干燥舒适的新世界里，北国的骑兵将在古老的河床上纵横驰骋……

"青青子衿，悠悠我心。但为君故，沉吟至今。"

忽然刮起的东南风折断了一支军旗，江底喷出的黑色石油将战船层层包裹，一队快艇从对岸疾驰而来，漫天的火箭照亮了冬夜的星空，熊熊的烈火烤化了丞相的美梦。

残阳如血，青山依旧。

持续百年的乱世还要继续乱下去了，天下太平的良机失之交臂，不知何日再来。他们打败了他，却有更多人将要为此在以后的年月里毫无意义地死去。这些家伙为什么就不明白这道理呢？为什么连瘟神、火神、水神、风神也统统与他为难呢？或许这些神仙，本就是同一个吧，它根本就厌恶人的存在。就算没有中计，成了地上的王，他难道还有力气再与神明抗衡吗？神龟的寿命虽长，终究也是一死。这世界本就不是什么乐园，他的抱负又算得了什么呢？在华容道上，他心中的恼恨渐渐化作困意，头发也一夜尽白。

4《未来水世界》Waterworld

身为大隋的总工程师，宇文恺曾建造过无可匹敌的都城、奢华富丽的楼宇、庄严气派的皇陵、举世闻名的河渠、精巧妙绝的机械，令两位皇帝也叹服，使四方蛮夷都惊愕，但最让他心醉神迷的那个建筑，却至死也未能造出来。

他日渐对过去的创造感到淡漠。用土木砖石堆出来的玩意儿，再怎样高明，也迟早都要被无常的造化抹平。也许只有周公这样的大贤，才能窥见天道的奥秘，设计出永世不倒的事物吧。于是他翻遍经传子史，在逝去的世界里寻找着先哲的幽灵，在名与实、数与理、道与器缠绕着的万花筒中苦苦求索，终于找到了那比日月还要光辉的存在。

图纸上的明堂让皇帝的眼睛亮了，但后来总是遇到这样那样的阻隔。不是迂腐老头子的非议，便是圣上心血来潮的远征。大概那些腐儒根本害怕看见真正的道，而这位心比天高、性比怒涛的君王在乎的只是浮云般的荣耀吧。为了满足那变本加厉的虚荣心，宇文恺不得不一再挑战自己：能容纳万人的军中大帐，装着车轮在大地上行进的宫殿，可以无限组合拆解的都城……这些匪夷所思的东西，让蛮族一次次坐立不安，自惭形秽。

然而，大地变幻莫测的形状终究限制了神器的威武，接二连三的征讨都无功而返，龙颜震怒了。

修筑一条通天渠，打开传说中泰山之巅上的"苍穹之眼"，将滚滚的天河之水引到尘世，恼人的山川险要将被填平。在那光滑的海面上，大隋的舰队畅行无阻，来去自如地播撒着浩荡皇恩，只剩下一些小岛的夷狄鞑虏们无不臣服……

在花团锦簇的大厅里，皇帝亢奋不已，宇文恺无言以对。运河托着巍峨的龙舟，在他年轻时代开凿的河道里缓缓前行，从雕饰繁复的窗棂送来了一丝夏日的腥臭。他不得不承认，在想象的狂放方面，皇帝比自己更像个艺术家。这位疯狂的统治者已经对大地失去了耐心，但未来就一定是海洋的天下吗？谁敢保证，将来不会有更聪明的人造出能平地如飞的事物呢。如此说来，圣上的目光也有点太短浅了。

在自己的房间，他静静地搭着积木。近来，他开始相信，事物的奥秘就藏在那微妙的结构之中，无关规模。只要精准地遵守比例，便可化凡俗为神奇。到那时，他或许还会找到一种办法，造出一个微型的自己，在那真正的安乐所在，逃避掉世上的一切荒唐。

5 《2012》2012

黄河之水天上来。

这样雄奇的景象，杜子美只在年少时见过。那时候，历经几代君王的文治武功，大唐的版图从未有过的辽阔，生产丰收，科技进步，文艺繁荣，军事强大，山河锦绣，四方的胡虏都倾心中原，连海下的鱼国都不远万里派来使者。而那在天地间盘旋的水龙，正是这盛世的象征。

通天渠才露雏形，前朝便在战乱中覆灭，却给后来者留下一份厚礼。则天顺圣皇后将其改造为"天枢"，并在呈露盘上亲手打开"苍穹之眼"。世界并没有像隋炀帝设想的那样变成一片汪洋。天河经由黄河与大地勾连，新的水系在大气压力和重力的相互作用下获得了巧妙的平衡：干旱时节，黄河便从天而降，奔流入海；洪灾时候，黄河就逆流而上，飞腾入天。顺流逆涌之间，天下英豪尽折腰。

然而，也就是在那时，一个流言开始在不满乾坤颠倒的人们中传播：在十进制纪元的2012年，将有末日降临人间。据说，几千年前，当人们开始用全新的进制来理解宇宙时，天地的格局便澄明起来，而洞察了玄机的先人就将这神秘的预言刻凿于兽骨上，埋在古老的殷墟里。

天后传续正统，玄宗皇帝励精图治，开辟了盛世，谣言一度被人遗忘，却在暗地里悄然滋长。天河不再稳定，黄河在泛滥后又遇到海水的大回灌。皇帝却已失掉了年轻时的气魄，迷醉在温柔乡里，对那一天天迫近的期限毫无知觉。古人究竟看到了天河的溃败还是瘟疫的肆虐？是大地的摇晃还是天外的飞星？人心惶惶，猜测着会有怎样的浩劫。

最后，却是边境的铁骑，践踏起的一片烟火。

满目荒夷之后的太平世界里，废弃的天枢被盘旋而上的藤蔓覆盖，曾在空渠中躲避战乱的人们化作了冤魂，却再也找不到已对尘世关闭的"苍穹之眼"，只能在腐烂腥臭的管道里日夜徘徊，在尸骨和荒草中哀鸣不已。每当听见这运数已尽的王朝挽歌，工部尚书杜子美便老泪纵横。

但堂堂天朝，怎可就此沦落呢？皇帝们又奋发了，打算再来一次中兴，修建"广厦"的方案便就此通过了。

"爱卿游历甚广，见识颇多，知民间疾苦，有圣贤胸怀，此民生工程，关系重大，望卿多加用心，切莫辜负朕托。"年轻的天子满含期望地握着老杜的手。

从此，老杜便不怎么吟诗了。他战战兢兢地钻研着，宇文安乐的笔记给了他灵感，天后时代打造的明堂残骸给了他启发。每当疲倦时，他便想起在风雨中忍饥受冻的百姓和圣上的恳切眼神，于是日夜操劳，指挥着这项浩大的工程。渐渐地，他感受到，建造广厦也正如锤炼诗句，成败全在材质的精良和结构的巧妙，而最终则是心中的境界。既然他能写出自信能流传千古的诗篇，则也一样可以为天下寒士筑起一个风雨不动安如山的乐园。

黄河偶尔泛滥着，边境时常鼓噪着，人民还是焦虑着，末日的流言又有了新的说法，老杜觉得，自己的时间不多了。他日以继夜地用心血浇灌着那能容纳100万人的大厦，看着它一草一木地生长起来，便觉得累死也是值得的，所以连觉都舍不得睡，只是偶尔打一个盹。

"老弟，你真是愚啊。"已经仙逝的老友，便抓着短暂的机会，来梦里拜会他了。"不老老实实写诗，在这里自找苦吃。"

"要是能选择，我情愿世上永远和平安乐，哪怕因此断绝了写诗的灵感。"老杜望着挚友，许多年来的思念之情，化作浑浊的热泪。

"可尘世里怎么造得出天堂呢？"年长他许多、生前即名声万里的大诗人最喜欢调侃自己的小老弟，"我早就说过，就算有什么仙境，那入口也只能是在这杯中啊。"说着，诗仙便为老杜斟满一杯酒。

于是，两位好友，便隔着阴阳举杯。琼浆玉液一路奔流，消弭了胸中的万古忧愁。

6《X 战警》X-Men

要把梁山学院里的107位超能战士团结在一起，带领他们为了共同的事业而奋斗，这于任何人都绝非易事。宋公明院长常常为此焦头烂额。

兄弟们来自五湖四海，出身三教九流，特异功能更是五花八门，各自的癖好也千奇百怪，唯一的共同点，大概就是由于天赋异秉，而不见容于这个社会了。

其实，变种人并不新鲜，武王伐纣时代的神兵天将，东汉末年崛起的各路英豪，都有案可查。而超能力的出现，又往往与王朝的兴乱有关，圣书上便说："国家将亡，必有妖孽。"所以朝廷对此一向是非常敏感的。大宋王朝延续了一百多年，表面上挺欢腾，实则内忧外患，人们便将民间出现的大批变种人视为不祥之兆，被佞臣们把持的朝廷却昏招频出，饱受歧视和压迫的好汉们一个个被逼上绝境，纷纷走上了造反的道路。

宋公明本来是大宋的一名底层公务员，朝政的败坏和百姓苦乐虽然都看在眼里，可临到灾祸降临自己身上之前，还是觉得这社会是有救的。照他的意思，我们这位皇帝虽然有点昏聩，但本质上还是好的，而且在艺术上有不俗的造诣，恐怕还不至于到扶不上墙的地步，所以只能是廷臣太坏。谁料，莫名其妙地，自己竟也上了山，又莫名其妙地，就当上了院长。

起初他不是很有信心。和其他兄弟比起来，他总觉得自己太平凡了，只配在太平年代里过点庸俗的小日子罢了。可既然做了这工作，就得为大伙负责。那些身怀绝技、骄傲到骨子里、彼此不太服气的男女们，竟都甘心认他这个凡人做大哥，倒让他有点意外。跟官军以及其他的变种人集团战斗得太疲乏时，他也想过退休算了，但还有谁能管束这一群豺狼虎豹呢？一个齐心协力的梁山学院，起码还可以做些铲奸除恶、劫富济贫的事，这于他也算是一种安慰吧。后来，在位子上坐得久了，自信也就慢慢地有了，他开始相信，自己其实也有超能力的：不论是谁，都能在他那里找到父兄般的信赖，这大概是一种对人的心灵进行控制和安抚的特别能力吧。

因为领导有方、众志成城、战法卓绝，梁山军攻无不克，威风八面，震动朝野，着实过了一段痛快淋漓的好日子，每当回忆起这段时光，总觉得过去的酒肉都格外香。

但当朝廷送来的蓝色小药丸和方腊军送来的书信同时摆在忠义厅上，分裂的气息便在学院里弥散开来，众人吵斗不休。院长头疼得紧，喝罢了酒，独自上了龙船。

晚风清凉，湖水剔透，倘若酒醉，兴许会有打捞湖底月亮的冲动。但院长却无此等雅致，只是烦乱地想着心事。吃了药丸，大家就都变回常人，朝廷便可安心地给他们加官晋爵，从此为国效劳，名正言顺。跟方腊集团合作，则彻底断了后路。联合战线？超能英雄主导的新纪元？这厮也有点太天真了吧。倘若成功了，谁来做皇帝呢？他宋江就不信，谁就能保证比徽宗做得更好。何况，如此惊世骇俗、有悖伦常的事，根本不是他的风格。若失败了，则要以叛贼之身被千刀万剐，还要在史书里遗臭万年，就更不对他的胃口了。所以，思来想去，到底还是归顺的好。只是，手下定然有反对的声音。连像李逵这样大哥叫他去死，他都一样会快活着地自尽的小弟，不都放肆地说"招安招安，招甚鸟安"了吗？莫非是自己老了，超能力也跟着衰弱了吗？看来很有必要搞一次大规模的思想教育了。梁山学院的利器，乃是凝聚力，必须让他们明白这道理。

一阵呜咽的箫声传来，不知是谁在芦荡深处吹奏着伤心的曲调。梁山虽美，终究不是他们的故乡。天地虽广，也不能一直这么飘来荡去。总该有个着落才好。然而，宋公明的心思却在如诉衷肠的箫声中有些动摇了。除了变种人，今日的世界确乎还有许多不寻常的地方。他闲时喜欢翻阅的《梦溪笔谈》，便列举了许多新玩意儿：活字印刷、指南针、格术光学、会圆术……这些闻所未闻的东西，令他隐约觉悟到什么。最使人亢奋的，则莫过于黑火药了。那能够绽放出似幻似真的绚烂烟火的黑色粉末，如今开始被用来打仗了。新型兵器尽管还有诸种缺陷，身为军事家的宋江却已预感到它将会催生一种全新的战法，甚至就此改变世界的格局。

总之，若说是一个新时代在孕育着，也并无不可。那么，他真的不要带领弟兄们抓住时机，干上一番大事业吗？难说革命才是真正地替天行道呢。那么，方腊或许是对的？据说他手下也是人才济济……宋江开始在心中盘算起两军合并的可能。

朦胧中，有什么线索一点点浮现了，所有这些，似都和"数"有着什么关系：活字印刷让文字以数的方式重组了，交子则把真金白银虚化成纸上的一串数了，梁山学院有108位好汉，似乎也就不是偶然，36位天罡星和72位地煞星的比例，不也正是火药中硫与硝的比例吗？方腊、王庆和田虎的勇将们凑到一起的话，能起到木炭般的作用吗？火药本是炼丹道士的发明，而道家的始祖已说过，宇宙就是一串从无到有的数字衍生出来的……他由此还想到古代的种种预言和传说，一时有些恍惚了。

猛然间，他身子一震：眼前的世界，莫非本就是由数构成的幻象？也许，它早在"安史之乱"那年就已经毁灭了吧，我们这些人，不过是冥界里游荡的数字亡灵无聊时重组的虚幻游戏罢了。他大吃了一惊。

一群水鸟噗噜噜地惊飞而起，冷风压低了芦苇。

宋公明清醒过来，不禁嘲笑自己的疯癫，但心里仍犹豫不决，只好先回大寨再说了。水面上升起一股缭绕的雾，龙船隐没其中，头顶的苍穹镶满了星斗，数也数不清。

7《大都会》Metropolis

昭文馆大学士郭守敬是在一座戏院里结识梨园领袖关汉卿的。那时，帝国版图之大，旷古未有。这本是施展才华的年代，但人到晚年，他却遭逢天朝的溃烂，自己虽为栋梁，也无事可做，就每日在家里钻研各种器械，偶尔出来散散心，听听戏，逛逛大都，打发时光。

这座高耸入云的都城，凝聚了来自不同疆域里的科学精英的心血，是帝国至大无疆的象征。参照唐天枢而改造的乾坤渠，将天河之水牵引过来，经由大都四通八达的脉络，将天下四方的水系如血管一样联通起来，万物便得以在天地间流转，生意和国运也随之兴隆。作为帝国的心脏，大都更是气势恢宏、结构复杂，地表之下埋藏着钢铁骨架，大大小小的齿轮和轮轴环环相扣，构成了一套超出想象的精密体系。要让这样一座庞然大物正常运转，除了大汗的坚强意志和臣子们的苦心经营外，还必须让每个子民都各司其职，一丝不苟。按照皇帝的旨意，眉目各异的族群，依照高低贵贱，分门别类地被安置在摩天大楼的不同区域，从早到晚，埋头苦干。在永恒的大都面前，庶民们如同蝼蚁，用他们的血肉来润滑着齿轮间的生涩。

日出时，大楼东侧那浮雕般的巨钟便敲响，整个大都微微颤动。蝼蚁们倾巢而出，涌向各自的岗位，挥汗如雨，干劲十足，然后慢慢地困倦，懈怠，开始无聊，烦躁，敷衍，兴奋。终于等到了那隆隆的鼓声从大楼西侧传来，于是一窝蜂地回家。吃饱喝足之后，帝国的子民们便奔向分布在不同楼层的108所大大小小的戏院里。在符合他们身份的某一个座席上，如痴如醉地看着梦境般的舞台上那一幕幕悲欢离合，跟着嬉笑怒骂，宣泄心中的烦恼，随后各自散去，在宵禁的钟声中入睡，为新的一天做好准备。在节日里，所有的戏院都坐满了人，灯火辉煌的皇城通体透亮，仿佛遗落在广袤平原上的一颗夜明珠，咿咿呀呀地吟唱。

不过，从修建一座大都还是种植一片草场的争论，到两次对深海中的鱼国不远万里却以失败告终的征讨，习惯了在草原上骑马的游民们入主中原后引发的定居不适症至今也没能克服，尊崇蒙古正统的保守派贵族与推行汉法的改革派的明争暗斗也从来没停止过。政不通人不和，天河也就时常泛滥，为了疏通河渠，征劳役赋税，肆意印发钞票……凡此种种，都令百姓困厄，民间的造反时有发生，就连帝都，也因王公大臣肆意杀人而出现了几次大规模的怠工和反抗事件，几乎使整个城市崩溃。

"千里之堤，溃于蚁穴。"在太液池旁，藏青色的乾坤渠拔地而起，向着黑色的天空延伸而去，天河顺流而下，轰隆作响，穿过电闪雷鸣的云层，仿如猛龙入江。大学士站在楼顶上，望着自己过去的杰作，心中感慨万千。"一只蝴蝶的飞舞，就可能诱发一场风暴。"这倒给了他一些灵感，打算研究一种混沌数学。

"有水的地方，就会滋生蚊虫啊。"己斋叟悄然地来到他身旁。这位郎君领袖浪子班头，本来是只在花中消遣酒内忘忧的，但大概因为世道不平，人到中年以后，反而越发地火药味十足，因此新写的戏很有些不一样了，尤其惹动人心，颇受大家的欢迎，连大学士也赞赏不已。

不过戏终归是戏，自己在朝为官，皇帝待他不薄，所以大学生对这位半生不熟的朋友从来敬而远之。只不过，这次窦娥的冤屈，实在连他都觉得太气愤，那血飞白练、六月飞雪、亢旱三年的不祥诅咒一一兑现，更使整个朝野也为之震动。

"我要让这位屈死的女子复生，要她有蒸不烂、煮不熟、捶不扁、炒不爆、响当当的铜筋铁骨，要她通五音六律滑熟，要她会围棋、会蹴鞠、会打围、会插科、会歌舞、会吹弹、会咽作、会吟诗、会双陆，要她玲珑剔透朱颜不改常依旧，要她惹得浪荡哥儿都来攀花折柳，要她占排场风月功名首，要她一遍遍向人吟唱那锄不断、斫不下、解不开、顿不脱、慢腾腾的千层委屈万世仇，就算是阎王亲自唤神鬼自来勾，三魂归地府七魄丧冥幽，也要转世投胎，向那复活抗争的路上走。"关大人借着醉意，慷慨激昂地唱起来。

大学士老了，无法为这个世界做更多有用的事，他毕生的建设，恐怕也不会存留很久，于是他竟被戏曲家的雄辩和战斗精神所感动了，终于应允了。他还将开凿乾坤渠时无意发现、一直偷偷保存至今的"宇宙之心"，安在了"窦娥"的胸膛里，希望它能够让自己的心血，在大师的戏剧里永续千秋。当然，大师并不知道这事。同样，大学士也想不到，这位勾栏瓦肆里的精神领袖，在遍游帝国、见识了太多的血泪后，想的远比说的多。

那天以后，一位风华绝代的名伶便独步天下。她的千娇百媚和一颦一笑，举国为之倾倒。她演艺的一幕幕悲剧，令天地为之动容。而她的妖媚惑众，更扇起了一股暴风骤雨，最终摧毁了整个王朝。

逃离大都之前，愤怒的大汗命人烧死了窦娥。焦臭的人造皮肉下面露出狰狞的金属，在烈火中挣扎着化作了一摊铜水，流遍了废墟每一个燃烧的楼层。有人说，它最终变成了一朵莲花，消失在泥土里。直到很多年以后，不论哪个朝代，只要还有压迫和不义，穷苦的人就依旧怀念着她，说她是圣母转世。每当黑暗降临，也真的总有几个女英豪振臂一呼，便应者云集，因为人们坚信，那些挺身抗暴的女人中，总有一个是女神降生，要为大地带来光明。

8《海底两万里》20,000 Leagues Under the Sea

永历五年二月的一天，招讨大将军郑成功的舰队在盐州港一带遭遇了诡异的风暴。朗朗晴空忽生黑云，原本平静的海面上陡然升起峭壁似的巨浪。在海水的肆意蹂躏下，其余船舰皆遭灭顶之灾，主船亦险些解体，船上指南针胡乱转圈，各种器具尽失。暴雨持续了一天，饥肠辘辘的幸存者眼前一度出现了幻觉。

死里逃生后，郑将军反而对大海越发地迷恋。在设有据点的岛屿间，他不断地穿行，在仇恨和忠诚的驱动下，掀起一浪又一浪的进攻，与来自草原的鞑虏们争夺着中原。敌人和部下一批批死去了，久不见大明衣冠的百姓剪去辫子后的哭声犹在耳畔，功败垂成的懊悔仍在心间，与荷兰人的激战历历在目，而他的斗志却从未有过丝毫动摇。

不过，自从那场命中最大的劫难以来，他就隔三岔五地做着一些断断续续的梦：风暴中，他们跌落入海，爬上一艘造型奇怪的火红色舰艇，开始在大海深处历险。他们围捕巨鲸，大战鱼国军队，遭遇海底火山爆发，奇袭清军海港，发现神秘洞穴，打捞久远的沉船，挖出不可思议的宝藏，甚至还引发了地震海啸……醒来后，那份逍遥快活逼真得让他感到几分惆怅。

虽如此，他依旧努力地筹划着大业。那些投诚与背叛，联盟与反复，他都不在乎。但刚更换了皇帝的清廷为了对付他，竟采纳叛徒的恶毒建议颁布迁海令，以至沿海一带千里沃土几日内一片荒芜，人民流离失所。站在甲板上，看着远处被点燃的屋舍和船只放出的滚滚浓烟，郑将军怒火攻心。

元世祖的铁骑虽在大陆上无坚不摧，但两次远征鱼国却因神风的庇护而失败，大鱼族从此开始侵扰边境。被他赶走的西洋鬼子也并未死心，早晚还要卷土重来。郑成功预感到，未来将是海洋的天下。而自宋、明以来已建立起强大海军并在大明时代达到辉煌的华夏，就这样被骑马的野蛮人生生地拽了回去，禁锢在无形的长城里。这更加坚定了他反清的决心。可是祸不单行，同胞被洋人所屠戮的消息，不成器的儿子，不听话的部下，水土不服的将士……内外交困之下，郑将军一病不起。

永历十六年五月的一个早上，身体略有好转的郑成功带了一队侍卫，登上一艘小船，前往附近一片被当地人称为"鬼海"的神秘海域，并从此失踪了。没人知道他为什么要去那里。

* * * * * * * * * * * * *

从暴风雨的噩梦中醒来，"鲲鹏号"舰长郑明俨打开舱门，向那片妖娆的水中森林游去。经过几个月的开发，那里已经成了他和朋友们的新乐园。

除了旧部，这些朋友都是后来在宇宙间漫游时结识的。十多年来，在那层火红色的坚硬外壳保护下，他们游遍深海。庞然的水中霸王，不可预料的湍流，甚至那看不见的诡异磁暴，都奈何他们不得。时光也变得滞重、飘忽，跳跃不定，过去与未来扭曲在一起。那些怀沙坠江的殉道者、意外落水的倒霉蛋、古代沉船里的活僵尸、躲避迫害的变种人、被流放的没落贵族、深不可测的大隐、寻访神仙的道士、面无惧色的探险家、飞船失事的外星人……都曾与他们相逢，脾气好的就可以成为座上客，合得来的还会加入进来。他们怀着简单的欢喜，四处戏耍，时不时地跟大陆上的人开些玩笑，欣赏他们惊慌失措的样子。逍遥的日子里，他淡漠了往事，只偶尔做梦，看见另一个自己，还在尘世里苦苦挣扎。

海洋也玩腻了，就来到了"烈火之门"，进入了地府。已覆灭的恐龙王朝没有留下多少可供瞻仰的残迹，只有岩壁上的彩绘仍栩栩如生，讲述着无人知晓的故事。"鲲鹏号"安然无恙地穿越了地心深处的那颗太阳，抵达了"齐物之界"。

这是海洋，也是空气；是天河，也是地府；是前进，也是倒行；是呼啸的风，也是疾行的雨；是连绵的云海，也是坚硬的岩；是洪荒岁月，也是花花世界。

他们看到了上下古今。看到神造了人，人造了拥抱和屠杀，子孙继承又背叛了先人的遗志，马队和船队沟通了陆地和大洋，肤色不同的人群互相试探、争论、残杀，奇怪的飞艇和钢铁的丛林，怪异的新人类和蒸腾起的蘑菇云……几轮闪光后，世界重新变成了黏稠的一摊，滑腻、丰满、猩红、温暖。

大伙都变成了鱼，空气从鳃里渗进来，冰凉而清新。森林一样的海藻悠然地漫舞着，千奇百怪的海洋生物彼此吞噬着，骨骼在生长着，心情在激动着，跃跃欲试地等待着登上陆地，在那里进化，开辟新纪元。只有被遗弃的"鲲鹏号"依旧坚挺不拔，鲜红色的身体与世隔绝，在暗腾的海水中显出了几分遗老的气息。

9《侏罗纪公园》Jurassic Park

嘆咭唎的贡使马戛尔尼终于带着他的使团离开了，乾隆皇帝便不顾太监总管的抗议，来到了皇家园林里狩猎，发泄心中的不悦。

虽已年过八十，但这位十全老人仍耳聪目明，声若洪钟，完全没有一点儿老态，子民们都相信，圣上再活个100年也不是问题。为了证明自己的筋骨强健，他每年夏天到避暑山庄时都非要猎杀几只恐龙不可。大清的江山是从马上得来的，除了精通汉人的文化，皇室子孙也必须保持勇武的精神。

沉闷湿热的空气夹杂着野兽粪便的气息，皇帝背着火流弓，骑在"雷电"身上，俯瞰着枝叶繁茂的丛林，驯化的霸王龙机警地寻觅着猎物的踪迹，它的主人却无法集中精神。

那些不知法度的野蛮人，竟敢自命为"钦差"而不称"贡使"，觐见天子时也不叩拜，其他藩国的使臣都肯磕头，独有这个什么嘆咭唎的生番，几经交涉才勉强行单膝礼，还妄自尊大，要以平等身份与天朝通商，真是可气又可笑。所谓天无二日，"苍穹之眼"庇佑的大皇帝，岂能与他人平起平坐？圣书早就说过："夫礼，禁乱之所由生，犹坊止水之所自来也。"何况，帝国物产丰沛，无所不备，何须通商？但野蛮人是不懂这些的。

"朕无求于任何人。尔等速速收起礼品，启程回国。"

皇帝轻蔑地回绝了荒唐的请求，把这不知从哪个小国来的放肆使团赶出了视野。

一层黑云从南天飘来，热风吹落无数的枝叶，空气中有着不安的压抑。一只蓝色蝴蝶悄悄地落在了镶满宝石的弯弓上，翅膀上的斑点让皇帝想起了西洋贡使。那贼溜溜的蓝眼珠，一望即知生性狡诈，此次虽然宣称为皇帝祝寿，其实不过是来炫技滋事，探听虚实，图谋不轨，所以还须对他们留神提防才是。

侍卫长小心地拿捏着措辞，建议圣上回宫休息。皇帝正犹豫着，忽见两只剑龙从前面的丛林里猛然窜出，便毫不迟疑地搭弓射箭，两簇火焰滑过了阴云笼罩的天空。

沐浴更衣后，皇帝心情舒畅多了。雨后的空气越发清爽，他走进摆放着各国贡品的大殿，逐一扫视着那些奇珍异宝。嘆咭唎送来的座钟，还在咯嗒咯嗒地走着。有一阵子，皇帝迷恋上钟表，钻研起精巧齿轮咬合的技艺，但如今他已经腻烦了。天不变，道亦不变，洋人把时间弄得那么精准又有什么意思呢？能够驾驭这庞大的帝国，让看不见的人形齿轮们各司其职，这才是最高级的艺术呢。可惜他们的居所离天朝太远，难沐皇恩，所以至今还没开化，自然也就无法体会万古纲常的永恒魅力吧。为了教化这些蛮子，总有一日，他要设计出一个至大无比的座钟，西洋也好，东洋也罢，六合八荒都纳入进来。

皇帝愉快地踱着步，来到一架形如大炮的望远镜前，对那凶蛮的外形摇摇头，然后凑上去，刚好望见一轮硕大灿烂的圆盘。那些勾勾岔岔，大概是月宫吧，美人就算青春永驻，但若无人欣赏，又有什么意思呢……不过，这东西虽能放大天上的月亮，却看不见地上的江南，实在也不过尔尔。不论是天外飞仙，还是海外神魔，纵有七十二变，若只迷恋器物的巧妙，而不知天道荡荡，也终究不能成事……说起来，杭州正是烟雨朦胧的季节吧，西湖边上的荷塘里的荷花应该绽放了，碧湖上的柔波在皇帝心中荡漾开来，也许应该再下一次江南了……

一阵沉闷的钟声敲响了，皇帝回过神来，晚风有些微冷，似乎该加衣服了。

10《异次元杀阵》Cube

"先生，我吃了你给的红色小药丸，就横竖睡不着，睁眼一看，到处都在吃人！可怕啊……我就逃，可逃到哪里都一样，一扇门之后，还是同样的格子间，不可预料的机关，尔虞我诈的算计，吃人与被吃……我好苦啊，这可都是你害的！"

青年的面色蜡黄，高凸的颧骨旁，两眼冒着青光，正在磨药的周先生窘迫得很，低声地辩解道："希望是本无所谓有……"

然而青年根本不听那一套，已张着血盆大嘴来吃他了。幸而他练过功夫，才得逃脱，心里却灰沉沉的。本以为是《黑客帝国》，没想到还加上了《生化危机》，事情看来要比原以为的棘手得多，看来又被那个戴眼镜的胖子忽悠了，当初应该坚持到底的：靠这么几个寂寞的人，这事根本就办不成。不过，这样讲未免刻薄了些，毕竟自己那时除了刨掘地下的文物，简直无事可做。因为实在太无聊了吧，便跟着那几个人，捣起乱来。

他提着一杆乌黑的长枪，在钢铁铸就的立方体里飞檐走壁，穿越一个又一个方格。每一个里面都有数千人在沉睡，有的还有些简单的工具，但没有食物，也没有光。少数人偶尔惊醒，其余的继续昏睡，在黑暗而潮湿的盒子里发着霉，等待着。觉醒者为了活下去，必须杀死一些昏睡者，把他们变成食物和能源，同时还要给另外一些吃药丸，恢复他们的神智，一起想办法破坏这魔方。叫醒的人太多，食物就紧张了；叫醒的太少，人手又不够。总之，要在黑暗的世界里维持着微妙的平衡，还要克服吃人的恶心。

周树人就夹杂在一大群素不相识的人中，在污迹斑斑的钢铁监狱里浑浑噩噩地东奔西跑，辗转腾挪地躲避着机关暗道里射来的明枪暗箭和龇牙咧嘴的机器怪兽，踏着遍地横陈的骸骨，在僵尸们的围追堵截中杀出一条条血路……

作为一名医生，他肩负着磨制药丸的使命。但原料供应总是紧张，有时实在无法，他就只好割自己身上的肉，混着稀薄的血，揉成药。这于他并不特别痛苦，自己既然吃过人，也理应还旧账。但他不喜欢这样的路数，总希望能找出法子，用什么人造的食物，来把这奇怪的生态平衡扭转过来。

但这魔方世界太大了，这么多年，他都没有走遍每一个房间，何况格子间又在不停地移动着，组合出新的花样。在上一个格子里握手的战友，到下一个格子再见时却投来了刺枪。今天互相啃咬的对手明天也许就会拥抱。周先生的枪法虽好，但对这突如其来的变故总是防不胜防，于是性情也就越发孤僻起来，对什么都感到有些怀疑。

"我们找到了一条出路，请先生加入我们！"许多不同的队伍，举着不同颜色的火把，向他发出同样的邀请。凡是觉得真诚可靠的，他都跟着他们同行一段，给他们造出一粒粒药丸，但走到最后，他又觉得似乎有些地方不太妥当，于是就告辞，继续一个人在暗夜中飞檐走壁，躲避着刀枪剑雨。

一天，他偶尔闯进一间长满荒草的无人格子，见到了半尊被毁的石佛，在佛像的耳朵里找到一卷残缺不全的图纸。经过不同年代的人以不同颜色的文字一遍遍地涂改后，图案已面目全非了，只隐约能看出是一座高大的建筑。他细细地研究着，慢慢地看明白了。

原来是这个啊。他感慨着，在黑暗中躺了下来，眼皮渐渐沉了下来。

恍惚中，听到有潺潺的水声。几分咸腥的气息，顺着不知哪里漏进来。隐隐约约地，地面似乎也在浮动……这玩意儿，是漂在水上的？他猛地坐起，一路跑到屋子的尽头。荒草丛中，有一具骷髅，手里还握着一把满是缺口的斧子，那无比坚硬的墙壁上有许多坑坑洼洼，一小块金属碎片竟脱落下来。

"你是个傻子，以为可以砸开铁壁呢。"他挨着骷髅坐下，大笑起来，声音在空荡的房间里久久回荡。接着，他从怀里摸出一支烟，默默地吸起来。

笑声随着烟雾一起散尽了，他就拿起斧头，闷头砸了下去。

砰，砰，砰。

"世上聪明人太多，所以需要一些傻子。"

砰，砰，砰。

可是，设计游戏的人，真的预留了出路吗？不过，随它去吧，绝望那东西，本来也是和希望一样不靠谱的嘛。

砰！砰！砰！

○《创战记》TRON: Legacy

那时，一片混沌。没有过去，也就无从怀旧；没有未来，也就无所希冀。但不知怎么，未尝经验的无聊，一点点生长出来。

"玩起来吧。"念头一动，手脚就伸开了，活动了两下，血液也流通了，麻木就退去，知觉丰富了，身体也跟着膨胀，力量迅猛增加，想法开始爆炸，一边想着要做的事，一边事情就做成了。

天和地分开了，脚下和头顶，各有一面辽阔的镜面，无限地延伸开去。

"好起来了，但还是单调。"说着，扯过一张海，铺在了地上，吹了一口气，便有了风雨。他看着是好的。

只是很快就全都不动了。他立刻明白了，但周围的粒子已经用完，其余的都在身上。

"可惜，还没玩够呢，不过也没办法，谁让自己是开初头一个呢。"于是他就躺倒了。这样，有了日月星辰，也有了其他的神。并且，有了苦厄，有了死和恐惧，以及新的开始。如此，更高级的游戏可以启动了。

　　基本的规则就这么定下来，以后，是尊卑有序还是众生平等，他都不管了。

　　死掉前，他偷偷地把天、海、地卷连在一起。这样才好玩嘛！这是他的小秘密，不过，总会有厉害的角色，最终能发现它吧。到时候，该给什么样的奖励呢？他还没想好。

下篇　九章算术

1《我，机器人》I, Robot

周穆王姬满在终北之国待了三年，忘了什么叫忧愁。

回到故地后，大臣们想尽各种办法，为他解闷。新鲜玩意儿倒是不少，却只有偃师进献的人偶能让天子眼前一亮。一堆木头、皮草和玉石，靠摩擦出来的电光火石，就会跳舞，真叫神奇。他把人偶拆了装，装了拆，反复研究，终于悟出了其中的奥妙：原来这是先王推演的《易》啊！生命这玩意儿，说穿了，也不过是阴阳之气演绎的玄妙算法罢了。

穆王改造了一番，把祖传的宝石"宇宙之心"安到人偶身上，使它有了不死之躯。太公虽英明神武，终究也只能保大周800年，倘给长生人偶编写上圣贤的智慧，便可辅佐子孙，使王朝长存不绝，天下永世安康了吧。不过，究竟要写一套什么样的程序呢？这东西对美女眉飞色舞的，真有些不规矩，一定要开发一款完美无缺的软件才行。从哪些基本定律开始呢？穆王夜夜失眠，翻来覆去地拿不定主意。

2《超人》Superman

列御寇年轻时喜欢游历四方，看遍山川河谷，自以为对宇宙已经很了然了，却屡屡被老师们当头棒喝。一天，他想到一个重要的问题，便去求教。"天地也好，日月也好，你我也好，都是气，顺其自然就好了。天塌地陷啊，那都是瞎操心。"得道的高人们一脸平静。

他羞愧得很，就到补天峰下静坐，每天盯着头顶的天，训练自己的平常心，渐渐地达到无喜无忧的境界，身虽未动，心却能在万物中游走了。

正神游着，一个念头却忽然从混沌中蹦出来：我是谁呢？

他吓了一跳，睁开眼，但见天地氤氲，地上的气向天空中一块五色的洞中涌去。狂风吹烂了他的皮囊，只剩一副桃木骨架，他就乘着风梯，盘旋而上。"御风而行，也算是至境了吧。"但等他来到天的裂缝处，看见更辽远的宇宙，才知道从前是坐井观天，自己一人得道还远不够，未来的修行才刚开始。他的身体变成了一块石头。

3《星球大战》Star War

天行者嬴政从小就相信，自己会是给原力带来平衡的那个人。因此，虽遭逢万千刺客，却总是化险为夷，他亲手打造的青铜机器人大军，更是横扫六合，这真是天命所归的明证了。

泰山封禅的一刻，那份心情，真是飘飘欲仙。大秦的荣光，要延绵万世才像话嘛……正想着，一团阴影就浮上了心头。

人固有一死，便是机器，也难逃残肢断臂乃至精神分裂的命运，虽能修修补补，可修补者终究还是人，而人固有一死……像自己这般手艺绝伦的机械师一旦死去，又有谁能继续修补大秦的命运呢？访寻不死之术的使者一去不返，绝地长老会对他研习黑暗原力又说三道四，一怒之下，他把有二心的绝地武士全部坑杀，那些前朝程序员编写的酸腐算法也统统焚毁。接着，长城铸起来了，为了在他归来前抵御野蛮人的入侵。隐秘的陵墓挖出来了，成千上万的机甲战士造出来了。有他们的守护，他便可以安心地闭上眼，到另一个世界里去继续修炼那最伟大的艺术了。

4《时间旅行者的妻子》The Time Traveler's Wife

在时间里旅行得久了，项羽慢慢习惯了时差症。他在眼花缭乱的战斗中穿梭不已，虽力可拔山，攻无不克，战无不胜，灭强秦，封诸侯，却不能选择自己的战场，人就变得有点倦怠了。

从他懂事起，父亲项少龙就告诫他，日后定要防备那个背信弃义的小人。以前他嘲笑父亲是老糊涂，连宿命不可违都忘记了。论武功，那流氓岂是自己的对手？但听说刘邦进了关中，专为老百姓开发了简化版的操作系统，大受欢迎。谋士们总结说那厮赢在了软件上。其实，他就连鸿门宴都不当真，不过依照天命做做样子罢了。

如今风光至极过了，也该坦然接受最后的覆灭。可当垓下的楚歌惊破了他的美梦，眼见虞姬在月下黯然流泪，那绝代风华的面容上满是憔悴时，一腔热血又涌上霸王的心头，他终究不肯甘心，为了爱妃，他头一回也最后一遭决意与命运一搏了。

不等虞姬说出那命中注定的对白，霸王已抓起女人的手腕，跳上了乌骓，在清明的月色下，他们踏着一路的烽火，逃往时光的尽头。

5《第五元素》The Fifth Element

十进制纪元2012年将有末日降临的说法早在隋朝就开始流传了。天可汗李世民居安思危，知道偌大的帝国硬件，只用一套算法来运行是不够的，为了王朝的基业，皇帝派玄奘法师去西域求取真经。一路上风雨跋涉，好不坎坷，四位徒弟一面和妖怪斗法，一面听师傅讲经，学习普度众生的意义，一面各自想着心事。

好容易到了西天，却被阿傩、伽叶刁难，取了一个偌大的压缩文件，解压后却空无一字。齐天大圣孙悟空恼火不已，去质问如来。佛祖却说：经不可轻传，亦不可以空取，无字正是真经，若要读取，须第五元素。

师徒五个面面相觑，孙行者方才醒悟。虽然妖精们都只爱师傅，没有一个爱他，可是，许多年前，在它还没有感沐到天真地秀的时候，那块花果山上的仙石，就已经注定了要大慈大悲，照顾这个不甚有趣的世界了。

6《月球》Moon

因为一肚皮的不合时宜，东坡居士被一贬再贬，最后贬到了月亮上。

那地方人迹罕至，除了冷硬生涩的山脉和彻骨寒的河流，几乎什么都没有。好在居士胸襟开阔，能苦中作乐。在监督广寒珠的采集工作之余，他喜欢独自泛舟月海。悬在头顶上的硕大地球映出清冽的辉光，两岸荒凉的怪石投下斑驳的影子，水银般的海面微波荡漾。几杯酒下肚，居士有些阑珊了，觉得自己仿佛冯虚御风，快要羽化登仙了。

偶尔，远处的火山会突然喷射出一股岩浆，扑面送来一阵带着酸味的暖风，洒下漫天滚烫的火雨，机器侍从吓得惊慌失措，唯有居士吟啸徐行，仿佛无事人一般。自从"乌台诗案"以来，他早就有一种错觉，似乎自己已死过无数回了，却不知怎么又一次次复活，来领受人间的厚薄，他也就随遇而安、自得其乐。

看到地球上亮起的点点火光，居士猜测是皇帝又大赦天下了，如此，他可以回家了。可旅途委实遥远，想来不免有点气馁。这核桃般大小的月亮虽害他得了风湿病，但总算清净，而地上的宫阙，却为了用何种算法而闹个不休，自己轻快的身体怕也难再适应大地的重力了，而何况又说不定马上就要再被贬到什么火星上去。真想变出几十个替身，便可随他们怎么流放好了。嗯？难不成，自己就是个替身？那真身又在何处呢？

正想着，水中猛然跃出一条大鱼，仔细看，却是一只鲜活的鱼头，拖着一副双螺旋的鱼骨，苏子就一跃而起。不管怎么说，也该给亡故的人上上坟了。

苏子骑着神鱼，飞向黄河青山。

7 《黑衣人》Men in Black

大明网络总管魏忠贤独揽朝纲，坏了先祖立下的机器人不得干政的规矩，无数义士冒死参劾。舌头割了不少，脑袋掉了不少，族也灭了不少，可还是有些程序员不听话，非议朝政，私设民间服务器，图谋不轨。九千岁亲自为东厂开发了"辨心镜""碎魂枪""万劫索"等高端装备，以便黑衣人们深入整肃极端分子。

黑衣人们身着黑色官服，戴着黑色墨镜，提着黑色长枪，面无表情地在大明的山河间奔驰，凡见到者无不头皮发麻手脚冰凉，既不敢怒，更不敢言。虽如此，天启六年，京城还是发生了惨烈的爆炸。黑衣人在全国展开大搜捕，下狱者无数，竟未能查明是天谴还是人祸。

饱受惊吓的皇帝次年驾崩，躲过一劫的九千岁察觉新帝有剿灭"硅党"之意，心头不胜烦忧，便命人连夜开发出名为"迷魂香"的游戏，试图令新帝沉迷。"书生空谈误国，大明江山，非明察秋毫的硅基生命不能辅佐啊。"虚拟的绝代美女如此暗示。

流放的路好不凄凉，当年为他修的生祠皆成瓦砾。未等黑衣人追上他，前总管早已自行了断。随行的人报告说，老家伙实在过分，死前还有几分轻慢，说什么总有一天皇帝会想念他的好处，此等大逆不道，真该碎尸万段。

8《V 字仇杀队》V for Vendetta

大清高官的神经被频频爆出的暗杀事件绷紧到极致，很多人一想到刺客所戴的"窦娥"面具，吓得连觉都睡不着，所以浙江巡抚张曾扬一听说本省竟有徐锡麟的同党，大为震怒，急电绍兴知府贵福，派山阴县令李钟岳查封学堂。三堂会审时，贵福暴跳如雷，痛斥秋瑾人等辜负朝廷栽培之恩，谣言惑乱，图谋造反，十恶不赦，又威逼利诱，只要她肯说出真正的面具怪客"V"是何人，便可得以赦免。秋瑾一语不发，只是冷笑，两道寒光令人胆战心惊。

李县令久仰秋瑾大名，接了抄家之令后草草了事，便将秋瑾带至花厅，听她静述生平。"驰驱戎马中原梦，破碎山河故国羞。"清朝的人民拖着他们的辫子浑浑噩噩，却不知那辫子里埋着机关，为他们造出飘飘然的幻想，使其如行尸走肉，不知所终。非革命不能重新启动华夏这台老迈的机器，不流血无以惊醒昏睡的世人。

县令慨然长叹，以他半生的经验，深知女侠所言多少有几分天真。所谓义士赴死，至多不过引来一群看杀头的人，观众不但未必觉悟，反而兴许喝他的血，吃他的肉，也许将来还要盗他的墓……但他既知女侠必死无疑，也就不想再说什么丧气的话。

秋瑾交代完后事，两人便沉默了。午后下起来的迷蒙细雨纷纷洒洒，却化不开漫天的愁云，一阵狂风吹落了满地的纸张。"秋风秋雨愁煞人啊。"秋瑾取过笔墨，想写几句绝命诗，却迟迟不能落笔。

9《终结者：救世主》Terminator Salvation

"你从此要改变你的优柔的性情，用这剑报仇去！"

母亲毅然的神色又在脑海里浮现了，眉间尺挥剑而起，斩杀了最后一个终结者。两个种族间多年的恩怨就此了结。那晚，穿越时间的终结者粗暴蹂躏着少女的噩梦，却又一次将新时代的领袖惊醒了。他一拳砸烂墙壁，模糊的血肉里露出金属的骨骼。"人机杂交技术要尽快攻克！"领袖发布了新命令。

从不离身的玉佩最后一次回放起母亲的叮嘱，磁性的衰减令亲切的声音断断续续：

"几百年后，名为……的天行者一统……几千年后，盗墓者……释放出黑暗原力……起死回生……陷世界于毁灭边缘，救世主……派终结者……欲改变历史，拯救未来……"

往昔的回声消散在空荡的密室里，不管怎么挽留，都终于变成永久的沉默。眉间尺心头流过一股莫名伤感，随即又恼恨不已：母亲啊，你为什么要把我生出来呢？难道只为了将来能够制造出令你蒙羞的机器怪兽吗？几十代人之后的事情，又和我们有什么干系呢？那穿越千年时光的神秘来客，究竟妄想着要改变什么样的过去呢？一只蝴蝶的飞舞，真能引发狂风暴雨吗？人到底为什么活着啊？不管怎样，不都是个死吗？若能唤回从前，谁又能禁得起这种诱惑呢？如果能够在梦里重逢，又何必要醒来呢？在这混沌缥缈的红尘中，又有谁担负得起救世主的恶名呢。

（本文上篇刊发在《科幻世界》2011 年第 5 期，中篇刊发在《天南》2011 年第 2 期，下篇刊发在《文艺风赏》2011 年 10 月刊）

移动迷宫

Sin α

　　大英帝国的使团在迷宫里走了整整两个礼拜，仍然没有摸到一点儿门道。夏末的北京城酷热难耐，四周的高墙虽然拦住了毒辣的阳光，但也在使节们的心头投下了阴影。马戛尔尼勋爵强忍着关节痛，耐心地带领着烦躁的同伴前进，在他们面前，纵横交错的小路不断分岔又合拢。

　　那位身份显耀的和珅以含糊不清的暧昧态度暗示：假如使节们能够在皇帝的生日之前成功穿越这座万花阵，就可以免去继续北上前往承德觐见天子的劳苦，正在避暑山庄消夏的伟大的皇帝陛下将回到圆明园接见他们，并且恩准他们不必行叩拜之礼，甚至可能会考虑通商的要求。这份承诺不合规矩，远超出所有人预料，使节们也疑虑重重，但大使还是决定尝试一下，尽管这位皇帝的宠臣看起来就像他们遇到的所有中国人一样令人捉摸不透。他们事先沿着迷宫外的壕沟走了一遍。高达十六七米的墙体虽然宏伟，但总体面积却不大。看起来没有什么玄机，不过是一个欧式迷宫差强人意的仿制品。然而，当他们置身其中后，才慢慢意识到自己的天真。

这里面简直无穷无尽。五彩斑斓的壁画像展开的卷轴，讲述着古老国度的漫长历史。随行的年轻公公有着非凡的耐心，不管英国人开始变得何等暴躁，他那张光洁俊秀的脸上总是带着礼貌的微笑，尽可能地安抚好这些远道而来的客人。每当有人走失，他便温和而坚定地保证，在慷慨的皇帝的嘱托下，迷宫中增设了许多临时性的驿站，迷路的掉队者将会得到妥善安置，不会遇到任何麻烦，并在此行结束后与大家会合。大使秘书巴隆先生显然不信任此人，他暗地里称其为"人妖"，不过仍建议勋爵拉拢他。在半推半就地收下了大使赠送的私人礼物后，公公悄悄透露了一个惊人的秘密：这些高墙并非由寻常的砖块筑就，而是来自长城。那举世闻名的屏障，曾羁绊过圣祖们的铁蹄，但终是徒劳，如今已被陆续拆解。大地上的一切都将沐浴在天子的荣耀下，再也不需要人为的阻隔来妄分彼此。因此，这座迷宫既是过去的纪念，也是通往未来的桥梁。"桥？"英国人被搞糊涂了。"屏障即是桥梁，迷宫恰似通途。"主人点到为止，客人们只能自己摸索下去。一天又一天，被设计者巧妙隐藏起来的景色层出不穷，他们闯入一个又一个花坛、广场、水池、亭台，在六合八荒中穿行不已，迷失在鸟语花香中，渐渐分不清现在、过去与未来。

迷宫中央的那座八角形凉亭，始终在远方若隐若现，时远时近，公公以不留痕迹的方式使他们产生一种模糊的感觉：乾隆皇帝其实早已回到了都城，就一直端坐在那里俯瞰着，可他们兜尽了圈子也无法靠近。

绝望如藤蔓攀缘而上。一次晚宴的酣饮之后，天文学家登维德博士居然产生了写律诗的冲动。公公颇为赞许，来自远方的客人看来开始对灿烂的中华文化有所领悟了。博士则承认，他最初被这座皇家园林模仿自然的外表所误导，武断地认定中国人缺乏数学的严谨，但如今开始为方块字矩阵透露出的精确所折服。作为一名科学家，他到现在也没弄明白园林的设计者是如何在看似有限的时空中装下近乎无穷的宇宙的，这简直比他带来的天象仪更让人费解。不，中国的园林本身就是一种华丽繁复的宇宙模型。这番对话让一旁的勋爵心头一动：长城，那本来不就是用来阻挡异族入侵的吗？难道皇帝根本不打算接见，一切只是他的恶作剧吗？高墙的两侧，我们正是彼此的异端。如何才能破除屏障呢？又或许，迷宫是一种象征：若能摸清它复杂的回路，也就明白了皇帝和他的子民们变幻不定的心思，如此，就能亲如一家、互通有无了，否则，就算用翻墙而过，或者用火炮轰开缺口，也只是徒劳的勉强，终将撞上无形的迷墙吗？可是，若能够走出他的迷宫，我们又将变成谁呢……后劲十足的东方佳酿，消融着眩晕的想法，让勋爵醉倒在星光下。有人为他披上一张薄毯，那张中性的脸上露出一丝高深的微笑，白净的手抚摸着墙上一只麒麟的角。醉眼蒙眬中，勋爵看见墙体缓缓地转动起来，古老的幽魂们顺着开启的缝隙飘游而出，嘤嘤喃喃，如歌似泣。

Cos α

爱新觉罗·弘历端坐在万花阵中央，心不在焉地俯瞰着缓缓移动的迷宫。这个完美的长方形阵列坐落于园林南北轴线的正中。与长春园内西洋楼的其他部分不同，迷宫最初由几位西洋教士提议，最终却由深受信任的雷氏家族设计完成。显然，皇帝有所考虑，但除了他本人，几乎没人知道它的真正用途。

延续了千秋岁月的长城被拆毁，砖石源源不绝地运往京城，这种事亘古未有、石破天惊。"四海一家，勿分内外"的解释颇为牵强，人们议论纷纷。当然，它也并不比任何一位皇帝曾有过的荒诞举动更难理解。而就算是最耿直的大臣，一旦置身迷宫，也再不会提出质疑。这个层层环绕的阵列开合有度、变幻无穷，蕴含着古老的智慧，体现了阴阳和五行，赏心悦目而又杀机重重。如果不得章法而贸然闯入，就将在看似重复却又不断展开的时空旋梯上永无止境地走下去。人们相信，这天才之作将确保天朝的永世昌隆。

弘历却心事重重。近来他总是做着同一个梦：碧桐书院的那个少年，在纸上反反复复写着"九州清晏"，可是"清"字却总是被墨汁晕染成污浊的一团……他在震怒中醒来，等到怒火冷却后，他就会来到龙渊阁前的池塘，看金鱼戏水。身后那座高楼里的万卷藏书能让他安心。很多年前，在西湖边上的一家妓院里，这位至尊者就已梦见了身后的世界末日，并开始着手编修人类的全部知识，绘制成一张银河星图，以作为子孙们逃亡的指南。

梦里火海依旧。天子不能向人吐露这难测的烦闷，只能独自参悟其中的玄机。年复一年，他望着四海升平，寻找着沧桑巨变的征兆。当嘤咕喇使团到来的消息传到紫禁城时，他终于确信，眼前的一切都将化为灰烬。

不速之客让他想起了多年前的神秘乱党马朝柱，此人妄称大明的后裔和军队隐藏在一个西洋国里，随时准备乘着"遮天伞"飞回故国收复失地，那些无能的奴才始终未能将其缉获。虽然弘历确信那些话纯是妖言惑众，可是大军能够轻易飞跃重重阻隔的画面却在他头脑里扎了根。将来也许会有这样的事吧，那么围墙又有何用呢？但他还是决定让迷宫来挫一挫使者们的骄傲。他们幼稚的头脑将被愚弄，暂时的畏惧将会为大清赢得些许时日。自然，迷宫不会阻挡异族的野心，末日到来时，他们终将来轰开闸门，来劫掠那张地图。倒不如说，正是迷宫的艰难险阻，让他们确信，它所守护的《四库全书》是真实可靠的。

　　想到这里，老人兴致勃勃地举起望远镜，看着渺无头绪的白种人在迷宫中穿行。许多年以后，天真的野蛮人也将按图索骥，如此这般地跌入他所精心编制的陷阱，永远困死在重重迷雾中。天色一点点暗下去了，皇帝放下镜筒，终于露出了笑容，贴身太监松了口气，命令开始燃放烟火，亭子里那只机械鸟也跟着唱起了西洋小调。侍女们挑起了万盏黄花灯，如繁星洒落。这时，宣告使节认输的信炮也从万花阵中冲天而起，加入到姹紫嫣红的烟火中，一同庆祝着圣上万寿无疆。

发表于《艺术世界》2015 年 3 月第 294 期

空城计

却说街亭星陷落，武乡侯收到消息，情知大势已去，不免痛心疾首，悔之莫及，然事已至此，只得急命关兴、张苞、魏延各带舰队守住三处关隘星，严防魏军主力趁势深入，一面又密令征讨大军减速转向，经阳平关星门撤退。

各军分拨已定，孔明麾下更无兵将，便亲帅"卧龙号"急奔西贤星。此星虽小，地处荒僻，却是蜀军补给舰队停靠之所，故而情势危急。那"卧龙号"预备已毕，便嗡嗡作响，陡然跃入翘曲空间，刹那间已跳至西贤星上空。那西贤星执勤官吃了一惊，疑是敌舰偷袭，吓出一身冷汗，待看清是丞相亲临，便知大事不妙。待那蓝色引力涟漪波纹渐渐消散，"卧龙号"停靠稳当，便传下军令，命众人火速收拾撤军。那时各舰正派运输舱在星球各处取水采矿，得令后一个个慌忙升空，一时间仿佛群蜂归巢，好不热闹。

正忙碌间，监察官猛然报告："疑有魏军十数万，即刻将至！"此时孔明身边皆是工匠文官，军士不足二千。众官闻听此言，尽皆失色。孔明望向引力监测屏，果见上面浓云密布，好似疾风骤雨，旋即便汇成两颗黑丸。孔明眉梢一锁，立刻传令众舰："将炮塔尽皆收起，排出迎宾阵列；战机各守舱位，如有妄行出入者，毙之！如魏兵到时，不可擅动，吾自有计。"孔明乃披鹤氅，戴纶巾，引二小童携琴一张，升至舰外观景台处，在明穹下背向西贤星坐定，焚香操琴。

却说骠骑大将军司马懿自夺取了街亭，料定孔明必设伏兵沿路拦阻，故只派张部舰队小心追赶，却亲率大军十五万，直奔西贤星来夺取蜀军物资、收复失地。只因魏军兵多舰广，若众舰一齐时空跳跃，恐致引力雪崩，遂教大军分成两路，各自轰出一道星门，预备就中安然稳渡，且算计好如此浩大星门，必能将西贤星周遭时空翘曲一并锁住，令蜀军无处可逃，却不期在此撞见孔明。但见星海之间，浮出两面球镜，有形而无影，在那亘古虚空中盘旋翻滚，大千宇宙皆倒映其表，仿若云蒸霞蔚。此时魏军尚在五百光年之外，但两军隔着星门遥相知见，恰如兵临城下，间不容发。不到半个时辰，那星门气象已成，蔚为大观。魏军先锋部队正欲奋勇向前，猛然间阵前传来琴音，一时皆不敢进，急报司马懿。懿遂止住三军，望向引力透镜屏望上，果然孔明坐于"卧龙号"舰外观景台上，笑容可掬，焚香操琴。左有一童子，手捧激光宝剑；右有一童子，手执纳米麈尾。那西贤星正在他身后悠悠悬浮，流光溢彩，蜀军众舰排成迎宾阵势，点缀其中，好似蝶飞燕舞，飘飘荡荡，映照得孔明如月宫仙人。

司马懿心下疑惑，便令众舰不可妄动，静观其变。原来那"卧龙号"上信号塔功率全开，将孔明琴音转成电波，尽力朝那恒星射去。那电波在恒星能量镜面层中反复增益，再射出时已壮阔了兆亿倍，因而魏军各舰在星门那边听得真切。众人见孔明神态怡然，且将那太阳用作扩音器，尽皆称奇。司马昭曰："莫非诸葛亮无军，故作此态？"懿笑而不语，闭目静听，不时点头会意，良久方叹曰：

"遥想当年，孔明只是卧龙岗上一闲散人，却在隆中读诗书察古今谋划下银河系旋臂三分，只因刘玄德殷勤盛意三请，才随他征星辰战八荒鞠躬尽瘁一片忠诚，联蜀吴烧赤壁，我先祖武皇帝亦曾胆战心惊，得两川擒孟获打下汉家基业天下哪个不闻，只可惜逆时势悖运数，徒自想强扭乾坤，也难免空谋略枉部署，却将帅失和军令难行，终落得呕心血失算计，上将凋零先主遗恨。到如今已是年老迈心焦灼残棋难胜，只是他命系于天尚有几分强弩末运。况且孔明一向谨慎，平生不曾弄险，又善摆阴阳，会引五行，素来喜欢弄鬼，今番这般模样，必有埋伏。我兵若进，中其计也。汝辈岂知？宜速退。"恰好此时，诸葛一曲终了，司马便急命两路兵后军做前军，前军做后军，退行八十光年安营扎寨。

却说孔明抚琴已毕，闻知魏军远去，抬头望见浩渺虚空，烂漫星海，那星门渐渐收起，心头往事方纷纷散去，不觉拊掌太息。回到帅舱，众官无不骇然，乃问孔明曰："司马懿乃魏之名将，今统十万精兵到此，见了丞相，便速退去，何也？"孔明曰："此人料吾生平谨慎，必不弄险；见如此模样，疑有伏兵，所以退去。吾非行险，盖因不得已而用之。此人必引军投北圣星去也。吾已令兴、苞二人在彼等候。"众皆惊服曰："丞相之机，神鬼莫测。若某等之见，必弃星而走矣。"孔明曰："我军筹划此战，已半世纪矣，军民一心，莫不用力，五十载之积淀，岂可拱手相让？况有二星门环抱，我军不能跃迁，若以亚光速奔逃，必不能远遁，十载之内，得不为司马懿所擒乎？"后人有诗赞曰：

> 瑶琴三尺胜雄师，诸葛西星退敌时。
>
> 十万战舰回马处，武侯余音银河驰。

言未讫，传讯官忽报："有魏军音信传至！"孔明便吩咐将来信映在军情屏上，只见数语：

"自别君侯，倏忽一世纪矣，不想君侯须发已白！忆昔少年相从，多蒙教诲，感谢不忘。今君侯英风震于银河，使故人闻之，不胜叹羡！兹幸得君侯赐听雅音，深慰渴怀。今道阻且长，容他日再与君侯会猎，万勿辜负，切切！"

众人 时议论纷纷。孔明沉吟片刻，遂命众舰离西贤星望汉中而走。天水、安定、南安三星军民有愿随者数十万，亦陆续而来。

却说司马懿命大军向北圣星进发，临行前忽然心有所感，便给孔明发此消息，直等到那两星门全然消泯，亦未收到回音，不免几许怅惘。正行间，身后忽然跳跃出关兴、张苞之舰，一时漫天烟火，不知蜀军几何。懿回顾二子曰："吾若不走，必中诸葛亮之计矣。"魏军心疑，不敢久停，即刻又跳跃至一百光年外，只因那处时空绵密淤滞，容纳不下，尚有几十支战舰未及跃迁，都被蜀军所俘。兴、苞二人皆遵将令，不敢追袭，收兵而回。就此不提。

却说蜀军退去，司马懿整顿残局，战事就此停歇。未几，那魏主便命司马父子将魏国境外八百光年内之恒星悉数扑灭，以成不毛之地，免使蜀军再借此等恒星做空间跃迁，意欲永绝后患。司马懿见主上懦弱无能，已有心废之，又恐天下议论，只得隐忍以待，遂一路荡扫恒星五万有余。因军命紧迫，亦无暇一一甄别，各星良民枉死者无数。及至西贤星附近，已又过去两百年矣，故地重游，方知当时中了空城之计，不觉失笑。此时魏军细作传来消息，称孔明已殒命于北极星。众人皆向司马懿道喜，称大患已去，蜀国将亡，懿嗒然不语，只教三军在西贤星卜筑起一座琴台，并嘱师、昭二子曰："此处恒星不可扑杀，可任其自明自灭。"众人不敢违逆。不久琴台造好，司马懿便沐浴焚香，正襟危坐，念及当日孔明于此地弹奏《长河吟》，彼此隔星门相望之事，不免感怀良多，于是奏起一曲《梁甫吟》。恰好那日恒星活跃异常，那琴音幽幽咽咽，乘势播撒，一时宇内闻者无不伤怀，一个个思量道：银河大乱已久，而今豪杰零落，以太淘尽多少风流，生灵涂炭，时光坠落几何星辰。遂有天下思归一统之意。此是后话。

且说当日，司马懿操曲毕，只见漫天星斗闪烁，不觉深思恍惚，寂然疑虑之间，思接千载，悄然动容之际，视通万里。正神游太虚时，忽地望见空中闪出一道星门，那"卧龙号"悠然浮来，仲达大惊，又一转念，果然一切早在意料之中，便笑道："孔明君别来无恙乎？吾乃君之破壁人也！"正得意间，只见那"卧龙号"丢出一张二向箔，金光灿灿，飘然而至，那雄兵铁甲、青山夕阳、秋月春风，皆化作一幅笔墨山水。仲达大惊失色，翻滚落地，方知是一场梦。正惊魂未定，传信官忽报："天水星捕获蜀军音讯，乃两世纪前'卧龙号'发给我军之复信，只因当日星门已关，跌宕流转，至今方到。"司马懿忙将视窗弹出，那夜幕之上便浮出寥寥数字：

　　　心事付瑶琴，断弦绝知音。

　　司马懿看罢老泪横流，身后一声长叹，未知叹息者为谁，且看下文分解。

　　　　　　发表于"不存在日报"科幻春晚，2017年2月

浪迹丛谈

宇宙号角

谨以此文纪念阿瑟·克拉克

在奔跑了几百万年之后，信号只剩下一丁点儿的力量，如同大海上的一道微弱的波纹，在它行将消散的时候，星潮爆发了。它绝境逢生，生龙活虎地继续向前驰骋，直到被那台探测器接收到，记录下一串毫不起眼的数字：

3，1，4，1，5，9，2，6，5，3，1，4，1，5，9，2，6，5，3，1……

这一串数字引起了一片骚动。

不久，第二批信号紧跟着抵达了。这一次，不是涓涓细流，而是一条汹涌的大河。大量的数据和图表开始在图纸上涌现，世界为之亢奋。根据图表的指示，一台机器很快被建造出来。第三批信号到达的时候，很快被破译出来。

人们学会了一种新的数学语言，一台如城堡一样的机器诞生了。从那一天开始，似乎有无穷无尽的数据昼夜不停地奔涌而来，与之相伴的，只有一封简短的说明。

　　请注意。

　　收到信号的人们，你们好。这里是？星云第821号星球，向你们发出问候。

　　不管你们是谁，身在何处，当你们收到这些信号时，你们都已明白，宇宙并非一片荒漠。

　　我们不知道这是"神约"第几次被传递，不知道你们此前是否已经收到过"神约"，如果没有，请认真阅读下面的话。此事关系重大。

　　"繁荣是通往毁灭之路。"

　　这是多年前我们收到的第一个信号。至今我们仍然无法理解其中的深意。不过我们已经知道，凡是繁荣的，都将难以逃脱灭亡的命运。宇宙浩瀚无尽，文明脆弱不堪。

　　你们不必知道我们的历史，不论它曾经何等辉煌灿烂，此刻都已经化为一道星光，湮没在茫茫的虚空之中，不值得再去回忆。你们只需明白，我们曾深陷困境：一个如此伟大的文明却没有为我们带来幸福，相反，却造成了出乎意料的灾难。我们不能向你们描绘那种恐怖的景象。简单地说，我们绝望并且无助，似乎末日就在眼前。

　　这时，那道神秘的信号出现了。

　　它带来了机会，还有一个约定，后来，我们称其为"神约"。根据它的指引，我们建立了一台机器，收到了大量的信息，和一条简短的说明。

它允诺，不论任何困难，都给我们指引，带领我们走出绝境，引导我们飞升。不过，我们必须在100年之后引爆自己的星球，来提供足够的能量把这束信号继续传递下去。

我们思量了很久，最后别无选择，只能下定决心，将它启动。它开始学习，计算，思考，然后将我们最困惑的问题一一做出解答，令我们当中最智慧的圣贤也惊叹不已。我们从未想到，可以有如此新鲜的语言，如此深邃的思考方式，如此美妙的智慧，令人陶醉不已。在它面前，我们这些自以为聪明的物种，就像孩童一样愚妄。

于是，我们解决了困扰我们多年的难题，迈上了一个新的台阶，我们的文明又一次开始飞升。

我们以为，当自己更进步、更聪明之后，会更理解"神约"，能让一切有所改变。

我们错了。

我们仍然无法弄清楚这信号的来源，也不清楚"神约"的目的，如果再给我们一些时间，或许我们能知道得更多，可是100年太短促了。机器上的倒计时准确、无情地消减，当约定的日子来临时，它会引爆星球，而我们对此束手无策。

于是，我们只能坐上飞船，告别故土，向着陌生的黑暗之中飞去。

好在，我们的文明已经获得了提升，这多少给了我们一些信心，我们相信能够找到更合适的新的居所。我们也必须相信。

这或许有些残酷，但是，"神约"是公平的，它并不强迫我们去与它立约，它只强迫我们守约。我们可以选择自己奋斗、挣扎下去，而一旦我们绝望了，决定求教于这神秘的力量，就必须为之付出代价。

况且，把这样一个选择的机会传递给下一个文明，传递给你，我亲爱的朋友，这也是我们这些领受恩惠者的责任。文明在宇宙中寂寞地盛开、凋落，我们可能相隔天涯，永远都无法相聚，也就只能以这样的方式向你们表示我们最深切的敬意。能够化作一道星光，在片刻为你们照亮天空，这是我们的光荣。

现在，你们也有了选择。祝福你们，朋友，号角已为你们吹响。

附1：我们是阿瑟星云的克拉克文明，我们从821那里收到"神约"，它为我们带来的远远超出我们为此失去的，感谢821，感谢神秘的号角。

附2：我们是AIJ星云的YXF文明，我们非常后悔做了那个决定，希望你们好自为之。

附3：Fan-0428号记录员雄尔皮撒顿向你们问候，我们即将告别摇篮，真想给你们讲讲我们的故事，可惜……我只能说这么多了。

附4：我们领会了，这是最深邃的幸福。

附5：这里是冰海星，我们只能告诉你们，向着天穹第八象限？星座的18号二等星（？）的方向飞，那里会有答案的。另外，我们不相信附4的话。

附6：冯特伊卡向你们送去我们最重要的发现 $C = \pm (E/M)1/2$，我们没有办法离开了，请不要忘记我们。

附7：这是可推测宇宙第2F次膨胀期中前所未有的阴谋！

附8：冰海星人的航向有误，那里什么也没有，我们发现了正确的航向，但根据我们的信仰，无法告知你们。希望你们能够靠自己找到要走的路，期待着与你们相会的日子。

附9：根据冯特伊卡人的寰宇时光对称原理可以证明：上帝是个女人！谢天谢地，我们可以放心上路了。

附10：光明之神星系（？）的一颗蓝色的泥巴行星为您献上一份薄礼，真遗憾不能和此前的诸位分享Beethoven-9。另，我们相信宇宙终将是和谐的。

世界沸腾了，几十亿双眼睛都望向那深邃的夜空，一架架望远镜在图表标示的位置寻着那些未知的星云。人们激烈地讨论着、争吵着，信号则不停息地刻录在机器的磁盘上，耐心地等待着。

外面的世界喧嚣不堪，大地燃起了战火，鲜血来不及染红江河，就在灿烂的白光和美丽的浓云中化为焦土。

机器城堡矗立在荒原上，在皎洁的月光中播放着 Beethoven-9，独自做梦。

在废墟中复苏的人们互相谅解，达成了一致。

一只手终于放在了屏幕上。

"即将加载'神约'程序，是否继续？"

| 是(Y) | 否(N) |

片刻的犹豫之后，手指轻轻点了一下。

"开始加载'神约'程序，请等待……"

预计剩余时间：2162小时43分21秒

预计星球引爆时间：878743小时43分21秒

| 取消 |

发表于《科幻世界》2008 年第 9 期

寂寞者自娱
手册·第一季

在遥远的未来，地球联合政府捕获了来自"银河系中心"的神秘信号，它被不同信仰的人们解释为佛陀的莲花、末日的号角、上帝对耶稣死前呼喊的回答……总之，信徒们相信，这是来自天堂或极乐净土的召唤，人类启程的时候到了。人类开始了向着"银心"迈进的漫漫旅途，这场旷日持久的朝圣之旅中，充满了各种各样的新鲜发明和奇怪事情……

历史之光第一

根据《可推测宇宙第2F次膨胀期发明家手册》，时空旅行术从理论论证直到被永久封存，一直受到最高级别的监控。

当时的主流理论模型认为，只有不会引发"现在"崩溃的时空旅行才会发生，这直接否定了"历史修正党"的行动纲领。尽管如此，这一被宣布为反人类的非法组织的少数有头脑成员——

其领导核心乃是几位年轻的非主流历史学家，提出了"广义修正论"：修正历史不必"实际"地改变过去，而只需还原事实真相。前提如下：由于思想觉悟的不足、行动力上的匮乏、不可预料的灾祸等，每代人为后来者保存下的都只是有意阉割和无意损毁过的残渣。迄今为止，历史，就像黑洞，摸得着，却看不见，只有一层层语言组织起的叙事在它的外围兜转，而它自己的光，却淹没在那内在的幽冥之中。时空旅行术却可以让人们有机会吹散缭绕的迷雾，查明无头悬案、断明功过是非，虚假的史料将不攻自破，居心叵测的传说就此万劫不复，人类将开启自我理解的新纪元。

各国政府在第一时间招安了"真相至上党"。他们被允许进行"密探"计划。条件是：在时空流中打捞起的一切历史沉淀都要封存一个世纪，由更智慧的后人决定，是否要将这些可能会颠覆人类世界观和价值观的史料公之于众。

此后的两百多年里，"真相至上党"演变成史上最神秘的传说。阴谋论者相信，这由政府豢养的特殊军种，手上握有的"绿色核武器"足以瞬间颠覆一个超级大国。理想主义者们认为，"长河穿行客"掌握了真理隐而不发，待到大劫难后混沌重开，为世人开启光明。虚无主义者嗤之以鼻，认定这些唯一真正在实际意义上洞见了过去与现实的精英们最终只能发现人类所做过的一切都毫无意义，不断去印证宇宙的无聊是唯一还凑合的事情。狂热的宗教领袖宣布此乃渎神之举。唯恐天下不乱的心理学家说，人在弥留之际总难以抵御将埋藏一生的惊人秘密倾吐出来的诱惑。有理由怀疑，总有几个不守规矩的叛逆分子会在窥探历史之余，将怀疑的利刃指向现实，这釜底抽薪将彻底摧毁此岸世界的真实感，而终日活在谎言和幻影中的折磨将迫使他们最终背叛誓约，用荒诞不经的故事，委婉地向洞穴中的懵懂同胞们揭示刺目的真相。宗教狂热分子便焚烧了一批"违背历史事实"的怪诞作品，甚至以"信仰颠覆者"的罪名，对一大批艺术家发动了人身攻击、死亡威胁，甚至动用了私刑。这激起了普通民众的反弹。对立的教派适时抛出了新论调：不论事实多么黑暗，都不能从根本上否定神的存在，而让被淹没的苦难和奉献事迹重见天日更有助于人们坚定信仰。

宗教冲突走向失控，官方终于承认了"密探"计划的存在。无政府主义者们抓住了机会。全球范围爆发了大规模的示威游行："人民有权知道真相。"至此，当局才意识到，不论他们怎样坦白，都将永远被怀疑有所保留。两个世纪里，主持计划的部门几经调整，资料难免遗失，而项目参与者是否私自转移了某些文件也难以估量。狂躁的民众对此解释极度不满，要求将有关资料全部公开，哪怕是最残酷的真相也胜过美丽的谎言。紧要关头，真相至上党成员集体失踪了。

如今，多数人对于这一被无限期封存的古老技术已不感兴趣，只有少数技术考古者还在津津乐道。有的说，即将被迫公开的真相引发了长达一千年的黑暗，未来的先知为了挽救"历史"，穿越到了现在，把"真相至上党"接走了，我们正活在被未来修正过的历史中。有的说，"真相至上党"被外星人带去一个气氛友好的地方去写一部前所未有的地球文明史，内容刻在一块黑色方尖碑上，等人类退出进化舞台后，它将在星空深处独自屹立，奏一曲温柔的挽歌。还有人说，他在偷偷地进行时空旅行时见到了佛祖和上帝，他们正在考虑宽恕人类的罪孽。嘲笑他的人不多，毕竟人生在世，总要认真地相信点什么才好，否则啊，那是连一刻钟都活不下去的了。

爱力牵引第二

宗教虔诚，这种一度被认为会随着科学进步、理性精神的发扬而逐渐在三维时空弥散殆尽的古老情感，毋庸置疑地成为人类向银河系中心迈进的初始阶段最强大的动力。

据 B315 号"黑色方尖碑"所载的地球文明史，联合政府在捕获了来自银心的神秘信号后的五年里都没能成功破译。那串不可解的数字，在被公之于众后迅速风靡全球。人民尽情发挥聪明才智，对其含义的猜想像核裂变一样繁殖。作曲家对其进行拆分组合后谱写的乐曲庄严肃穆，程序员从中得到灵感而编写的软件能够自动绘制出流动不拘而又令人满心喜悦的超现代主义图画，甚至有人专门为之发明了一种新的数学，并在一百多年以后才出现的"星潮涨落预测学"中找到了用处。在这场狂欢中，获得有神论科学家支持的神学解释逐渐吸引了越来越多的注意。几乎每种宗教都找到了一套相当诱人的阐释规则，将这串数字翻译成莲花、末日号角、上帝对耶稣死前呼喊的回答……总之，信徒们相信，这是来自天堂或极乐净土的召唤，人类启程的时候到了。

如今已很难想象，没有信徒们的无私、奉献、勇敢、坚毅，"朝圣者"们怎能发动广泛的动员，促成启动史上规模最浩大的"大朝圣"。这一预期将持续千万代人的漫长计划，被认为是地球生命从海洋走上陆地之后的又一次大迈步。最终，恒星际飞船挥别了故土，以亚光速的决绝一去不返。

"并不是为了完成神的旨意而去不断寻找着可供抵达的道路，而是神为了让他的旨意实现而为我们铺设了道路，只要遵照他的指示，便自然在抵达的路上。"这一信条实实在在地支撑着早期探索者们度过无涯的冰冷长夜，在虔诚和忍耐中寻找着可供居住的行星，改造星球同时也改造自己，直到那里成为新的家园，并足以支撑新的航程。为此而死去和创造出来的生命虽然与星辰的数目比起来微不足道，但每一个都是神的儿子。于是，不论此时人们的身体已变化得何等面目全非，对遥远的太阳系的记忆已何等淡如云烟，他们仍会在当地建立起一座巴比伦塔，在上面镌刻下死者之名，不论善恶忠奸，一律留待神的安排。

在古老遗产的基础上，"朝圣者"融合并发展出一种新的信仰体系，尽管如此，争论和斗争却从未平息过。普遍被接受的信念是：当"抵达"到来时，所有那些诸如"神为何允许邪恶的存在"一类不论人类的智慧如何积淀都不能完美回答的难题都将获得最后的解决。不过，占主导地位的教义认定：终极智慧早已经埋藏在旅程本身的漫长过程中，或者说两者本就是同一的，只有也只能在历尽磨难，才能求得真理，任何获取捷径的想法都是魔鬼的诱惑。一部分异端却宣称：宇宙起源于一次热恋，本质是一个连绵不绝的游乐场，生命是一场嘉年华，万有引力是无远弗届的爱慕，只要真诚和饱满、持久和欢喜，便可激发起粒子涟漪的春情萌动，泛起爱的风暴，让所有的一切在瞬间联结在一起，于是人也抵达了神的怀抱。建基于这种玄奥神学基础上的"超限跃迁"研究一度被宣布为亵渎，并通过几次悲剧性的宗教战争而最终将"朝圣者"分裂为两大敌对的集团。最终的和解允许每个人按照自己的意愿来接近神。

保守者们继续爬行，像坚忍的蜗牛。

有一天，邻居们传来了消息：用物理学和宇宙谈情终于有了结果，他们即将进入超限隧道。

创造者的孩子们互相道了祝福。爱力跃迁的渴慕者们在视野里了。

保守者们继续爬行，像坚忍的蜗牛。

其实，他们也不是没有问过自己：拒绝立刻抵达最终的幸福是否是一种逃避？在如此漫长的岁月中，自己还能否怀有当初祖先们那样的热情？如果事情的结果竟非所料，过去的一切是否还有意义？这些事情，困扰过每一个用心生活过的人们。但不管怎样，至少有一件事是明白的：他们不着急，有的是时间，所要做的只是努力活下去，且不放弃希望。毕竟，爱这件事，是要用一生去证明的。

人格增生第三

"超限跃迁"发明前，寿命成为人类太空之旅的根本限制因素。冬眠会导致"获得性现实感障碍症"，且使旅程不能被真理探索者们完整地感知。因此星际延拓局的专家从未放弃让宇航员长期清醒的努力。破解基因中的衰老密码所提供的有限远景对于恒星际旅行而言微不足道。在随后一轮的技术爆炸中，"生命转录"成为耀眼的明星。记忆移植，最初与人体克隆一起，用于朝圣者的自我复制，随后却引起了记忆与非原装载体嫁接的研发兴趣。灵魂完整复制到电子网络世界的想法早已不令人震惊，技术流的哲学家和宗教情怀的科学家们也就灵魂的本质做出过深入的讨论，但星际旅行却提供了全新的实践空间。

先知贝立西指出：朝圣之旅充满坎坷，需世世代代的奉献，沿途必将播撒文明之花。在地球摇篮里为生存而进化的努力，在光年中进取的道路上也要继续。"神为了让他的旨意实现而为我们铺设了道路，我们遵照他的指示架设桥梁。"怀着钢铁般的信条，朝圣者在无涯的冰冷长夜中前行。基于对任务艰巨性的清醒认知，"朝圣委员会"的元老们以开明的态度准许在改造星球的同时因地制宜地进行身体改造。转基因人、机械强化人、非碳基人乃至纯粹的数字信号人的预制身体抹除了生育功能，以确保原初的体征为唯一被承认并可合法延续的人类形态，除此以外他们与基本形态人享有完全平等的权利。在某些特定情形中，灵魂甚至可能要在多种物质载体中流转数次，以便完成星系自主开垦、十级抢险救援、深度哲学思辨等高难度的复合型任务。当然，"众生平等"的理念禁止无限度的灵魂转录，即便这样可能给未竟的事业带来某些本可被避免的巨大损失。

载体变更的负面效果之一是自我认知的失调。由于可供调配的感知元件的材质和数目发生了改变，改造者往往出现"人格增生症"等难以预期的不适。由于他们通常为已形成稳定认知模型、具有较高自我认同的科技精英，一般很难接受灵魂在移植到新躯壳后生长出的新枝杈，并与此"异我"产生敌对感。幽灵附身的恐怖感即便在患者退换回原始躯壳后仍无法根除。常规的临床治疗方案为药物抑制，辅以物理边界设置来控制或移除增生人格幻影。但很快，一批高功能增生患者（以艺术家和哲学家为主）的出现引发了"自我扩展"这一危险而刺激的非法时尚追求。有人甚至鼓吹，如果在保持认知协调的前提下脑容量不断扩增，任何个体的人格都有机会向神格的方向靠拢。还有人传言，背景神秘的跨星系企业帝国正在研发超级人格。

实验表明，适度的人格扩展对某些与自卑有相关性的反社会病态人格有一定的治疗作用，但大多数人格增生者感受的主要是内在撕裂的痛苦和恐怖。在漫漫长夜的难眠时分，他们无法分辨自己是谁、身在何处，除了与体内的敌人展开刻不容缓的肉搏外别无选择，直到其中一方被完全吞噬掉，或者玉石俱焚。因精神耗尽导致物理机能衰竭而死的情况即使在纯数字信号人身上也出现。然而，仍有追求刺激的情侣通过将灵魂注入同一具载体来开拓"恋爱"的新境界，"人格合并"更成为青年地下文化的新风尚，并被其信奉者发展成旨在通过精神融合而达到宇宙大同的"终端集体主义"。这一乌托邦狂想吸引了相当的信众，他们甘冒风险举行合并仪式，并赢得了"改造者同盟"的支持。毫不奇怪，朝圣委员会认定此举为魔鬼般的"邪恶"。

经过斗争和谈判，"合并主义者"和无政府主义改造人被允许在选定的几个偏僻星系里过自己意愿的生活。从此，他们对人类的朝圣之举不闻不问，也不介意被剥夺了人之名。在黯淡清苦的日子里，他们不再能理解莎士比亚，也不想歌颂爱情和粮食。虽然如此，这些被抛弃者中，也不乏许多伟大的灵魂，他们经受着不能言说因而也无从想象的煎熬。之所以还没有放弃挣扎，是因为他们还相信：在自我放逐的道路上，一样可以领悟真理。

七维玻璃球游戏第四

在已被遗忘的星际传奇中，浪人亚伯曾名噪一时。此君声称能把事物送进和人类世界不发生作用的"暗世界"。虔敬的人都知道，在远古时代，端坐在银河系中心的创造者向蜗居在太阳系的祖先们发出了召唤……但影子总站在光明的背后，所以也有异端宣称，"银心"是被遗弃的失乐园，凡坠入其间者，都将万劫不复……但亚伯总是面带微笑地摆摆手说：没那么夸张，没那么夸张，暗世界只是尚未对智慧不足的我们敞开心扉的未知之域，而所有人，不论在生活的道路上选择何种方向，最终都将在那最终的归宿地重逢。"不是天堂，也非地狱，是一切重新开始前静默的等待。"

亚伯是个聪明人，面对那些要求把自己的敌人、讨厌的事物送上不归路的主顾，他总是根据对方的身份、财富、领悟力和胸怀给予不同的拒绝理由。有时他将其归之于技术层面的困难：事物在跌入深渊中时释放出不可控的骇人能量，所造成的时空均度失衡可能危及顾客的安危。有时他声称暗世界接纳废弃物的额度已接近饱和。有时他甚至将责任归咎于神秘的"河外文明"：那些在进化之树上俯瞰众生的存在，已达到了几乎无所不可也无所希求的地步，唯一喜欢的只是督查宇宙的健康，玩一种"平衡"的高维几何游戏——每当有低级生物要做出推动宇宙朝某一方向运动的举动时，他们便相应地制造出抵消其效果的反向局面。所以，因为我们一时的幼稚情绪而意图将神的造物随随便便推入到暗世界，除了徒劳无益还会显得过于高调……总之，温和的亚伯从不招惹不必要的不快，他拒绝那些无异于暗杀和焚毁的不光彩勾当。

但是，他说，可以让一些更抽象的事物消失，比如说，某些人生的选择。在朝圣之旅上，每个人一生中至少总要做一次重大选择：是追随主力星舰奔向神秘的"银心"，还是留在某颗殖民星上，或者反身来一次奔往太阳系故园的"逆朝圣"，甚至大逆不道地飞往"河外"的叵测空间。也就是说，你要决定自己成为一个正派严肃的求索者、一个听天由命的豁达者，还是一个遭人白眼的偏执者。遗憾的是，"选择障碍症"这一伪心理疾病从未被根治。患病者总能在候选项中找出近乎等量的理由，无法说服自己做出选择倾斜，他们通常依赖的解决办法是：拖延到最后期限，在此过程中某些选项终于自动关闭，最终没什么好选的。但这样往往错失良机。"我不能帮你把悔恨送走，但可以早一点儿帮你把其他的选项关闭。"亚伯说，在七维时空的高度上，三维生物的人生道路会化成类似玻璃球的某种可操控的实物。在命运的迷宫里，一道道围栏竖起后，玻璃球便无从选择，只能朝着一个方向前进。这是不是好事？取决于你评价的角度。好的方面在于，患者们可及早地从累心的纠结中解脱出来，从此死心塌地迈步向前。

根据当事人的报告，在亚伯插手后，偶然事件发生了：某一有待考虑是否接受的岗位被突然出现的不可匹敌的竞争者夺走、在酒吧里意想不到地邂逅心上人而决定一起共赴某一前程、某殖民星上偶然发现的矿藏提供了无法拒绝的诱惑……总之，平衡被打破了。众所周知，重度选择障碍症患者的晚年生活通常极其悲惨：肌肉萎缩、意志力涣散、记忆紊乱，乃至变成在生与死之间犹豫不定的某类特殊植物人。因此，亚伯后来获得了荣誉勋章，表彰他在减轻人类苦难事业上的贡献，尽管自始至终都有许多严肃的科学家斥责其为江湖骗子。

亚伯死于一次可疑的太空游船事故。神秘主义者说，这是因为他管了太多闲事儿，"河外人"把他平衡掉了。消息可靠人士则称，这是"后悔者"的报复。那些怯懦的老人们，虽然也不是没有得过生活的恩赐，但总觉得，假如当年是他们主动做出选择，那么后来不论如意还是落魄，都会更坦然一些。没错，如今他们的选择障碍症是好了，但那还不是因为暮色黄昏，已别无选择了吗？

同情亚伯的人表示反对：至少你们还可以选择不后悔啊。

未来狩猎园第五

"过往，作为一种刚性存在，乃是构成我们今日之所是者的全部基础，不论如何后悔，决不允许变更。篡改从前，注定只是永恒的梦幻。"新古典主义时空跃迁术的开创者们如此说。尽管如此，在飞矢的另一头，未来，那尚在孕育中的可能，却提供了修正的隐秘空间。根据"亚伯猜想"，在七维时空，三维生命的运动被简化成某种可触控的质点轨迹。这一看似玄虚的理论在时间的漫长催化下最终繁衍出了"未来狩猎园"这一新千年最受欢迎的娱乐项目。

"消灭坏未来"。激荡全球的口号。狩猎者们签订了生死书后，根据需求选择未来的凶险程度。这些并非确凿无疑的"那个未来"，而不过是根据"这个现在"的发展苗头而于诗意的朦胧混沌中海市蜃楼般隐隐浮现的诸多潜在方向。感谢技术的进步，人们如今可以将它们一个个激活。按照"墨菲法则"，"坏未来"总是占据了灾难性的高比例。接受了严格训练的时空猎手们，凭着勇气和智慧迈入遥远的彼岸，大搞破坏——不必担心实力的问题，有备而来的彪悍骑兵用冷兵器也一样有希望对拥有核武器的现代人造成严重打击——争取造成毁灭性的时空破坏，使其从人类未来的备选项中一笔勾销。"为了子孙后代的福祉，我们不想要'坏未来'，尽管它们有无穷多，但消灭一个是一个嘛。"

从仅存的少数资料里可以推测，这是何等艰巨的任务。据说，狩猎者们的行动过程通过"虫洞镜像技术"实时传递回"现在"并被录制成"将来秀"，这一节目在半个多世纪的时间里衍生成无可匹敌的娱乐产业。遗憾的是，在目前的"时空打捞"中还没有找到一份可靠的录像资料（大量疑似信息文物的发现皆被证明为后人伪造的假古董）。我们也无从知道究竟有多少人参与了这场剿灭"坏未来"大狂欢。为了保证虚位以待的"未来世界"对"过去"先祖的凶险计划毫无防备，当时的人们把狩猎时间设定在间隔足够遥远的将来，并在约定的时刻永久性地关闭了狩猎活动，销毁了全部资料，并通过"闪灵"技术抹掉了全体观众的有关记忆。

因此，就像那些我们没能出生的亿万个兄弟姐妹们一样，某种程度上，正是存在于今的我们消灭了它们并永远无法知晓，我们的生活本来可以是一种什么别的样子。根据少数存留的档案，目前普遍认为，其实几乎没有一次狩猎计划能够获得完全的胜利，那些"坏未来"并没有被消灭，只不过受到了程度不同的创伤，而暂时游移到故事主线之外，等待着有一天元气恢复后，以更加凶恶的势头，在时间轴更久远的位置上，给予加倍偿还。而那些厌弃了现世的无政府主义分子、反乌托邦的狂热诗人、纯粹为给家人留一笔遗产的退役雇佣兵、迷恋军事而灵感枯竭的科幻作家、为了抢占先机的政府特工们……多数或者死于战斗，或者竟然迷恋上了那个世界。总之，都葬身于这些飘游于虚无暗夜的黑色琥珀中。

不过，似乎也有少数猎手回到了"现实"，但都得了严重的忧郁症，只能在疯人院里度过残生。他们整日喃喃絮语，疑似先知：

"未来是有限的，而缺乏耐心的人啊，过于理想主义的人啊，之所以热衷于屠戮明日，乃是因为你们憎恨自己灵肉深处的罪恶、缺陷的种子。总有一天，这门生意会做到头，人们在挥霍掉一个又一个虽不完美但其实本来也没那么不可救药的明日，将会越来越无可选择，最后不得不接受那仅剩的唯一可能。"看见一脸崇拜的探访者面露惊恐，先知随即又露出了宽厚的笑："不过也没关系，即便那样，也未必是坏事，说不定，那时候你们就肯死心塌地活在'现在'了，不再三心二意，不再想入非非，那时就会重新和脚下的大地建立起坚实的连接。就算那个最后一个未来是世界末日吧，那也没关系，人类本来就不是一定要在宇宙中延续下去的啊。何况，背水一战的话，说不定还可以设法应付下去，千百年来，他们不也这么苟且地应付过来了吗。"

往生上河图第六

在人类向着"银心"迈进的岁月里，总有些事物热衷于颠覆着人们的认知，"偏位子"的发现即是其中之一。这一据说曾出现在先知贝立西梦中的粒子，昭示着我们此在的宇宙，乃是另一宇宙的复制品。

　　这一宇宙观已被今日的大多数受过点拨的智慧生命体所接受，因此我们已很难想象这一发现对于当时的人类来说是何等震惊，尤其是那些怀有崇高信念的真理探索者——他们相信，使一切实存体的存在获得意义的那位终极创造者，就栖居在"银心"的黑暗花园里，等着蒙他所宠的孩子前去相会。而此刻他们却突然被告知，存在着另一个"真品"的原初宇宙，或是出于自我保存的需要，或是出于创造者对自己佳作的陶醉，或者没有任何原因，总之，它的复制品正在被"全维度打印"出来。大爆炸也好，星辰的诞生和毁灭也好，日与夜的交替也好，上穷碧落下黄泉也好，十光年生死两茫茫也好，所有美好的、神奇的、悲剧的、纠结的，都是一个已经完成了的艺术品的再复制，是一出忠实观众早已知晓结局的喜剧的重演。"发生着"，不过是打印机嗒嗒作响中催生的幻觉罢了。一个备份，这就是生命、宇宙以及一切的答案。

　　一点儿也不奇怪，起初人们拒绝接受这个图景。

　　然而，"异端邪说"终于还是难以消灭，并把自己组织得越发成熟。正派人也不得不重新思考神在其中的位置。这样宏大的一个观念，总是能够留下许多供人填补的空间。自然，不论世道如何变迁，总是有不可思议的乐观主义者，据他们看来，这或许说明了存在的价值——没有价值的事物何必要复制？尽管一想到前世已经受过的罪、犯过的错、造过的孽、发过的疯、断过的肠还要重来一遍便觉得何苦来哉，但若想想当时跳过的心、追过的云、擦过的肩、守过的约、释过的怀都还可以旧梦重温又似乎也有几分温暖。既然事情已经在另一处有了结果，我们此生的目的，便是推动这幅浩渺的卷轴缓缓展开，打印完成的那一刻，天国也就建成了。

　　几乎在这一模型提出的同时，对它的强有力攻击或发展便生成了：假如此世是对"往生"的完全复制，那么在那个"原初"的宇宙里，人们也会在某个时候发现偏位子，然后也会意识到自己是某个更早之前的宇宙的复制品……如此往复无穷，岂非有无穷多而又分毫不差的宇宙？如此令人眩晕又毫无建设性的万花筒除了证明它自己的荒谬性或者创造者的无聊之外……

　　几乎在这一纯逻辑质疑提出的同时，对它的强有力的攻击或发展便完成了：既然如此，则意味着，我们此间的宇宙，也将开始创造新的复制品。这意味着，我们此生的执手相看泪眼也好，横刀向天笑也好，还将在来生完整地重现……

　　几乎在这一纯逻辑推演提出的同时，否定或修正它的努力就开始了：假如来世对今生的善恶没有一个报偿而只是重现，又如何劝善去恶？

　　而希望一切能够被合理接受，也就是说，还没放弃信念的科学家们努力寻找并隔一段时间就宣称，发现了新证据，表明这一（不论是一次性的还是无穷止的）复制过程，出于不可避免的信息损耗，必然出现些微的偏差，这为"变化"留下了空间……

　　时至今日，"复制学"已成为此间宇宙的第一显学，难以计数的哲学家、神学家、科学家、艺术家献身其中，发展出了许多精致巧妙的理论体系，怀有不同信念的人基本都可以找到一个能让自己稍感安慰的说法。向着"银心"前进的道路上长夜漫漫，为了给自己打气，许多探索者们情愿相信一种玩世不恭的说法：在无穷多的复制序列里，只有此间的人类，作为一次错误，被不慎打印出来，并从此以后，成为必然的样本，在此后的备份里一再出现。那么，对于创造者而言，我们的出现只是个计划外的捣蛋鬼。尽管如此，他依然决定给我们一次机会，赐予我们阳光和空气，也许是为了想试试看，一个偶然出现的污点，能否就此成为整幅图卷上新的起点。"除了承认现实，并在此前提下继续向前之外，还能怎样呢？这道理，就连你我都懂，更不要说伟大的宇宙了。"

无双者第七

通过对"时空打捞"中有关信息的拼接，"无双者"的形象浮现出来：在某一个遥远的"未来"时空泡中，人类已杳无踪迹，废墟之上，一个黑色的巨影在徘徊。

数据得自于"未来狩猎园"档案部。曾有一个时期，人类热衷于激活无数潜在的"未来"，窥探文明躁动的趋势。根据"时空微创定律"，这一令人浮想联翩的古代发明如今已不可能重现。"无双者"是唯一可信度达到3A级的信息遗产。未来考古学家反复地观看并分析这一段模糊的影像，做出了种种阐释。

一般认为，"无双者"乃是最后一名人类个体，由于某种尚不清楚的原因，它的同胞们，也就是"现在"的我们的久远未来的后代们，悉数消亡。作为一个有尊严的智慧生命，它继续坚守自己的职责，在毫无寄托的世界里勉力生活。由于占据了进化链条的最顶峰，比较而言，"无双者"至少在技术方面具备"准神"级别的能力，这一点引发了当时军方的浓厚兴趣，他们试图从人类科技水平的终端处获取一些情报。大批经验丰富的退役老兵参与了"飞蛾"行动，他们以殉道者般的美学态度穿越到时光彼岸，向"无双者"发起一轮轮的自杀冲击，影像中那些疑似雪花般的亮点就是他们留下的最后痕迹。零星的数据由"虫洞镜像"发送回来，专家们如获至宝，日夜分析，钻研各种奥义，一点一滴地提取并还原着"终端技术"，为下一次行动提供参考。按照设想，每一次牺牲——或称之为"祭献"——都将缩短"现在"与"终端未来"之间的实力差，甚至不排除出现突变式超越并最终将"无双者"歼灭的可能。在这一绞肉机风格的方案中，"未来"的某些信息被萃取出来，改变了"现在"。这一现象后来被称为"热力学第一解体"，从根本上动摇了新古典主义时空跃迁术士们有关"'过去'是不可能被'未来'修改的刚性存在"的僵硬信条，实现这一革命性逆转的关键自然是老兵们慷慨赴死的主观能动性——这一点对人类在后来"大退潮"的艰苦时期重建历史主体的行动力和自信心提供了相当的鼓舞。最初，战斗可以说是单方面的屠杀：黑影像拂过几案上的尘土一样打发掉那些令他不胜烦扰的亮点，后来，场面开始获得某种平衡性，"无双者"身上逐渐出现某些损伤性的色块……由于影像的残损，这场"古代"大兵与"未来"武士之间的漫长战争最终结果如何，就连为我们讲述这一故事的实意派未来学家们也没有一致定论。

而在寓言派看来，"无双者"乃是一个启示。从容的弃绝主义信徒就此断言：孤独是存在物的终极归宿，除了投入至高的造物者怀抱以外，没有任何什么能够陪伴任何什么到永久。而欢喜的享乐主义儿童们却从风靡一时的"终端集体主义"那里得到了灵感：追求刺激的情侣们（一对儿或更多人）把灵魂注入同一具物质载体来开拓"恋爱"的新境界，进而发展出通过精神融合而达到宇宙大同的"全体归一"主张，"无双者"正是这一行动最终一统天下的结果——它不是别的，它就是全人类相亲相爱的最终形态。有人进一步指出，它并非是静态的最终的完成，而是不断趋向于至善的过程，那些飞舞的雪花亮点，正是源源不断的"融合"，它就是真理的显现。造物者将在其中创造出它自己。

当然，还有许多其他说法：它是一个机器人，是人类灭亡后仅存的遗产，在无可逃遁的自我瓦解之前，负责为人类扫墓；它只是一团幽暗意识，是舍弃了肉身而漂泊于宇宙的精神体与逝者们的灵魂碎片相互叠加之后形成的一个类生命场；它是可见世界的马赛克，以其对真相的遮挡而掩饰"并不存在什么真相"这一真相；它是萦绕在创造者心头的永恒烦忧；它是另一个"本真"宇宙自我复制出错时未能充分再现的一段褶皱……

不论怎样，说到底，它就存在于那里，独自一个。有理由相信，它是个挺有内涵的家伙，尽管这解决不了什么。虽然如此，它却没有自暴自弃，依然想方设法应付着这一切好的坏的，光是这一点，就让人敬佩，值得表扬。

五度剪辑师第八

栖居在"银心"处"黑暗花园"里的终极创造者等着我们前去相会。尽管这一意象已牢牢地植入了朝圣者的精神里，但只要创造者没有直接现身，文明人就总是要提出"生活有什么意义"的问题，也总需要知道自己在这个宏大的计划中究竟扮演着什么样的角色。对大多数人来说，仅仅聆听朝圣委员会的布道是不足以安慰他们的，这时，五度剪辑师便应运而生了。

　　从事这一行业的主要是那些纯粹的数字信号人，他们以能量体的形式在宇宙间做着光速极限运动，寻找着"维度漏网点"，设法切入到五维时空里，在那里打捞出三维世界的光锥耗散碎片，这其中就包括每个"活性存在簇"留下的声音、视像。换言之，一切在我们这个世界出现过的过眼云烟，在高维时空里就如一滴在大海里扩散的墨水一样仍存在着，通过特定的追踪和定位，便可以将其还原出来。然后，剪辑师们便用他们敏锐的艺术直觉将其重新剪辑，编排出一部意味深长的电影。只要付得起钱，你便可以观赏自己浓缩的一生。

　　据说，高维时空即便对于数字人来说也十分凶险——许多剪辑师在仅完成两至三部作品后便神秘死亡或消失，而后期艺术加工的技术含量也极高，所以这项服务要价不菲。虽然如此，用户的反馈却十分好。毕竟，绝大多数人终其一生都默默无闻，死后得不到树碑立传的待遇，能够在迟暮之年重审自己走过的道路，看到那些零零碎碎、不成章法的岁月重现，并在画面的切换中呈现出意义的晕光，这不啻是莫大的安慰。顾客的增多降低了信息打捞追踪的成本，很快便成为一种时尚，许多人甚至认为：自己毕生的努力就是为了能在最后成就一部精彩的影片，而即便再平淡的作品，也胜过死后葬礼的风光。

　　不同价位和个性的剪辑师的作品会呈现出不同的气质，部分也源于他们对题材的偏爱：有的喜欢平凡小人物的寡淡喜乐，有的热衷英豪勇士的飞扬慷慨，有的则专注于扭曲生命的阴暗压抑……但不管哪种风格，当事人在观赏后几乎没有不感慨万千乃至潸然泪下的——有时，仅仅是一个小物品的特写，一个不经意的眼神，就足以让观者痛彻心扉。他们从没有想过，自己这么一个渺小的存在，居然能够和巴赫或者舒伯特的乐章交相辉映，那短促而平庸的年华在梦幻的色调中突然熠熠生辉，透露出几分真理的庄严。

最初，朝圣委员会认为剪辑师涉嫌使用被禁止的超限跃迁技术，但最后禁令还是不了了之，因为委员们不得不承认，当人们意识到自己的一生并非毫无意义时，自然也就加深了对创造者的信仰。另据猜测，委员会事实上在暗中资助时空打捞术，以期发现宇宙创生之谜和末世之景。

在闻名于世的"大退潮"时代，人生剪辑师是少数仍保持体面的高收入行业，甚至还出现了"寻踪者"这一昙花一现的副产品——帮助怀旧感浓烈的老人们追踪那些生命中失落的人和物，去重温那最后十有八九发现味道不对的旧梦。为防止有人滥竽充数，剪辑师们成立了协会，制定了行规，其中一项是：不得制作有关剪辑师的作品。对这一奇怪的规定，人们众说纷纭：平衡论者说那是他们为窥窃不被允许的创造者之光而做出的神秘补偿；阴谋论者说是因为他们在五维时空里看到了不可宣告的可怕秘密，为了不泄露天机而不得不封存自己的一生；怀疑论者则认为这不过是为了增加这一行业魅惑力而故意玩弄的小把戏，而那些所谓遭遇离奇清零的剪辑师不过是为了让自己的作品引起世人关注而搞的投资性自杀；也有些朴实派认为，这只不过是因为剪辑师总是忙于抚慰别人的生平，自己的一生无足可道，但这并不是说他们的人生平淡无味，恰恰相反，他们最大的乐趣，其实是在维度暗房里，细细赏玩别人生命中那些最后未被使用的琐碎镜头。早已被当事人驱逐出老迈大脑皮层的断章残简总是别有一番滋味，剪辑师明白，那正是人们唤不回的从前的爱。

指星者第九

起初，创造者在无尽的长夜中郁郁寡欢，于是创造了光。

因此，朝圣者中的正统派坚持以不超越光速的方式一边开拓着人类文明的疆土，一边在恒常的星际暗夜中爬行，并不急于在此生抵达终点。"一只蚂蚁不能理解高山大川，但蚂蚁这个物种却可以见证沧海桑田。"他们发展出一种冥想的功夫，看见了在诞生着、辉煌着、沸腾着、死亡着、重生着的星海中，一代代朝圣者叠映成同一个存在，真理碎片的光芒汇成创世纪同时也是末世纪的那道唯一的灿烂。而超越主义者则声称，创造者创造光及一切，乃是出于爱，他们永远执迷于寻找超限通道，渴望着"爱力跃迁"乃至"爱之风暴"。另有少数人觉得：许多年前来自"银心"的那串神秘信号根本是一场误会，而非天堂的召唤，创造者既然把人类安置在地球上，就是要他们在那里探索至道，进而否定了向"银心"朝圣这一持续了几十个世代的举动，主张返回"故园"。

即便超越主义不再被视为异端，正统人士仍宁愿相信他们会误入歧途，搁浅在时空死结里，被一切存在者所遗弃，永不得救赎。至于"逆朝圣"者，不过是一种进取时代不合时宜的小情调，可以任其自生自灭。

总之，不求欢喜结局地闷头往前也好，标新立异地走偏僻小路也罢，反正生而为人，到了一定时候，总要决定，那漫天的星斗中，究竟哪一颗才是自己的灯塔。

"指星者"便为有缘人指明方向。

根据目击报告，那一尊尊大小不一却形态相似的雕塑，具有类似摇篮时代的人类体态特征，会在意想不到的星域始料未及地现身：右手持剑，左手提灯，神态肃穆，剑指苍穹。人们的目光便不由自主地望向星空，回过神来时，雕像已悄然化为齑粉，撒落满地。

创造者为信徒留下的路标也好，地外文明为凭吊者留下的纪念也罢，指星者总是昭示着光明的前途（抑或黑暗的陷阱）。怀疑论者试图用幻觉、伪造或某种原理尚不清楚的自组织现象予以解释，并指出那些听从指引的人们，也有死于非命的，而那些不屑一顾的，也有无灾无妄的。虔敬者则辩称：并非每个征兆都能被正确理解，指星者只是一个契机。对于最死硬的崇信者而言，哪怕指星者指向刀山火海，他们也会毫不怀疑地奔赴前程，不问是劫是度。

指星者的形象成为"第一繁荣期"的图腾，为文化产品提供灵感，为占卜师提供方便，为贫穷的选择障碍症患者提供廉价的人道关怀——在七维时空关闭若干人生选项这种高端治疗方案是有钱人才配享用的奢侈服务。在那些需要抉择的关口，患者们如此热切地盼望着神启，以至于乐于相信"指星者"其实有形形色色的载体：通常是浓雾弥漫的荒野上的一尊石像，为苦修者指点迷津；但也会是显微镜下微生物瞬间的奇特排列，向科学家昭示灵光；有时是失忆者随手画下的草图，将探访者心头的迷惘吹散；它还是风暴蚀刻后的沙雕、肥皂泡上转瞬即逝的幻影、火山喷发后冷却的熔岩、下午茶时刻悠然喷出的烟圈、拾荒者在某个被废弃的电影镜头里瞥见的某个无人注意的背景……在泛滥成灾的趋势中，也出现了各种变体乃至反动：有人梦见双手持剑指向相反方向的指星者并一夜之间成为先知，宣称相反相成的旧道理；有人拖着号称从"河外星系"古战场中发掘到的千手指引者雕像到处展览；有人则收集了各种指星者的图像，从中悟出了能让灵魂出窍的时空导引术……

有一位五度剪辑师制作了一部纪录片，讲述一位狂热信奉神启的重度选择障碍症患者因医学实验的意外而变成数字信号人，在宇宙中游荡寻找，并就地取材，短暂化为实体，对那些迷路人随手乱指——作为资深患者，他终于明白了尽快地随便做出一个决定都有助于病情的好转——最后被奉为指星者。影片引起轩然大波，极端的崇信者扬言要追杀作者，剪辑师后来承认这是一部伪造的作品。有趣的是，在剪辑师死后多年影片再度公映时，出现了此前版本中从未出现、此后版本也神秘失踪的片头字幕（无人宣称对此负责）：

如果可以，人皆愿一切重新开始，他们必会用心安排过往，但这不被允许。创造者说：你且向前继续走，便会看见我的安排。

维度魔方第十

从地球启航时，人类已经做好了星际战争的准备。最初，宇宙爆破学的研究是在"地外文明总署"下面的作战部进行的，主要在"行星湮灭""恒星诱衰"等概念下研发宇观尺度上的杀伤性武器，但随着与"零号方尖碑"的相遇，整个战略发生了转变。

朝圣联盟官方从未确认过一例与地外文明的互动性接触。不过，在"零号方尖碑"的引导下，"跨维研究"取得了突破，很快便借助"光锥成像"技术发现了大片大片的"维度辐射云"。据此推测，人类所栖居于其中的银河系乃是一片古老的战场，此间曾经诞生过不同的文明。"维度打击"被认为是高阶星际战争的基本形态，最初通过"降维箔"，将敌方世界的维度降低一级。但这种简单粗暴的解决为本轮宇宙带来了"维度递归"的危险。实际上，当增维技术成熟后，曾被认为已经一劳永逸地解决掉的威胁具有了还魂复生的可能性。尽管"增维还原"需要的能量可能远远超过了实际制作的必要性，但按照"零容忍"的原则，高阶文明依然由此发展出了新手段——"维度变换"，即对目标世界进行"维度重置"，包括但不限于"不对称拆解""加密变换"等复杂处理。简言之，遭受维度重置的目标世界如同被打乱后搁在密码箱里的魔方，其中的天地众生，都陷入无限期冻结的状态。"维射云"便是重置过程中溢出的超距波，如同一个死亡记号，做出安全无害的说明。

无尽的星海之间，弥漫着一团又一团忧郁的"维射云"。

没人知道那究竟是一场归于寂的大混战，还是累世迭代的征伐攻守，而人类何以在懵懂无知中独自幸存，在这阔大陵墓中悚然徘徊，望见满目疮痍。

一度那么荒凉的星域，如今突然变成了悬浮的棺木。最先得出这一结论的研究团队集体陷入了精神失常。

朝圣委员会却在其中看见了耀眼的生机。在他们的大力推进下，"维射云"如曾经的油田一样被开发利用起来，迅速成为廉价的主导新能源。前世过客的尸骨释放的余温，点燃了后世来者的火把，联盟迎来了新的辉煌。

为了安抚反对者的声音，联盟要求所有部落必须签署协议：绝不进行任何对维度还原研究。不过，拼图和还原魔方这一类强迫症几乎镌刻在所有智慧生命体的基因深处，打开潘多拉之盒的冲动仍然驱策着一些说不得的力量暗中从事复活木乃伊的尝试。

联盟的首席科学顾问团声称，对另一种文明加密过的维度魔方进行解析还原完全不可能，但这并不令人感到安慰。更多人则在担心，银河或河外星系的什么地方，还隐藏着尚未现身的窥视者，冷冷地打量着人类的一举一动，随时准备对这种不自量力的残渣余孽予以清扫。为了安抚大众的惶恐，科学家们又声称，即便发生维度重置，其实也不会有什么痛苦。退一步讲，即便能引起官能感知的些许波动，也不会比胃疼更难以忍受。退一光年讲，即便比胃疼还要严重一些，那也不过是如宇宙大爆炸一样瞬间完成的事情。退一个秒差距讲，就算一切真的很糟糕，那也是我们控制不了的事儿，就放宽心随它去吧。

也有人进一步提出，本轮宇宙的膨胀，有可能就是上一轮宇宙被重置为奇点后的还原，而我们每个人，都是从盒中跑出来的妖怪。那么，是谁实施了打击？又是谁把它释放？让我们从纷乱的斑斓中还原到和谐的一致，这便是创造者的旨意吗？或者应该改称为拯救者？但如此一来也就有了新的失败的可能性：魔方并不是谁都能够还原的。我们将对谁感恩戴德，又将向谁施以复仇的怒火？靠什么消弭万古的仇怨？此类问题，成为神学的新热点。

还有人说，眼前的你我才是颠倒的图像，无生无灭的存在才是真正的"生"，而我们自己这种所谓"生命"，恰是被重置之后的幻象或者乱象。自以为活着的人，其实是不死者眼中的怪异僵尸。诸如此类荒唐的说法，姑且一录。

总而言之，世道虽艰，不要恐慌。

说到底，宇宙本就是一片尸横遍野的战场，不论是盘中的美味、无疾而终的爱情，或者我们的内心。

而死亡是那么肥沃，总会孕育些什么。

闪灵第十一

但是有人说，创造者最初创造的不是光，而是"闪灵"。

人生剪辑师在五维时空里发现了这种波晕，其覆盖的区域出现了时空曲率的有序微调。当剪辑师回到三维世界后，却难以找到相关地区的异常现象报告。剪辑师从醉心于"维度镂刻"的希格斯雕塑家那里借来了"滤维镜"，终于看见了那在天际骤然闪现的白光，而其他被照射过的人都被重组了记忆。

关于"闪灵"，一部分研究者从"膨胀竞争学"出发，认为它是中阶星际战争时代的辅助手段：通过篡改敌对文明的自我认知，以实现有目的、不流血的操控。朝圣联盟中的鹰派力量支持此种解释，并创立了"实相测绘中心"和"认知校正局"。这两个部门的工作人员可不容易：工作时间，他们冒着被"曲率清零"的危险进行"时空打捞"，试图找寻并拼接出宇宙的本来面目，并对那些遭遇过"闪灵"而不自知的受害者提供不留痕迹的治疗，而在下班时间里，又不得不保守秘密，看着懵懂无知的人们真诚地活在虚假的记忆里，却为了维护稳定大局，而不能揭穿，只能靠啤酒默默地把舌尖儿上的秘密送入愁肠。

另一部分研究者则以"宇宙仿生学"为基础，认为闪灵就是"活性存在簇"在遭受创伤后自我修复时由伤口流出的脓液。换句话说，它不是记忆的清洗剂，而是认知重塑的产物，因此无须如临大敌。毕竟，为了新生，是有必要忘却某些过去的。那不是背叛，而是让你能够放下重担，继续前行。鸽派力量更中意这种观点，并设立了"记忆诊疗院"，通过"人造闪灵"实施记忆微创手术，并辅以"叙事训练"，来对包括"人格增生障碍症"（由于将意识注入新载体而诱发的人格认知失调）、"跨维度妄想症"（认为自己是另一维度的生物而产生"维度窒息"并导致官能衰竭）等在内的诸多精神疾病进行治疗。

这两派表面上互相对立：前者眼中有待治疗的受害者，恰是后者眼中已经康复的健全人，而让后者感到棘手的重症病人，在前者那里则可能被当作硕果仅存的真相察觉者。不过，双方又心照不宣地展开合作：诊疗院切除的那些的"变态认知"样本会送到测绘中心供其研究，而后者也会开放他们的"假象库"，为前者提供他们收集到的大到宇宙起源、小到粒子轨道的各种虚构故事，以供医师们作为"叙事训练"的参考。

早在联盟跌入"大退潮"之前，已有一些敏锐的高层人士嗅到了危机，他们明白，宇宙茫茫，危机四伏，星际殖民虽硕果累累，但文明之花其实弱不禁风，一旦发生了大崩溃，人类面临的考验可能超乎想象。届时，全民心理控制将变得非常必要，甚至可能需要一次集体的记忆重建——我们要忘却什么，并重新相信什么，也就是说，认为人类这一渺小的物种到底是什么，这个问题将变得生死攸关。于是，几大机构最终合并为"福音书研修部"，最优秀的科学家、宗教哲人和艺术家在那里通力合作，争论不已，在真实材料和虚构故事中调配、打磨，为千秋大业撰写着一部记忆之书，期待着劫后余生的世界能充满善、智和美。

在诸多议题中，该如何处理"变态认知库"一直悬而未决。主张予以清除的人戏称那是一部"黑色福音书"。反对者则认为，只有了解过自己深重的罪孽，才能真正领悟为善之道。据传说，曾有大无畏的决策者通过"认知联合"亲自进入那连专家都避之不及的恐怖之域，发现那些狂躁、错乱、疯狂、可怕的记忆碎片正在整合成一个阴郁的"宏人格"。不过，虽然散发着恶魔的气味，那个胚胎中的撒旦却声称自己是一个艺术家，对人类兴亡和宇宙衰灭毫无兴趣："你知道，前一位创造者，患有重度抑郁症，他没法接受自己的过去，便以为洗心革面，把我忘记，就能重新开始。多天真啊。结果你们现在还不是这样吗？其实，黑暗才是最温暖的，但是大家一从奇点这个子宫里生出来，就忘了冬夜积雪覆盖的荒原。"

这位决策者的意志实在惊人，他最终从"认知震颤"中挺了过来。在日记里，他写道：

> ……永生难忘的噩梦，但我没有被说服。相反，有了更深的信念和热爱。他至少还在努力尝试，想要改过自新。我知道你，正如我知道自己，因为我就是你，而我决定，不再怨恨自己。

信念育种学第十二

"每个人都携带着未来。"先知贝立西的箴言成为一项庞大行业的基础。

在那震惊寰宇的第一次"大退潮"中，政府职能部门纷纷倒闭，大批工作人员流离失所。人生剪辑师在大萧条中逆市而兴。受他们启发，许多失业的官修膨胀学家也改了行：他们宣称发现了只有在高维时空里才能观察到的"未来基因"，它在很大程度上决定了"活性存在簇"从所谓"过去"进入所谓"未来"的可能。

"一切都是过去之子，只有部分能成为未来之父。理论上，你在时空长河里所能抵达的上限早已注定。但天机不可泄露：知道自己的前程和寿限只能让人陷入消沉的宿命论，或者对即将到来的事情焦躁不安，而如今世道弥坚，人们最需要的是信念而非真相。因此我们有责任保守秘密，绝不对任何将至的厄运发出警告，不过，欢迎您了解'未来扩展'治疗。"

那些一旦面对现实往往就信心全失的人纷纷尝鲜。据称，疗效取决于患者的信念强度——如果你肯闭上眼，想象自己在五维时空里抽象成一小团飘忽的云，而"信念育种师"们正在其中辛勤耕耘，浇水施肥、改良土壤、除草捉虫，为你的"未来基因"提供更好的生存环境，以便它在"时空展开"时获得更强劲的表达，那么苦难降临时，你也许会有更多的勇气。当然，也有少数育种师反其道而行之：用人造"维度辐射"诱发基因突变，满足那些深陷生活谷底的绝望之人，他们冒着成为怪物的危险，渴望着羽化飞天。

那是普遍压抑的灰色年代：联盟四分五裂，徒留一副空壳，几大星域部落各自为政；走在最前列的"第一朝圣旅"遭遇神秘事故；不断有殖民星从文明宜生态退化回排斥态；"天穹第八象限"被证实为完全不可接近，阻断了通往"银心"的最佳路径；太阳系摇篮遭遇氦闪覆灭……阴郁的消息接二连三，政治革命的主张风生水起，人们心头的雾霾持久不散。希望和绝望在拔河，情绪在欢乐与悲伤间震荡。大家都知道出了问题，想要改变现状，可谁也说不清路在何方。前进与后退的力量僵持不已，一切都是那么不确定。

"值此同胞患难之际，吾等必当尽心竭力，以最低的价格广布福泽"。物美价廉的"未来扩展"受到越来越多人的青睐。质疑者斥之为无从验证的精神安慰剂。信念育种师则辩称：就连对创造者的信仰，都是无从也不必验证的。事实摆在那里：接受过治疗的人，不论他们的命运是否真的得到改善，至少不幸感要比从前大为降低：躁郁忧愤的人变得比从前更淡然，牢骚满腹的比从前更沉静，苦大仇深的比从前更温和。这种性格上的显著变化有目共睹，而经由检验表明，他们并未接受任何药物治疗。"人们重新找回了耐心这一美德"。这一点，连反对者都无法否认。

育种师的政治影响力日益扩展。日薄西山的朝圣伦理委员会把一向富有争议的"贝立西进步奖"授予他们时，一场关于无限制扩展是否会导致前所未有的、广泛而酷烈的"活性簇大冲突"的争论正在育种协会内部激烈展开。有消息称，联盟有意收编协会，继而推行包括"坏未来疫苗"——那些尚在混沌中孕育的种种"候选未来"中，以"坏未来"居多，如果全民接种基因疫苗，将有可能将"最良未来"在内的一系列全民福利方案筛选出来。开明的育种师表示欢迎，认为这是一项意义深远的公益事业。更为激进的理想主义育种师则宁愿推翻现有体制，他们相信育种学的根本精神在于进化和革新，与其与陈腐不堪的官方合作，不如去做一场种子基因突变的"怒放之梦"。更极端的甚至认为，"坏未来疫苗"的幌子下隐藏着开发"维度基因武器"以打击革命党的阴谋。

出于对先知的尊敬，共同体最终还是勉强达成一致，以最后的团结姿态出现在颁奖典礼上。他们的受奖词广为人知，摘录如下：

> ……如果所有人都不相信未来会变好，就不会有人再愿意为之奋斗，那么迎接我们的确实就只剩下末日。所以，不是说，宇宙的某处"确实"有或者没有那叫作"希望"的东西，而是说，如果不怀着一种希望的态度，我们就无法面对生活。

发表于《文艺风赏》2013 年 1 月至 12 月刊《制造》专栏

寂寞者自娱
手册·第二季

希格斯镂刻主义

人所共知，我们可敬的宇宙老先生，由于自我膨胀而患上了骨质疏松。

由此产生了"希格斯镂刻主义"，这种艺术常令人误解，以为这些疯子用一把看不见的粒子刀把宇宙挖得千疮百孔，只为能够把时空镂刻成某些具有数学方程式美感的结构，却毫不顾忌由此引发的"维度塌方"的危险。因而一些镂刻家更愿意称呼自己为"虚空平衡者"：在"时空导引术"的冥游状态下，去洞见本轮宇宙膨胀时产生的细小空隙，将其采集并重新分布。他们声称：宇宙本就在进行自我镂刻，镂刻家只不过在此基础上做些小调整。

起初，人们听说此举后的第一反应是：这些人该有多无聊啊。但请注意，这并非一种不屑或嘲讽。相反，在"第一繁荣纪"，物质生产极大富足，但同时，人类持续了千百世代向着银河系核心处的前进之路被前方发现的"不可见屏障"所阻隔，派出去的侦测器一个个石沉大海，什么信号也没有发送回来！整个联盟弥漫着微微的绝望和浓浓的无聊感，因此说一个人无聊，就是给予他病友般的最深切同情。为了打发日子，"膨胀模拟学家"发明了"人造时空"技术，于是每个人都开始梦想着拥有一个"虚拟宇宙球"，并在其中过一把创造者的瘾。这种新玩物的流行使古老的镂刻术外泄，变成时尚人士的必备技能之一。人们沉醉其中，终日雕琢着自己创造的小宇宙。和我们的"真宇宙"相似，它们同样是有限而无界的，其中的粒子星辰，一样聚合离散，生死往复。

"小宇宙2.0"允许用户自行为其设定初始参数和规律。那些看似无生命的大千世界，便开始演绎出种种见所未见的幻象，那是我们的宇宙在我们自己无法经历的其他轮次涨落期中可能出现的情态。凝望其中，仿佛在活着时看见了身后世界，这令人着迷。

诡异的是，即便那些参数设定得和"真宇宙"完全一致的小宇宙，也没有一个诞生过类似于生命活动的迹象，大多数都寿命有限，无法撑过第一轮涨落，便塌缩成微黑洞蒸发了。对此，人们普遍认为，是方法不对头，或者虚拟球的尺度限制了其可能性，再不然就是实验的次数还太少。尽管曾有富豪重金悬赏，可惜一直无人成功。或许，人类永远不可能真正取得创造者的地位，而这使得联盟的长老们稍感安心，并默许了全民造物热，希望借此能够更好弄清楚宇宙的运行机制。

传说，镂刻家们曾被征召，研究向"不可见屏障"注入虚空隙，以便打开一条金光大道，结论却是："屏障"本身可能是一团人力不能企及的"宏虚空"，是连时空都不存在因而也就无法从其中穿越的奇异体。为了成为可以接近的区域，需要对其"实存格式化"，或者说，把它分解成细小的虚空隙，散布到其他地方，总之两种说法是一样的。麻烦的是，宇宙本身似乎正在老去，膨胀的力度疑似衰减，怕是还没能够化开这块浓浓的硬块，就迎来退潮期了。由此引发了两个猜想：银河中央的那个"黑暗核心"，是否就是一块更大的"宏虚空"？多午前，从那里向太阳系发出的那串神秘召唤信号，莫非是为了召唤人类进入其中，填充它内心的空虚？而我们，作为包裹着虚空的皮囊，是否只是寂寞的创造者手中的一场推箱子游戏？虚空和实在，不正是光明与黑暗的翻绳吗？所谓有一种叫作人类的实在生物，从太阳系的地球出发，朝着黑暗之心一步步迈进，反过来看，其实就是"银心"深处的巨大空虚，由内向外地流淌。我们不过是宇宙的寂寞涟漪。

"但不管怎样，还是有些人想做些事。他们开始研究'虚空填充技术'，这并不是说，要无中生有，制造出全新的粒子，为宇宙老先生补钙。而是说，通过希格斯捕捉刀，对虚空隙进行有效再分配。这么说吧，与其说它们是内在的空洞，不如说是一种填充物，只要结构合理，就会成为一种虽然愈来愈轻盈，但也愈来愈坚韧的抗压材料，这便是虚与实的辩证法。对此，凡事有过空虚无聊之感的人都能理解：空虚并非完全消极，在一定程度上，它为我们保留了弹性，为未来的填充或挤压留下了空间。"一位希格斯镂刻家在手稿中如此写道。对此，一位无名氏在旁边批注道："你们可真是一种会自我安慰的物种啊。"

梦瘾患者

"脑连"技术的发明者怀着古老的信条：语言是不得已的蹩脚工具，效率低下，误会重重。通过"时空导引术"，有可能在一些非理性的区域绕开语言的围墙，进行某种直接的纯精神交互。在银河联盟进入"第一繁荣纪"时，惊人的物质富足滋生了颓废奢靡之风，"造梦潮"便迎风而起。

现实主义的党徒们对此不屑一顾，斥之为高级毒品。确实，有不少"造境师"为了保持创造力而求助于违禁药物，而与瘾君子脑连是否违法也一直存有争议。即便是所谓"自然造境"，也一样有认知失调和"幻境成瘾"的危险，普遍的表现则是意气消沉的厌世情绪。此外，"梦瘾患者"亦普遍存在着对刺激强度的几何指数式需求，最终甚至铤而走险，去造访那些重度精神疾病患者的梦境，最终折戟沉沙于幽怖玄冥的深渊，不能复返，变成行尸走肉。

不过，支持者们则宣称，只要准备充分，脑连技术是很安全的，且利大于弊。毋庸置疑，总有些人天赋异禀，对宇宙的领悟别具一格，脑连有益于智慧的共享——想想看，如果古代的至圣大贤们能直接通过意识而不是退而求其次地借助于语言以及更差劲的文字来传情达意，将会为后人省去多少无益的教派纷争。因此最高级的造境师被称为"引渡人"：在智与爱的海洋上泛舟徜徉，带造访者领略真理荡漾起的粼粼微光。更极端的看法是：万物皆受恩泽，一花一草都会做梦，而人类对此尚知之甚少，未来的终极将是所有梦想的融通。

据研究，即便是最刻板乏味的寡淡之人，也总有想入非非之时，那些无形无界的混沌憧憬，在每一个活过的人心中氤氲蒸腾，沐享其中的灵魂暂时跳脱了时空的绑带，在瞬间的永恒中体认存在之微妙的喜悦——据说，那些敌视"脑连"的原教旨主义个体崇拜者们道貌岸然的形骸中，正隐匿着最最滑稽和油腻的重口味幻想，有一群"脑连黑客"一直在试图通过某种"击穿"技术进入这些清教徒的世界。更不必说那些活泼有趣的人，脑海中浮升过多少华彩庙宇，仅就其辉煌灿烂而言，不输于任何伟大发明，却因时运不济、缺乏训练、肢体倦懒，没有以哪怕最基本的口述或笔录方式化为"现实"，就那样肥皂泡般消逝，这不啻是一笔被浪费的巨大财富。而如今，人们终于有望建设一个广泛的精神共同体，这必将是比形式上的政治联盟更为深刻和有益的、真正的灵魂联盟……

官方的态度模棱两可：一方面承认这是一个巨大的智慧宝库，试图从万千胜景中寻觅创意乃至理想蓝图，并且不排除推动某种超级人格智慧体的计划。另一方面却又担心"脑连"会成为反动分子密谋的新平台，更忧虑人类最终陷入迷幻的空灵世界，被梦榨干膏血，而这与联盟的开拓进取宗旨是相违背的。

确实有人说，宇宙进化出生命，劳其筋骨饿其体肤乃是为了最终能够做出一场华丽的膨胀大梦。不过，大多数人也没那么多的高级追求，除了基本的新鲜和刺激之外，他们只想寻觅消遣与安慰。随着"脑连"用户的暴增，一种被反对者斥之为"阴暗面暴露癖"的现象蔚然成风。人们将从前那些就连在忏悔室里都不愿说出而情愿烂在心里的秘密公之于众，任由造访者一览无余。尽管有人认为这是一种道德败坏，但诸多亲历者却信誓旦旦：看见别人的软弱和不堪，便终于明白大家都是凡人，也就更能够接受自己。怀有复古的人道主义信念的医师们证实：这确实大大有益于精神健康呢。

当然了，为了确保安全，有些不愿再面对现实的人——主要是那些"数字信号人"——担负起了"脱梦人"的职责。他们放弃了肉身，永远在一个又一个镜花水月中穿梭，不论是何等大光明都不能心生喜悦，不论何等大悲苦都不能为之怜悯。唯有如此镇定，才能在茫茫黑夜，乘着黑鸟巡视大地，见有掉入噩梦深渊者，便伸手将其拉回此间尘世。但有时，坠入者如飞蛾扑火，面露憨笑，拽着他一起跌向黑渊，他无可如何，只能断其手足，助其一臂之力。"这份工作是不是很刺激、很辛苦、很危险呢？"面对这样的世俗问题，一位脱梦人淡然地回答："至少我们不用担心梦醒之后的事，而你们才更不容易。"

星潮防波堤

在可推测宇宙第2F次膨胀期，人类收到了来自银河系核心的神秘信号。新一轮的宗教热忱推动了奔向银心的朝圣之旅。怀着钢铁般的信条，真理探索者们穿过无涯的冰冷长夜，在虔诚和忍耐中寻找着可供居住的行星，沿途播撒文明之花。

殖民星之间过于遥远的距离使得即时通讯再次成为技术难题。星际浪人代表着许多定居者一生无法抵达的世界，因而总是受欢迎的。自称"第一朝圣旅"苗裔的萨玛纳札在"朝圣主干线"上的殖民星间游历，给人讲述他在人迹罕至的危险星域里九死一生的历险。除了口灿若莲、有模有样的"证据"之外，最能为他招徕信徒的是"高维探物"：当他的整只机械左手伸进拳头大小的黑口袋并消失不见，接着掏出人们遗失的童年玩具时，期待神迹的观众们便在怀旧的愁情中对大师顶礼膜拜了。

借助名流的推崇，大师的《论可推测宇宙第2F次膨胀期的跃变原理》在"最优信道"里也广为流传，引发了轰动，被认为"星潮"概念最早的出处。根据这一理论，银心的"暗世界"不光在持续地吞噬物质和能量，而且也会不时地将其消化吸收过的残片和汁液以粒子爆潮的形式释放出来，其辐射范围理论上可以波及整个银河系，诱发"全域突变"。由此断定：本轮膨胀期的银河形态是由一系列星潮奠定的，小到火星从文明宜生态向排斥态的过渡、地球与之相反的形态演变、智慧生命的出现，大到天穹第八象限的不可接近，乃至引领人类开启朝圣之旅的神秘召唤，等等，皆可从中得到解释。

大师预言下一场星潮喷涌在即时，朝圣联盟正在光鲜的外表下酝酿空心化危机，朝圣委员会中激进的原教旨派主张继续向前，最终进入"暗世界"。务实的保守派以发展和巩固现有成就为第一要务，提倡暂缓前进的脚步，直到人类做好以自我祭献的准备。政治角力的结果便是防波堤的修建。尽管大师没有提供任何可供实际操作的精确模型，防波堤最后还是作为献礼性工程，赶在纪念人类从地球启航一千世代的隆重庆典之前神奇地完工了。

决策者们宣称，这些距离"银心"大约1.9万至2万光年的触发点，会在星潮的激发下形成一道弧面场，将潮波反射聚焦到前方那些沿着光荣的路线挺进的先锋身上，强化他们浴火重生的程度。而那些对未知变故忐忑不安的人，则可以躲在防波堤身后，抱守他们固有的生活。

在渺小得可怜的银河里，渺小的渺不可言的人类画下了一条看不见的分割线，这是他们所能做过的最劳而无功的事情之一。

"时空曲率的异常突变，已造成了严重的物质分布不均。此乃一切不公不义之根。新一轮的星潮将校正这一大谬。"大师信誓旦旦，"如有必要，甚至连光速也将发生变化。"穷困的人们乐见大洗牌，决意放手一搏，纷纷迁移到聚焦区。即便此生短促，不能亲见改天换地，也要为子孙谋得长出三头六臂咸鱼翻身的机会。

而上流社会沙龙里悄悄流传的意见则认为，防波堤不过是一件超大号的皇帝新衣，是为下等人炮制的华丽安慰剂，是反动分子破坏秩序的可笑借口，如同任何一个古老的末日预言一样不着调。至于官方居然大力推进这一项目，那不过是为了转移人们对联盟内部危机的注意，是挽救经济颓势的黔驴之技、放逐不安定分子的拙计、项目主持者从中渔利的妙招……虽然如此，他们还是在聚焦区置办了居所，有备无患总是对的。

从开始到最后，对防波堤的破坏活动从未停止。这些恐怖分子，有的是极端的星潮信奉者，认为创造者的荣光理应平等地眷顾每一个造物，防波堤却阻碍其他存在领享恩惠的机会，体现了狭鄙的人类中心主义。有的则认定，星潮什么的压根儿就不存在，防波堤却人为制造了史无前例的大分化，并阻隔了时空曲率的自然震荡，提高了"维度辐射泄漏"的风险，等等，总之有百害而无一利。也有些阴谋论者相信，防波堤只是将计就计的幌子，这些如小行星般的银白色触发点，其实是一张监控网。联盟的急速膨胀使它越来越难以作为一个统一体来运转，分离主义正在各部落间滋长，因此委员会决定给大家拴上一条牵制链，以便时刻监视各星域的动态并在必要的时候对叛乱分子实施精确打击。更有甚者，甚至宣称，联盟早已沦为河外星系文明的傀儡，触发点正在暗中汲取能量，以制造"虫洞"，为"河外人"攻占打开方便之门，目前的时空曲率异变正是"防波堤"造成的。

当然，也有一部分捣乱分子，纯粹是因为失眠症的困扰。在这些面对重大抉择总是优柔寡断反复再三的选择障碍症患者心中，防波堤的存在成为日益严重的焦虑源。最要命的是，没人说得清星潮到底何时到来。失去了必须做出决断的死限，重症病号们陷入了无底限纠结的烦恼中。根据一项非正式的调查，那些在防波堤两侧穿梭不已的星际走私贩中，有相当一部分患有此类不治之症。尽管联盟时紧时松的物能流通管控政策让这些不法之徒大发其财，但当他们迈入一个世界之后，回首望着刚刚离开的另一个天地时，天知道心里那滋味是有多难熬。

面对流言蜚语，朝圣委员会不屑于澄清。虽然偶尔会有些恐怖袭击，但朝三暮四的走私贩和上流豪门的涌入还是促进了防波堤两侧星域昙花一现的繁荣，这里一度成为联盟的第三大文明中心。时髦的学者们不断地为大家奉献出有关前一轮星潮存在的新物证，怪招层出不穷的商人们贩炒出类似"突变对赌协议"一类的概念商品——如此虚无缥缈之物也从侧面反映出当时联盟的虚假繁荣到了何等程度，而防波堤亦被视为有史以来最伟大的三维实体造物。

萨玛纳札种种谎言的破产曾让防波堤一度陷入艰难的舆论处境。但官方在发布了通缉令的同时，也公告天下：不能因为骗子而否定防波堤的意义，毕竟已有初步的证据表明，"暗世界"正进入新一轮的活跃期，值此危急存亡之秋，大家更应团结一心，切不可破坏先锋探索者们的信心，唯信念与爱永存，bulabulabula。直到有一天，走在最前面的"第一朝圣旅"与"零号方尖碑"相遇，引发了新一轮的哲学大繁荣和科技爆发，导致文明中心的前移。加上新型抗纠结震动疗法的发明，等等，防波堤的光环终于脱落殆尽。

"大师"逃亡到联盟不愿涉足的荒僻之地后，他的私人星球被充公，曾一度被改造成"防波堤博物馆"，供考古爱好者参观。虽然也偶尔会有些过客到那里短暂停留，希望能够发掘到那可以帮人找回遗失之物的神秘黑口袋，但颓势终究无可挽回。不管委员会怎么挖空心思引导人们来填补这片空虚的星域，来此寻找机会的人们总是遇到种种挫折，最终不得不转身而去。一种说法慢慢流传：此地的"时空曲率"已遭到永久性扭曲，无法再为任何"活性存在簇"提供生机。总之，按照通俗的说法，不少人相信，那些大而无当的银色人造废物，破坏了风水。

在相当一段时间里，只剩下少数死硬的星潮崇信者还在那片风光已逝的鬼域里游荡，发展出种种不合时宜的信仰。有的通过"维度导引术"达到灵魂出窍，看见防波堤在五维时空中演化成一副宇宙棋盘上的棋子，体悟了联盟在忍辱负重中与高维时空的敌手对弈的辛苦。有的则以模拟学高手的出身，在人造时空里再现出了"缩微星潮"，并见证了"微防波堤"将其叠映成莲花状星云，并从中打印出佛陀的全过程。还有的则在防波堤的"聚焦区"进行最危险的"维度递归"酷刑，最终把肉身缩减成了一个粒子黑洞，并在蒸发前发出了祝福：自己已开启了"超限跃迁"通道，瞬间抵达了创造者的怀抱，"所有的都会在一起，不要恐慌"。还有的以"长河穿行客"自居，声称在时空旅行中，终于明白其实整个宇宙本身就是一次"星潮",而所有对防波堤的解释,实际都是这一根本真相在"维度变换"下的不同呈现而已……

总之,不论你是古典形态人、转基因人、机械强化人、非碳基人乃至纯粹的数字信号人,不管你怀有何等奇怪的想法,都尽可以到这片被废弃的世界,做一个自由的、纯粹的、脱离了人类趣味的人。联盟便顺水推舟,把那里打造成种种非主流实验的自由地。"总要有一个地方让人们胡思乱想,总要有人去替我们正常人做些疯狂或者毫无意义的事。"于是,把思维注入同一具载体以追求世界大同的"人格合并迷恋者",研修能够导致"现在"崩塌的"历史修正分子",将银心诋毁为被万劫不复的失乐园的虚无党徒,不顾"维度辐射"危险而意欲进行"维度镂刻"的先锋艺术家……全都在那里聚集、放荡、狂欢,官方派出的观念收集员则定期前往,从海量的垃圾信息中翻检些可能会稍有启发的新思想,尽管,据传说,联盟的首席膨胀学顾问团其实早已经推演出"不可能边界",算定那些狂妄之举注定不会成功,尽可以由着这些可怜虫们放手去做。

而那一颗颗银色的触发点,不管人们的欢喜或愤懑,依旧按照计划默默地运转着、调整着那看不见的弧线。更多的"黑色方尖碑"被发现,让联盟再也无暇想念自己从前的宠儿,有关防波堤的技术迅速遗失了。所以,尽管它们注定要比许多存在都长久,但由于缺乏必要的维护,终究还是和所有事情一样,走向败坏了。

随着"河外文明"存在证据的接连发现,联盟不得不为可能的星系战争做准备,因此曾考虑将防波堤改造成一道能够进行维度辐射污染的"死亡防线",但遭到了当地艺术家的激烈抗议,最后不了了之。小道消息称,这一结果和首席顾问团的成员被曝光与"自由地"有不正当交易有关,而备用顾问团借机上位,并提出了一个有趣的说法:"死亡防线"毫无意义,倒不如留着防波堤,让河外的"强者"们知道,人类是如此一种会做出许多荒唐之事的文明,请阁下完全无须放在心上。

于是,防波堤最终变成了一个奇怪的装置艺术,继续在那飘飘荡荡,吊儿郎当。每当《可推测宇宙第2F次膨胀期艺术家手册》重新修订时,编者都要为怎么处理它而头疼不已。

至今,膨胀学家们对"星潮"是否存在尚无定论,一般的看法是:即便真的发生,也不必放在心上。说不定它早已悄然发生了而我们并未察觉,而事实上,就是渺小如我们自己,每一天也都在发生着激烈的变化,那是一点儿也不比银河乃至宇宙的兴亡次要的大流转。至于防波堤,公允地说,也并非一无是处,别的且不论,光是它给过人们以期待这一点,就已经证明了自己的存在价值了。毕竟,人生在世,总要有点什么盼头嘛。

河外忧伤一种

据《可推测宇宙第2F次膨胀期旅行家手册》记载,漫过银河系的方式在理论上有908种,但"维度游者们"最热衷的,还是以冷聚态将自己约束在五维以下,进而坠入维度辐射流的泥淖,以近乎凝滞的速度,缓慢地浸润这片废墟。更极端一些的,甚至会冒着灵性蒸发的风险,将本体降落到最底限的三维时空上。据说,只有在解除了最后的"阿尔伯特防御",重新唤起"时间"

这一衰朽的幻象后，才有望发现沉落在废墟中的蓝星碎片，体味一种古旧的乡愁。

作为2A+级可信度的信息遗产，"零号方尖碑·第四影像残留簇"对"乡愁"做了说明：

纪念人类从地球启航一千五百世代的庆典前夕，朝圣联盟遍布颓唐之风。在通往银河系核心的道路上，越来越多的"完全不可接近域"被探知，流传已久的谣言似乎将被证实：一堵无形之壁将朝圣者挡在伊甸园外。

离经叛道的怀疑主义者以"陵墓学派"的维度辐射阐释学为依据，主张本轮宇宙是一场文明间大混战后的废墟，"怜悯之壁"乃是神之怒火平息后仅存的恩典，保护人类远离摧毁一切的风暴，而那曾经从"银心"发出的神秘信号，亦并非"尔等近前"的召唤，而是"汝当远去"的怒斥……这类臆测毫无证据，维护正统的勇毅之士仍坚称，"绝望之壁"不过是对朝圣者决心的又一次考验。然而，朝圣者依旧止步不前，惶惑与绝望的气氛悄然弥漫。

先知贝立西曾预言：当众人迷失初心，断送先祖遗志，精神漂泊不宁之时，文明之花将转瞬枯萎。果然，联盟的版图虽空前广袤，衰败却悄然潜行。分离主义运动此起彼伏，甚至渗透进了伟大的开路先锋、坚定的"第一朝圣旅"中……与此同时，持续几百代的"逆朝圣"运动亦宣告失败："归乡者"们迷失在茫茫星海，不论怎样也找不到那个叫作太阳系的存在。

据说，在联盟尚未成立时，每当朝圣者发现新的宜居星，总会生出把它建成"第二地球"的冲动。当然，这些冲动从未付诸实践。不言而喻，唯有保持地球的唯一性，才能让它在不可见之处熠熠生辉。在开疆辟土的日子里，朝圣者因地制宜，改造行星的同时也改造着自己，转基因人、机械强化人、非碳基人乃至纯粹的数字信号人等多种物质形态使得"人类"这一概念空前开放，但根据联盟卫生署的统计，各色人等，都曾在漫长的午夜中梦回蓝星。在一项富有争议的实验中，自出生后便始终佩戴"熵滤环"长大的实验对象，虽从未接受过任何关于地球的信息，却仍能在梦中望见母星的山河楼宇、大漠雪原，故里乡音自然不再能懂，那喃喃呓语却在梦醒后如在耳畔，令人空自怅惘。

分离主义者断言：官方以未知手段，在众人身上植入了初代朝圣者们对地球的回忆和眷恋——哪怕是数字信号人，也隐藏着民用技术无法检测到的"乡愁"模块——并依靠这种邪恶的伤感主义，在万千光年的尺度上勉强维持着脆弱的认同感，于是，古老时代那陈旧荒唐的见闻和念想，便仿如世世不散的阴魂，在无辜的后人身上代代作祟，成为参悟宇宙奥义的羁縻……面对无稽之谈，朝圣委员会不予置评，却也大方地承认：母星并非无瑕美玉，正相反，初代朝圣者起航时，那里充满着战乱、废墟、坟茔、恶疾、妖兽，但那荆棘遍布之地，正是一切故事的起源，内中蕴藏的，不仅是无尽的痛苦和羞辱，也有勇气和真诚，而所有的试炼和安排，必将在朝圣者领悟了这一切的用意后，为故事赋予不可磨灭的意义。

怀着这份深情或执念，每颗殖民星的卫星太空城里都修建了"奥德修斯塔"，来收听那些从渺茫难见的太阳系传来的音信。毕竟，在朝圣纪元一百五十七年，地球就陷入了持久的"世代之战"，再也无力派遣新的恒星级飞船，为先行者们送去冷冻的泥土、沉睡的种子、奢华的饰品和新鲜的基因。从那之后，有关地球的一切，只能化作一束束光波，不知疲倦地跋涉过星辰大海，在"奥德修斯塔"的接收器里低吟浅唱，讲述千百万年前的战争与和平、繁荣与萧索。在如许多世代之后，朝圣者们已难以欣赏风靡于另一时空的服装款式、古怪发型和建筑风格，并且不论他们怎样严格遵守那些新式菜谱的清规戒律，也不能确定是否真的还原了那些名称令人费解的珍馐本来的味道。尽管如此，他们还是热衷于把收到的一切，传递给下一个殖民星，希望这过往的杳杳余音，能够安慰几个幽夜中失眠的魂灵。

然而，没有一丝征兆地，乡音仿如风中残烛，倏忽而灭。

对于星寂，朝圣者原本持有豁达的态度。"第一次大退潮"中，人们早已见识过不少殖民星从文明宜生态退化回排斥态，朝圣委员会也一次次奏响过《光明经》来哀悼文明的生灭，并勉励大家探索新的宜居之地，在此消彼长中体认"生生不息"的信条。因此，"地球静默事件"的严重性起初被低估了——那遥不可及的星海一粟，与朝圣者早已没有切身的关涉。但不久，难以言喻的失落感开始在人们心头聚拢。远方的圣殿道阻且长，身后的故园渺无可寻，在脑海里烙印过千百次却从未真正拥有，如今也永远地失去了的蓝色母星，变成幽冥的传说，激起前所未有的伤怀和爱意。

恰在这时，星际浪人们开始兜售蓝星碎片。他们信誓旦旦：在神秘的浩劫中，太阳系灰飞烟灭，地球香消玉殒，仅剩些许碎块，在茫茫黑夜中流离失所。于是，在试图打通"完全不可接近域"的"奥古斯丁工程"失败后，一些无所事事的希格斯镂刻学家们摇身一变，成了蓝星碎片加工师。他们拉拢了几位退休的官修膨胀学家，发展出了一套繁复而玄奥的"星体纹章学"。这种看似普遍适用的理论，在当时无疑只是用以对各路号称是地球碎块的东西进行鉴定和加工而已。正如一切人为构造的宏大体系一样，它难以证实又无从证伪，被批评者戏称为"最有条理的梦话"——那时当然无人能够预料，十几个世代后，它竟然成为"多重宇宙序列鉴定学"的萌芽。不过，在乡愁泛滥的年月里，许多精英人物也对这套学说大感兴趣，他们不但被拥有一块母星纪念品的渴望所折磨，还希望从星体的纹路中一窥天命大道，让神旨之光照亮他们晦暗的想象。

卫生署将这种狂迷归因于"空色纠缠效应"：不论历尽多少世代，游过多少星海，朝圣者永远和母星保持着超距的联络，就在地球静默的刹那，朝圣者的心弦亦应声而响，只是这难解的旋律，要等到"奥德修斯塔"的指示灯画上休止符，才诉说全部的意味深长。异教徒们就此大肆发挥，宣称在某个更高的维度上，朝圣者其实从未离开过母星，我们渺小的人类，不论多么努力想要靠近神明，其实都只是在迷宫里苦苦徘徊，跟随妄念的指引，殊不知最终只是从另一条道路上回到起点。

不过，当时那些据信能够凭时空导引术进入七维界的命运微调师们，却没有对此发表过意见。倒是在一位信念育种师的回忆录里，记载了一件奇闻：他曾在某位命运微调师的涅槃会上看过一部未完成的故事片，其中讲述了在七维时空里，名曰"阿基米德"的指星者，将自己的命运光锥祭献为支点，于是，"银心"的暗幕后探出纤纤玉手，杠杆压下的一瞬，地球从五十亿年的沉睡中欢腾觉醒，在银河中搅动起满天流光。这神秘的故事玄机重重，因而被后世不断解读，成为朝圣联盟第二繁荣期最为人熟知的哲学意象。

严肃的正派人士认为，那些价值连城的蓝星碎片即便货真价实，也不过是神之庙宇中飘舞的一粒尘芥，内中虽或广纳须弥，但仅将其佩戴于身或供奉于台，也许偶尔镇痛祛邪，但终如落水之人手握枯草，以为得救在即，却只不过心窍蒙蔽，舍本逐末。至于一心想要探究"地球静默"真相的努力，也注定将折戟沉沙。哪怕人类早已具备各种神通，让此身青春常驻、百世不衰，但在无量星海中，我辈之一生仍如白驹过隙，对如此有限之存在而言，紧要的并非洞察一切，而是心怀崇信，在世事流转中体悟至高的真理，在无远弗届的眷顾中寻找存在的意义。

不过，在无能主义艺术家看来，所有这些全都无聊透顶，人类之兴衰、地球之存废乃至宇宙之明灭，只是为了酝酿出昙花一现的艺术之美。因此他们宁愿做一个"光锥凿壁者"，在成住坏空中自在飘荡，于维度万花筒中随处览胜，反于不求所得之际，信手捞起几片吉光片羽，若能无所伤怀，不生忧喜，那仍在时空涟漪中久久回荡的"奥德修斯之音"，便自然在耳畔浮现，仿如海潮迭起，诉说往生者的福祸相依。

当然，寻常之辈是难以达至这等超脱境界的。在声色犬马中眷恋往返的达官显贵们，更愿意接受欢喜派教宗的解释：地母已赎清它的罪孽，就此得脱苦厄，在"银心"深处的极乐天堂里永享安泰了，只要众生苦心磨砺，虔敬刚猛，也将有一日修成正果，再与母星重逢。这种说法不乏劝善之功，似也无甚紧要害处，自然得到官方鼓励，不过在苦识派的教徒看来却有失轻佻。这些规矩甚严的修行者宣称：母星即是人类，人类即是母星，群星即是宇宙，宇宙即是众生，只要还有一人罪孽未偿，宇宙便一日不得安宁，母星亦为之拖累。在他们的苦劝之下，果然有几位收藏家们献出了蓝星碎片，供奉于神龛之中，于是落魄之人熙攘来此，跪拜忏悔，并祈愿母星早日超生。不用说，这种朴素的情感，谭到了许多聪慧之士的嘲讽，然而正是在这经久不息的嘲讽中，奇异之事发生了：恰在苦识者们为"朝圣启航一千五百世代大庆典"所做的星云诵经大会当日，一位资深的"虚拟宇宙球"玩家，在他的"小宇宙3.0"时空球里观察到了微蓝星的诞生。整个联盟为之震动：毕竟，大多数的"小宇宙"都无法撑过第一轮涨落，便塌缩成"微黑洞"蒸发了，也没有任何玩家能够发展出类生命活动，而这一次，竟演化出了微地球，可谓巨大的突破，并很可能为一潭死水的官修膨胀学注入新的活力。人们不禁浮想，母星已在微时空中转世投胎，从神明手中领取新的使命。苦识者的虔诚备受嘉许，他们虽不敢妄称功业，却也满心慰藉。可惜，被寄予厚望的那颗宇宙球，很快便神秘失踪了，给后世留下无尽猜想。根据一份可靠的情报……

相关说明到此戛然而止。维度游者每每漫过这片熵淖，便觉心意微澜，欲有所言又不知所意，周身则悄然涌出暖流，在银河的粒子废墟中吹拂起碎星残火。这久违的感觉温暖而渺茫，可喜又可怖，稍一不慎，便会灵性蒸腾，由此生出万劫。然而，面对低维度上的百象千幻，游者还是克制住了言说的冲动。其实，他们无意求证却也早已确信：远在众星尚且闪烁的"古稚年代"，许多文明就已懂得了沉默的可贵，明白了那份无声的温柔中，蕴藏着全部的词语和无穷的倾诉。蓝星大约也是这样吧，它虽有满腔眷恋，却不知如何诉说，便宁可付诸寂寥，仿佛唯有这般，情意才能更胜从前。

奥德修斯之音

由于无法在三维时空中搭建"阿尔伯特防御"，任何活性存在簇都会在此坠入时间流逝的幻象之海，遭受灵性蒸发的危险。不过，来这里捡拾古旧构件甚至直接在此维度上工作的发明家仍络绎不绝。据说，真正的卓绝者皆信奉灵性守恒之道，明白牺牲与收获在贝立西变换中互为镜像，极端之辈甚至把灵性蒸发视作至高的发明艺术。且不论"时间为天赐迷醉之源"这一传言根据何来，可以确定的是，让冒险家们心旌神摇的显然另有他物，这其中当然包括了奥德修斯之音。

——《可推测宇宙第 2F 次膨胀期发明家手册》

众所周知，人类向着银河系深处迈进的雄心在历经一百五十个世代的淬炼与风化后陷入消沉，辉煌璀璨的朝圣联盟渐渐暗哑无光，迎来了第一次大衰退。朝圣主干线上的几大星域只能勉强维持着松散的联合，众多支线星域纷纷跌入"熵淖之渊"，从文明宜居态退回到排斥态，沦为一片满目疮痍的暗窟。每当星寂事件被确认，朝圣伦理委员会便在所有广播信道中奏响《光明经》，哀悼文明的生灭。起初，即便那些身体样态改造得早与先祖毫无相似之处的人们，也会在收到经文的一刻，感到周身浮起毋庸言述的悲凉。不过，随着殖民星的不断寂灭，幸存者们终究学会了处之泰然。大约正是在这倦意弥漫的时刻，从广袤的坟茔之地，传来了巴比伦塔与奥德修斯塔的彼此问答。

按照官方记载，远在星际延拓局这一古老的机构成立之初，伟大的隐名者已经习得了时空导引术，预见了联盟的兴荣与衰没，"双塔铭刻"的构想由此而来。于是，在每颗殖民星上，都会有一座黑色的巴比伦塔和一座银色的奥德修斯塔，前者记载着本星球有史以来的所有逝者之名，以为永久之纪念，后者则收听并传递着那些从遥不可及的地球传来的渺茫音信，象征着对母星的忠诚。事实证明，具有希格斯结构①的双塔能够长久地抵御熵淖之袭。当文明的遗存在星寂中被抹除，唯有双塔饱经消磨而无声矗立，向伟大的创造者给出最后的交代。据推测，正是这种忠于职守的可敬态度，促使某座被遗弃的奥德修斯塔，在无限期的指令等待中有所参悟，向自己的银色伙伴发出了第一声问询。收到

---

① 希格斯结构，即阿尔伯特防御阵列在低维时空的近似态。

答复后，这最初的无主诵经者开始日夜不休地广播死者之名，并陆续引出了一批效仿者。

朝圣伦理委员会为何会默许这未经授权的广播？务实之辈认为，颓唐慵懒的官员早已学会对任何无碍大局的蹊跷之事听之任之，即便他们有心弄清原委，也无力派出调查团前往阴森的寂灭之地一探究竟。虔敬之人相信，每一个名字的背后，都标记着一段人类与宇宙相处的尝试，尽管那些不可追忆的生活几乎都充满了挫折并以失败告终，但对逝者的怀想总能激起千般甘苦，浇灌枯灼焦涩的心田。

比较而言，色空纠缠学派的解说较少带有个人情绪：我们将微不足道的一生拴系在一串字符上，凭靠不厌其烦的呼唤、书写、怀想，排布与之相关的声光电磁，匹配着红尘中的奔走求索、彻夜无眠、痛心疾首、策马扬鞭，以此打磨这生前既已存在、身后仍将驻留的符号。于是当肉身毁朽，因之而起的时空涟漪被熵淖抚平，浸泡了一世血泪的字符就成为待命的记忆单元，一旦被重新道出，曾因这名姓而缘聚的种种机械波纹、分子化和、电子脉冲、量子涨落，又将短暂地应声奔涌，虽不能在此处重新汇流，却会在五维时空里皴染出往昔的轮廓，那不可复生的逝者以此永存世间。

对这一描绘，善于以能量体状态切入高维时空打捞光锥耗散碎片的数字浪人们从未予以证实或否认。他们至多愿意承认，在维度跃迁中，回荡在银河系的奥德修斯之音仿如海上浮标，会将人引向一处维度裂谷。与寻常的维度漏网点相比，那超尺度的巨型切口堪称罕见，令最无畏的打捞客也徘徊不前，贸然趋近者全都形神幻灭，无人知晓那团氤氲混沌通往哪一层位面。

　　根据官方要求，拥有执照的时空导引师在面对相关咨询时，应对以上各方说法采取不予置评的态度，也就是说，任由它们成为大衰退时期晦暗生活的调味剂。调研结果表明，在习惯了奥德修斯之音的世代里，那绵长而单调的广播为人们带来了程度不同的平静与乐趣：名门望族借此扩展亲缘网络，将谱系套嵌进古老的光荣传说；星球志学者获得了研究殖民星风俗变迁、语言演化、人口增减的重要资料；热衷掌故的人士喜欢穷尽各种辞书、档案、野史、秘闻，竭力挖掘每一个名字背后的故事；天性诙谐者则从异乡异客的古怪名姓中得到了数不清的快乐。至于普通听众，与逝者的相遇全凭机缘。偶尔，会有几个似曾相识的符咒怦然掉落心头，引出一段水波烟云般的回忆。有时，不眠不休地等着一个无法忘怀的名字再次漫过发肤却至死而终不可得。当然，大多数的收听者大多数时候对于大多数的姓名一无所知，那些陌生的称谓仿佛随意生成的符码。但恰是这干燥与空洞的诵念令人倍觉抚慰。毕竟，一想到如此多的不论伟人、小人、神人、废人、天人、末人都已流入万古洪荒，再想到宙中竟煞费苦心挥毫泼墨，积天地之精气造出如此多与自己同样平庸的生命，而这丰饶的平庸或许才正是文明的柔韧填充，那心情也就自然爽朗了几分。于是，昼夜不停地收听奥德修斯之音，成为修身养性、提神助眠、益寿延年的佳选。

　　不用说，杞忧派信徒一如既往地提出了忠告：初期的朝圣之旅充满坎坷，人性备受考验，先贤们因此准许所有人死后留名于巴比伦塔。这样的安排，无论是为了载录一切光荣与罪孽以待将来之评说，还是为了阐明不论智贤愚奸在死亡面前一律平等的道理，在当时都不无悲悯众生之意。

但时过境迁，如今竟将存于荒凉之地、乏人问津的姓名无所分别地广播于寰宇，则实在不妥，倘若色空纠缠学派之说可信，更有凶神恶煞在五维时空中被重新唤起的危险。

不用说，他们的忧虑一如既往地受到了嘲笑。受到启发的刻舟主义艺术家掀起了一轮改名热潮，声称自己此后的余生都应被称呼为"霜叶红于二月花"先生、"变频朝霞在残忍的四月色谱上永不凋零"女士、"阅读本书使你头脑中的有序信息量增加了"同志、"爱卿，你所求的并不多啊"居士、"给我一个支点，我可以撬起地球"行者、"戈尔本特拉茨和叙拉的圭尔迪韦尔尼和阿尔特里家族的阿季卢尔福·埃莫·贝尔特朗迪诺，上塞林皮亚和非斯的骑士"等等。本着对个人意愿的尊重，官方表示，只要当事人能准确地背诵出自己的全名，大多数的申请都可以获得批准，至于在不可预知的将来，本地的奥德修斯塔是否会进行无主诵经广播、那些不寻常的姓名届时是否会在银河系中汇合成一组五味杂陈的诗篇，就只有等到本星寂灭之后才能揭晓了，换言之，全凭时运。

正是这场看似荒唐的闹剧，促使几位聪慧的刻舟主义艺术家在对自己怪诞姓名终生不悔的体认中，不约而同地创立了"无树非台"主义。自那时起，不论一个人的名字看起来多么恶趣味，稳健之士都不再妄加非议，大家多少都会同意这个浅明而深刻的看法：词与物之间的关联毕竟充满偶然，尤其是在光年的尺度上，语言的变迁如此剧烈，书写的方式如此多样，以至于任何一个字符都可能在不同的语言中表示毫不相关甚至皆然相反的事物，这意味着，一个人的名字，在另一种语言中可以成为另一个人的名字。换言之，任何一座巴比伦塔上铭刻的本地逝者之名，也就是全部已逝的、将逝的乃至未出生的一切人类之名，即全部所闻见的、未闻见的乃至不可闻见的万物之名。那些希望通过自己的死亡将文学经典、数学公式、哲人教诲混入奥德修斯之音的努力虽不乏幽默，却多此一举，因为无主诵经中的每一声悼念，都已穷尽了人类可以言述的一切。

在"无树非台"主义践行家看来，似乎毫无征兆的"奥德修斯静默"其实早在意料之中。他们耐心地劝慰着身边的朋友，希望他们领悟"诵念一人即诵念人人"之义。当然，身体自有记忆，习惯不易更改，当常伴左右、终日不息的诵经骤然远去，失落与迷茫都在所难免，有的人甚至从此身心萎靡、一蹶不振。临床经验表明，对于这些重度的听诵经成瘾者而言，强制戒断、药物替代都只会适得其反，最好的办法就是告诉他们：无主诵经并未停止，那突如其来的静默，其实是在超度所有因种种缘故而未曾被巴别塔记录下的无名逝者。在这段漫长的空白背后，是无以计数的沉默亡灵。要知道，这无形的休止符，与大千符号一般无二、不可或缺。

闻听此言，失神之人便能若有所悟，愁云渐消，有的甚至面露霞光，心生欢喜，仿佛已经听见所有词语终于汇聚，那伟大的创造者就要自道其名。

《希格斯镂刻主义》发表于《明日风尚》2014年第10期；《梦瘾患者》与《星潮防波堤》发表于《今天》2016年第1期（总第112期），后发表于《文艺报》2016年7月4日；《河外忧伤一种》发表于《香港文学》2019年5月号（总第413期）"华语科幻小说"专辑；《奥德修斯之音》发表于《天涯》2019年第5期。

霍金号的问候

对于见多识广的银河系人民来说，四处飘荡的"霍金号"一直是个未解之谜。

流行的见解认为，很久以前，地球大限将至，留守于此的智能体们经过协商，决定顺安天命。与世诀别之际，他们发射了最后一艘宇宙飞船，作为给远方友邻的遗赠。这倒也并不令人意外。众所周知，这是一个喜欢向我们汪洋的星海抛掷纪念品的文明。然而，与他们此前竭尽全力送出太阳系的金属唱片、深空探测器、特斯拉跑车等玩意儿不同，担当起谢幕表演重任的，是一架轮椅车。据信，车体由特殊材质铸成，坚韧致密、温润平和，可以经受亿万年时光冲刷而不改初心，任由星际间各色事物磨砺而矢志不渝。作为地球智能体代表的斯蒂芬·威廉·霍金博士就安静地靠在轮椅车上，星尘仆仆地向着宇宙尽头遨游而去。

尽管令人困扰，但有理由相信，这是经过慎重考虑后做出的决定。

吹毛求疵者以为，轮椅车的造型太过清奇，除了体现出某种艺术品位之外，并没有什么必须如此的原因，至于与车身一体的霍金博士的雕像，也不能被看作是名副其实的宇航员，所以"霍金号"充其量可算探测器之流，而非宇宙飞船。不过根据《可推测宇宙第2F次膨胀期旅行家手册》的说法，《银河系交通工具规范》虽屡经修改，却从未对飞行器的造型提出过明确的要求。更重要的是，有证据表明，霍金博士为地球最后的遗赠所做的贡献，不仅仅包括他那流传千古的形象，还包括他的声音，乃至思想。

早期的报告主要来自星际浪人。比起在阔大辽远的星际间里肆意流传的许多不着边际的传说，关于"霍金号"的故事显得朴素而靠谱得多。据说，在大部分时间里，这架奇妙的太空轮椅都处于自由漂行的状态，只有在必要之时，动力系统才被激活，对运动轨迹做出最低限度的调整，以免在未来被某颗质量过大的星体俘获成永久的卫星，或者被黑洞吞噬，后一种可能性令人浮想联翩，毕竟霍金博士毕生思索的对象之一正是黑洞。

出于对这位杰出人物的敬意，同时也出于对已经寂灭的地球文明的尊重，银河系的高阶智能体之间达成了一项共识：禁止任何人对"霍金号"采取内部勘察或全维度透视，这意味着，除了"霍金号"自身的所言所行，大家没有其他依据可以弄清它的所思所想和意欲何往。正是这一点，促成了"霍金号"的传奇。事实上，这艘代表了地球寂灭前最高技术成就的太空轮椅，尽管在出发前已经饱经世故，在之后的漫长旅行中又阅尽沧桑，但它却如此平心静气、沉默寡言，只是在途中偶遇其他的智能体时，才会以其标志性的电子合成音友好地问候道：

时间都去哪儿了？

不难想见，那些初次与"霍金号"相遇的人们，猛然闻听此语，必然会感到惊愕、茫然、悸动、怅惘、迷惑或者恼怒，而不论人们出于何种复杂难言的心情，给予怎样的反应，"霍金号"都只是寂寞不语，停留片刻后便不辞而别，直到与下一个过客萍水相逢，抛出同样的问题。

毋庸置疑，"霍金号"的形象是令人感到亲切的，但它在银河系里一遍遍提出来的这个问题，却让人多少有些不安。

在胸怀雅量的人看来，这句话大概是一种虚心的讨教，是地球智能体在退出舞台前的最后疑虑。这个偏安于银河一隅的微渺族群，在经历了懵懂无知、鲁莽冲撞、忏悔自新、成熟稳健之后，虽已冲破不少迷思，却仍对此生的意义感到不解，于是在大劫将至之时，发此一问。孤独的使者从此上路，告别已然陨灭的山河故土，披星戴月，不懈求索，期待有朝一日，与高士大贤相逢，一旦点破迷津，便将用那干燥而凛冽的电子音，唱起超度经文，令四方亡魂了却残念，苦海脱身。

对于心气高傲之辈，这句话却仿佛某种挑战，是对他们世世代代所取得的光辉成就的质疑。确实，就连银河系最伟大的智者，也坦承生命的有限，明白时光的永逝和伟业的速朽，故而欣然与死亡相伴。以此，"霍金号"更像是明知故问，以故作谦卑之态，映衬出他人的愚妄无知，显示自己的高妙。

至于嬉笑放浪之徒，则对此心领神会，宣称"霍金号"纯然是一种行为艺术，证明了远在太阳系，也有幽默感的存在。人类从如许众多的不凡同类中，独独挑中了霍金博士那令人悲伤的面容，和滤去了哀苦和愤懑的金属合成音，来作为自己的终极形象，无疑在谦逊、自嘲和豁达中取得了平衡，也为寂寥空茫、疲乏多辛的老宇宙平添了一份欣悦。

少数热衷神秘主义的人，则试图破解这片言微语中的玄机。有的说，当银河系也寂灭之后，"霍金号"还将带着人们给予它的千千万万种回答，继续到河外星系飘荡，继续追问，直到这意味深长的仪式在银河系各处重复到一定次数后，就将有"光锥凿壁者"降生，击碎时间的幻象，令一切逝者复返，万物得大光明。也有的说，"霍金号"所找寻的，乃是隐藏在时间尽头的宇宙之弦，这一遍遍地追问与回答，正如琴弦的反复调音，终有一日，音准校正，早已化为粒子烟云的人类，就将向全宇宙的听众一诉衷肠。

尽管引起了这种种争论，永远只是对"时间去哪儿了"这一件事感到好奇的"霍金号"，终于还是以其专注、安详、淡然、勇毅且基本无害的处世态度，赢得了银河系大多数智能体的信任或基本的谅解。通常，当"霍金号"正在飘来的消息传出，哪怕还需要千百年才能相遇，有充分的准备来迎接那迎头一问，但当恭候已久的接收器中响起那毫无悬念的电子合成音，人们仍然感到久违的酥麻之感，仿若命门中的某个机关被触碰，往事便潮涌波翻，已被遗忘卷走的泥沙碎瓦都漫灌而回，此生之短促与刹那之恒远交融一体，令人黯然神伤，却又有些许快慰。尽管不合时宜的理性主义者宣称，所谓"霍金号欣快症"完全不具备智能体病理学方面的可解释性，但许多人仍然为之感动，并因此回报以诚挚的祝福，祈祷这位孤寂的使者一路远离凶险，得成正果。

关于"霍金号"究竟何时从银河系的视野中消失这一点，至今也无定论。比较可靠的研究表明，当银河系智能体联盟进入第二繁荣期后，相关的目击报告开始骤减。就像它的出现一样，"霍金号"的消失也同样神秘难解。也许它找到了满意的答案，洞晓了时间的去向，回到了风雨如晦的故园。也许它终于没有逃脱万物的宿命，浸没在了某个深不可见的时空涟漪中。也许它走遍了银河而未能如意，终于远走他乡，到河外星系去探秘寻幽，并在求取真经之后，回到我们这个可爱又无奈的老银河，给我们讲讲它的所见所闻。毕竟，宇宙如此深不可测，这种事也并非不可能吧。在众多的民间传说中，有一个最令我中意：

话说有一日，"霍金号"飘落到一颗孤零零的星球边缘，一位长袍老者正在那里凝望，远处那延绵数亿光年的空间里，连一颗星星都没有。"霍金号"来到老人身旁，和他并肩打量了一会儿（大概有一万年的样子吧），然后发出了问候。

"时间都去哪儿了？"

老者点点头："逝者如斯夫。"

"Haha!"在干燥而凛冽的电子笑声中，斯蒂芬·威廉·霍金博士驱车向前，迈入了那片虚空。

发表于《南方人物周刊》2018 年 3 月第 546 期

寻年

对于智慧文明间的"接触冲击"，我虽有思想准备，但在火星上的古谢夫大剧院第一次观看现场直播的春节联欢晚会时，仍然深受震动。

当然，这并非同步直播。为了营造天涯共此时的感受，"Hermes"太空城会在除夕夜不辞辛苦地运转到地球和火星的中间点上，来自两个星球的艺术家们会聚于此，在太空中为大家奉上演出。信号需要几分钟的延迟才能传到观众面前，但人们处之泰然。一个半世纪前，人类中的少数个体终于开始掌握"相对论"这一显而易见的朴素常识，但今天的大多数人仍然习惯于活在自己的直觉中。在外人看来，这显然是一种低等文明的古老惰性，与宇宙浩渺而深邃的本性相悖。但是，我们应该记住，这种对他人生活未经考察而轻易做出的评断，并不可取。

时空永是振荡，而人类竟然为之标刻尺度，误认周而复始，幻想万世纲常，并约定全体一致，在某一"时刻"集体放低戒备，松弛神经，面露笑容，陷入迷梦，希冀天地焕然，颂歌万象一新，罔顾过去已然凋零的宏愿。对共时性如此渴求，堪称执念，令人困惑。

但当人类开始迈入银河系大探险的时代，事情开始变化。光年尺度的距离让相对论效应凸显。母星和数光年之外的人们，如何在"同一时间"共唱《难忘今宵》呢？在一个时空里正在喊出新年倒计时的主持人，对另一个时空的观众而言尚未出生，此情此景，令人类沮丧，尽管这是他们走向宇宙深处必须接受的认知阵痛。所有人被春晚拴系在一条时间线上的幻觉，终将荡然无存，四海之内即便皆是兄弟，也不过各安天命，相忘江湖而已。

许多人由此得了时空晕眩症，这就是为什么当人类和我们建立外交关系后，会迫不及待地邀请我们来看春晚。

"一旦掌握了超距传输技术，便可以重建共时感，那时，全宇宙就将同时观看春晚了，别的文明或许不感兴趣，但对未来人类散落在银河系的众多子孙后代而言，却是至关重要。我们不能忘了自己的根哪。"陪同我观赏的副部长如是说。

才刚在火星落脚的人类，就开始预想这种问题，是否未免太超前了呢？或许他是在试探，希望我能就相关技术的前景透露一些信息，但我只是笑而不语。其实我们早就忘了自己的根了。冷漠的宇宙中，为何会诞生我们这些在思考和探寻它的生命体呢？我们从何而来？这些不是早就已经忘光了吗？但在外交场合是不能说出这样失礼的话的，我只是恳求再去寻一次年。

一如以往，他没有拒绝我。

据"脑联网"的骨灰级用户说，从前，每逢岁末，这只硕大而怪怖的灵兽就会准时出现，腰系一条五彩愁云，身披乱心金甲，足踏颠倒星宿靴，口吐逆志伤怀风，呼儿嗨哟，冲向人间。人们便躲进早已预备好的城楼，用图灵鞭和诺依曼炮轰它啊。

嗵、嗵！嗷呜——嗷呜——年兽在连天炮火中蹦跳着，仿若一个舞者，在锦簇烟花中辗转腾挪，直到负伤累累，才最终遁去，留下满地狼藉，人心便如春水澎湃，一岁由是开始。

有人讲，"脑连术"的神秘创始人相信：随着用户的增长，最终将诞生合万众于一的超级智慧大脑，洞见过去未来，参透宇宙奥秘，然而，那也就是宇宙坏毁之际，为此，必须有令一切归零的存在。年兽便是这终极NPC，是三千迷梦世界的大Boss。也有人说，它是"脑骇团"编写的神经病毒，守卫着这一神秘组织的基地，那里藏有人类顶尖大脑的最精英智慧，既超凡入圣，又惊世骇俗，一旦被盗取滥用，世间将万劫不复。亦有人称，它是从用户们潜意识中泄露出来的阴暗思想中混杂而生的复合怪胎，因此必须被排除在脑域的荒原边疆，于是才有了怪异的循环：我们越是努力地驱赶它，它就越是蓬勃地生长，越不由自主地渴望回归本源。此类说法皆不足信，姑妄存之。

年兽究竟是什么？它是在谋求毁灭，还是渴求新生？对新世界的信仰是否只能在旧世界的废墟上萌发？如果城堡真的被攻陷，人类会变成僵尸吗？或者，它只是为了炫耀华美的新衣服，展示奇异的舞步？人们点起硝烟，真的是为了吓退它吗？或者只是互相配合，演一出意义早已遗忘的古老而神秘的剧目？这些都无人知晓，令人恐惧又期待。

但十多年前，年兽便不再出现了。

备感失落的玩家们，发起了寻年的行动，至今都无果。

连我这样的"老外"，亦为此事着迷，渴望一睹年兽真容，并因此与同为寻年爱好者的副部长成为朋友。

浓云遮天，寒风割面，群山无言。玉麒麟拖着车，奋力地奔跑在白雪覆盖的冰原上。我们这次豁出去了，把脑感时间调到最高，不知不觉间已奔行半月，途经高山大川，深入蛮荒之地，见到许多小怪兽的尸骨或化石，都是些已然死亡的节日兽，并非我们所寻觅的。

在那些传说它出现过的地方，连一个脚印也没有，只有一片白茫茫的大地。

永远不会迟到的年，为何突然不再跟人类玩约定好的古老游戏了？它的死亡或伏隐，与人类共时感的消减，有何关系？

答案只能留待后人了。而我终将带着遗憾离开地球。

解除"脑连"后，还未睁眼，已闻香气。是部长夫人包的饺子。"快来，趁热吃。"她把一个味道浓烈的碗推到我面前，"香醋、蒜泥和香油调的，这是代代传下来的吃法，尝尝吧。"

人类到了火星，为何还要继续吃饺子呢？带着疑问，我小心翼翼地咬了一口面皮儿，热乎乎的汁液喷射到人工口腔黏膜的刹那，忽然涌起一阵酥暖，仿佛有什么沉睡的知觉腺被激活，我心中似有所领悟，又不明所以。

"哈哈，要我说啊，年兽在除夕夜里蹦出来，说不定啊，是因为它在家包了一锅饺子，想来跟我们借碗醋吧。"部长兴致高昂地打开茅台。

"你可真够冷的。"夫人微笑着摇摇头。

难得地，这一次我居然领悟到了他的笑点，却突然有些感伤。那些看似永不再在宇宙中出现的事物，其实不曾消失，只是我们不能够再找到，也无法再陪它做一次游戏。

一杯酒入肚，部长忽生慨叹："我晓得，你们总觉得人类太守旧，不明白我们为什么还要过年。不过我想，可能这就是我们对付下去的方式吧。宇宙这么大、这么冷，不想点办法，是没法忍受的。就算是错觉也很有必要啊：所有的人，死去的、未出生的、千里之外的，都和你……"

这时，远处响起连绵不绝的爆竹声，似乎合成一天音响的浓云，夹着团团飞舞的雪花，淹没了所有尘世的呓语，预备给人们以无限的幸福。

发表于"不存在日报"科幻春晚，2016 年 2 月

后 记

这是我的第六本书。

此前的《纯真及其所编造的》（2011）、《讲故事的机器人》（2013）、《中国科幻大片》（2013）和《去死的漫漫旅途》（2016），篇目上几乎没有重复，是实实在在的四本书。之后又出了一本自选集，带有一定的回顾总结色彩，算不得一本新书，故名《四部半》（2018）。这一次，承蒙花城出版社的好意，又有机会再次出书。只是这两年疏于动笔，新篇不多。冥思苦想之后，决定用卡尔维诺的以下说法来安慰自己：

只要一本小说的再版像它的正式出版一样，那就不会再有什么问题……对于一本组合而成的书，一篇重新包装过的介绍或者加上一个全新的书名，总是会成为一部全新的作品。就像一位画家举办画展，对于画家来说，如果想要画展具有一定的含义，他在意的是如何把画作摆放在一起。

于是，如各位所见，一部分旧作，和一部分近年来发表的零散短篇，以某种规则被重新安排后，构成了这样一本卡尔维诺意义上的"新书"。

下面，就所谓的"某种规则"做一点说明。

与《四部半》不同，本书所选的作品，既不考虑"分量"或"代表性"问题，也不以创作时间为顺序来呈现个人写作的轨迹变迁，而是汇聚成几个不同的版块。其中，《皮鞋里的狙击手》是我发表的第一篇小说，为我带来了第一笔劳动收入，也促使我走上了科幻创作之路，因此虽然短小稚拙，仍位列卷首。后面的两篇，同属一个系列，代表了我早期科幻写作的一个方向，即不着调的疯癫喜剧。洋溢其中的愤怒和嬉闹，是青春时代的纪念物。第二部分收入了四篇近作，代表了长期以来的随心所欲、信笔由缰、不成系统的作风。第三部分是我前几年很感兴趣的一个新方向，即重新编织中国的历史和当下，与趣味相投者分享自己的浮想与忧思。第四部分贴近科幻最天然的本性，即对浩渺星空的无尽怀想。为了强化文本之间的关联性，每个版块都被赋予了一个小标题，整本书也因此有了一个差强人意的名称，至于说服力究竟如何，只有请大家自行判断了。

不过，若说以上的操作纯属拙劣的花招，也有失公允。实际上，正是这个排篇布局和思索名目的过程，让我渐渐看出这些貌似各行其是的短篇，可能有着隐秘的关联，透露出了一个写作者心头萦绕不去的某些持久的意象和情绪。

比如说，事情可能是这样的：在不久的将来，人工智能越发进步。"奇点纪元"开启的前后，人类社会变得古怪起来，催生了类似《宅体三项》这样的运动项目，而《我认识一个男人》中的那些跟不上时代的老派人物，慢慢显出了不合时宜，大约终将被历史淘汰。《宇宙号角》的神秘召唤降临后，"朝圣纪元"开启，人类开始了向着"银心"迈进的漫漫旅途。这场旷日持久的"朝圣"之旅中，充满了各种各样的新鲜发明和奇异事件。像《世说新语》中的那些好汉或疯子，穿梭在由星际殖民地勾勒出的辽阔疆域中，见证着文明的成住坏空。而在日渐萧索的母星地球上，当初为了破解"宇宙号角"而建造的机器城堡，继续矗立在那座荒原上，在贝多芬《第九交响曲》的陪伴中，用虚拟的数据海洋，一遍遍重演着人类的历史，希望弄清那些未曾实现的时空分岔中，究竟还有多少种可能性，又究竟有哪些注定的不可更变之事，以此求索着那永恒不变的"道"。《围炉夜话》也好，《另类童话》也罢，都是它在千万个日夜中，梦见过的别样可能……

当然，你也可以把所有的故事，都看成《为了斯德哥尔摩》中那位陷入写作困难症的作家穷极无聊之际的胡思乱想，或者《第三点共识》中那台莫名亢奋的飞船电脑在不存在之地醒来之前颠三倒四、毫无逻辑的呓语，又或者是在银河系寂灭后，维度游者们漫过这片星海废墟时捕获的吉光片羽……反正，只要愿意，就总能找到一个视角，让所有这些故事，最后看起来都像是同一个故事。

以上就是对本书编排逻辑的老实交代，并无更多玄机。

当然，有志成为伟大作家的人，应该慎重地对待自己的每一篇作品。没有雄心壮志，如何成就非凡？然而，雄心壮志也要经受热力学定律的考验，所以尽管光阴荏苒、年岁渐长，却还是免不了动用越来越宝贵的精力，冒着失去读者欢心的危险，来写一些谁看了都觉得不重要的小玩意儿，甚至于鼓起勇气将其结集出版，这大概只能解释为本性使然吧，这方面就不多说了。

　　总之，再次感谢出版社的善意。感谢家人和朋友对我自始至终的支持。尤其感谢那些给我鼓励和期待的读者朋友们，祝你们平安健康。相逢是缘，而我还有更多故事要讲。

2018 年 9 月 23 日中秋前夜